高职高专"十二五"数控技术专业规划教材

U0129064

数控加工工艺

SHUKONG
JIAGONG GONGYI

王继明　王彩英　主　编
多　勇　郭　薇　副主编
任树棠　主　审

化学工业出版社
·北京·

本书是在课程教学改革成功经验基础上编写的一本专业教材。全书共分六章，重点介绍金属切削加工基础与刀具、工件的装夹、数控加工工艺基础、数控车削加工工艺、数控铣削及加工中心加工工艺、数控加工技术的发展。本书内容全面系统，实用性强，层次清楚。通过大量实例的讲述，重点介绍数控加工工艺的基本知识和关键问题，使读者能把握学习要点，提高学习效率，掌握编制数控工艺的方法与技巧，提高解决实际问题的能力。

　　本教材主要为高职高专院校、成人高等学校数控技术、机械设计与制造、机械制造与自动化等机械类专业使用，也可作为数控工艺员培训教材，也可供相关的机械类专业技术人员参考。

图书在版编目（CIP）数据

数控加工工艺/王继明，王彩英主编. —北京：化学
工业出版社，2011.10
高职高专"十二五"数控技术专业规划教材
ISBN 978-7-122-12189-9

Ⅰ. 数…　Ⅱ. ①王…②王…　Ⅲ. 数控机床-加工-高
等职业教育-教材　Ⅳ. TG659

中国版本图书馆 CIP 数据核字（2011）第 178453 号

责任编辑：李　娜　王金生　　　　　　　　　装帧设计：史利平
责任校对：郑　捷

出版发行：化学工业出版社（北京市东城区青年湖南街 13 号　邮政编码 100011）
印　　装：三河市延风印装厂
787mm×1092mm　1/16　印张 12½　字数 307 千字　　2011 年 11 月北京第 1 版第 1 次印刷

购书咨询：010-64518888（传真：010-64519686）　　售后服务：010-64518899
网　　址：http://www.cip.com.cn
凡购买本书，如有缺损质量问题，本社销售中心负责调换。

定　　价：25.00 元

前　言

　　一个国家装备制造业的发展水平代表了这个国家科技的发展水平，这已是不争的事实，而数控加工工艺的发展直接带动了装备制造业的全面发展。可以说，加工工艺过程的水平从根本上反映出科技发展水平的高低。

　　根据 21 世纪科学技术发展的趋势及其对高等职业技术人才素质的要求，编写本书的指导思想是：突出高等职业教育的特点，重组课程体系，精简课程内容，建立与我国高等职业教育发展需要相适应的数控加工工艺知识构架，使受教育者具备必需的数控加工工艺知识，具备良好的科学素质、思想品质和思维方式，具备解决工程实际问题的能力和创新能力。编写本书的思路和目标是：体系新颖，内容精简，紧密联系实际，保证教学质量。其特点如下。

　　1. 以研究数控加工工艺设计为主线，将传统的"数控刀具与切削原理"、"机床夹具设计"和"机械制造工艺"三门课程进行有机整合，体现融会贯通、相互渗透的特点。

　　2. 突出数控加工工艺教学的任务，坚持以就业为导向，以全面素质培养为基础，以能力训练为本位，把提高学生的职业能力放在突出的位置。

　　3. 根据职业教育的特点，坚持少而精的原则，简化理论推导，强化工程应用，注重知识的扩展和内容的更新。

　　4. 内容通俗易懂，便于自学，选材和选题都考虑到理论联系实际和对技能的培养，注意到对创新思维的训练。

　　本教材由包头轻工职业技术学院王继明、王彩英任主编，宁夏商贸职业技术学院多勇、包头轻工职业技术学院郭薇任副主编，参加编写的有王继明、王彩英、多勇、郭薇、赵洁、刘百顺、李学飞、宿宝龙、王磊、刘娜、海淑萍、周琪，全书由王继明负责统稿，包头轻工职业技术学院任树棠教授任主审。本书在编写过程中得到了包头轻工职业技术学院相关领导的大力支持，在此表示衷心的感谢！

　　限于编者水平有限，书中不妥或疏漏之处在所难免，欢迎读者提出宝贵意见，以便今后修改。

编　者
2011 年 8 月

目　录

绪　　论

随着现代科学技术在制造业的广泛应用，特别是微电子技术的应用，使机械制造业发生了又一次革命——数控加工。它的出现以及所带来的巨大效益，引起世界各国科技界和工业界的普遍重视。可以说，数控机床是现代制造业的关键设备，一个国家数控机床的产量和技术水平在某种程度上就代表这个国家的制造业水平和竞争力。

发展数控技术是当前我国机械制造业技术改造的必由之路，是未来工厂自动化的基础。数控机床的大量使用需要大批熟练掌握现代数控加工技术的工程技术人员，这为高等职业教育提供了广阔的市场。

1. 数控加工工艺的概念

任何一种机械都是由许许多多零部件所组成，从而完成预计的设计功能。这许许多多的零部件不是任意的，而必须满足预定的性能、形状、尺寸和精度等要求。因此一个合格的零部件装配成机器必须经过一系列的制造过程，这种从原材料到成品的一系列的制造过程称为机械制造。在机械制造过程中，使用数控机床按一定顺序逐步地改变毛坯形状、尺寸、相对位置和性能等，直至成为合格零件的那部分过程称为数控加工工艺过程。

2. 数控加工工艺的研究对象

在发展机械制造业的过程中，机械制造工艺技术一直占据着重要的地位。机械制造工艺技术是研究和解决机械制造过程中优质、高产、低耗的生产机械装备和设备的原理和方法的科学，是实现从设计到产品的重要技术手段。好的产品，要有好的设计、好的工艺和好的材料来保证，有些产品的性能、寿命达不到预定的要求，其原因往往是工艺水平不过关。工业发达国家最保密的核心技术，大多是工艺方面的技术。

随着科技的不断进步、技术的不断创新，数控机床在制造业中的占有率越来越高，先进制造技术应用逐渐普及，产品设计、加工设备、加工工艺的集成化水平以一日千里的速度发展着，从某种程度上说，机械制造工艺已经发展成为数控加工工艺。许多工业发达国家的制造业普遍有着重视加工工艺和工艺实验研究的传统，这正是这些国家制造业产品具有高质量和技术水平的主要原因之一。

在先进制造技术中，应用信息技术将制造业的两大本质问题——"做什么"（先进设计技术）和"怎么做"（工艺过程技术）加以集成，是改变传统制造过程中的串联工作方式造成返工和生产周期过长等问题的最佳解决方法。但是，无论是传统的机械制造工艺，还是现代的数控加工工艺，所遵循的都是优质、高产、低耗的原则。

优质是指提高加工精度、保证产品质量。近年来，精密加工、超精密加工和微细加工等精密加工工艺飞速发展，有些工业发达国家已经达到皮米级的加工精度（$1pm=1\times10^{-12}m$）。

高产是指提高劳动生产率。提高生产率的途径一是采用高速加工，例如，德国 Chiron 公司最近推出的 VISION 型高速加工中心的最大进给速度达 120m/min，主轴转速达 40000r/min，移动加速度达 30m/s²。二是改进工艺过程、创造新工艺和工序集约化，如少屑、无屑加工、特种加工。工序集约化不仅提高了工艺的有效性，由于零件在整个加工过程中只有一次装卡，工序间的加工余量大为减少，加工精度更容易保证。三是发展以成组技术为基础的柔性制造系统（FMS）、计算机集成制造系统（CIMS）等先进制造技术。

低耗是指降低产品生产成本。采用新材料、新工艺、新设备，发展精益制造、敏捷制造、虚拟制造、智能制造、绿色制造等新的生产模式，都是数控加工工艺的发展方向。

优质、高产、低耗三者之间是辩证的关系，在解决任何一个工艺问题时，必须全面地综合考虑，在保证质量的前提下，不断提高劳动生产率和降低成本，才是先进合理的工艺。

3. 我国制造业的地位、作用和任务

（1）我国制造业的现状　国家"十一五"规划纲要中指出："把科技进步和创新作为经济社会发展的重要推动力，把发展教育和培养德才兼备的人才摆在更加突出的战略位置，深化体制改革，加大资金投入，加快科技教育的发展，努力建设创新型国家和人力资本强国。"

我国作为一个发展中大国，到 2020 年全面步入小康社会，实现中华民族的伟大复兴，机械制造业肩负着从制造大国迈向制造强国，使我国成为经济强国的历史使命。目前，我国制造业的总体情况如下。

① 已经具有相当大的规模，在国民经济中起到决定性的作用，但大而不强，与发达国家还有较大差距。

② 大多数企业是劳动密集型，人均生产率低，停留在低附加值产品上，工业增加率低。低水平生产能力过剩，设备利用率低，50％以上的生产能力闲置，高水平生产能力不足。

③ 技术创新能力薄弱，大部分技术和关键技术依赖进口，主要产品大都由合资企业生产。

④ 产业结构不完全合理，轻纺工业和家电业有一定优势，但装备制造业所占比重明显低于工业发达国家。

⑤ 体制改革滞后，在装备制造业中民营企业所占比重过小，不能适应形势发展要求。

（2）应对世界制造业未来 20 年的挑战　本世纪前 20 年是我国经济社会发展的重要战略机遇期。党的十六大做出了实施我国现代化第三步战略的部署，在这样一个关键历史时期，制造业扮演着重要角色，我国的制造业将和世界的制造业一道应对未来 20 年的新挑战，这些挑战主要有六个方面：

① 并行制造的实施技术和能力；

② 人力和技术的集成，以提高工作效果和满意度；

③ 及时地把广泛分散的信息资源收集起来并转换成有用的知识，以便做出有效的决策；

④ 减少浪费，使产品和生产过程对环境的破坏"接近零"；

⑤ 快速重构制造企业，响应市场变化的需求和机遇；

⑥ 发展高度集中的、节约空间和具有创新性的制造过程和产品。

（3）未来 20 年制造业面临的任务　为应对世界制造业未来 20 年的挑战，目前，我国制造业面临的任务或亟待解决的 10 项关键技术如下。

① 可重构制造系统。易于集成的设备和生产过程，以及能迅速重组的制造系统和网络联盟企业。

② 绿色制造。具有最小浪费和能耗以及环境污染最小的制造过程。

③ 技术创新工程。设计和制造新材料和新元件的创新过程，包括方法和工具。

④ 用于制造的生物技术。采用生物工程制造具有生物特征和形状的原材料和元件。

⑤ 建模和仿真。对企业和制造过程进行系统合成、建模、仿真，通过数字原型和虚拟现实，提高预见性，减少失误。

⑥ 知识工程。把学习、经验和信息转换为有用知识的技术和工具，迅速做出有效决策。

⑦ 产品和制造过程设计的新方法。满足广泛市场需求的产品和制造过程的快速实现方法。

⑧ 改善人—机界面。人与设备的交互方式多样化，使整个生产系统成为一个和谐整体。

⑨ 新的教育体系和方法。能够快速获取和消化知识的新的教育和培训制度和方法。

⑩ 智能化软件。支持人与人合作、提高人机交互能力的、以知识为本的工程化软件。

4.课程的主要内容与目的

本课程面向生产一线应用型高技能人才工程素质的培养要求。"以实际应用为目的，以必需、够用为度，讲清概念、强化应用为教学重点"的原则，重点介绍金属切削加工基础与刀具、工件的装夹、数控加工工艺基础、数控车削加工工艺、数控铣削及加工中心加工工艺、数控加工技术的发展。

通过本课程的学习，使学生掌握数控加工工艺设计的基本知识和基本技能，为提高综合素质和职业能力、培养创新精神和实践能力、增强岗位适应能力和终身学习打下坚实的基础。

5.学习本课程的方法与要求

数控加工工艺是数控加工技术专业的一门核心专业课。通过理论教学和实践教学的配合，使学生掌握数控加工工艺的基本理论，能对具体的工艺问题进行分析，找出加工中产生误差的原因，提出改善产品质量、提高生产效率、降低工艺成本的工艺途径；熟悉制订工艺规程的原则、步骤和方法，具备利用计算机辅助工艺设计手段制订初等复杂零件的加工工艺规程及设计机床夹具的能力；对数控加工的新工艺、新技术和发展动向应有所了解。

本课程的知识来源于生产实践和科学实验，是实践性很强的课程，要有丰富的感性知识才能很好地理解和掌握相关的概念、理论和方法。所以，学习中要重视专业实习，了解各种生产类型下各种零件的加工方法、所用设备和工艺装备的结构和原理，学习中掌握课程实践性、综合性、灵活性的特点，多阅读、广见闻、勤实践，就能在学习中得心应手。

第1章　金属切削加工基础与刀具

【内容提要及学习要求】

金属切削过程是工件和刀具相互作用的过程。刀具要从工件上切去一部分金属，使工件得到符合技术要求的形状、尺寸精度和表面质量，当然是在保证高生产率和低成本的前提下进行的。

本章主要研究了数控加工金属切削原理与刀具。要求掌握切削运动、切削力与切削要素的基本理论；掌握常用刀具材料的种类、性能及其应用；具备根据工件材料合理选择刀具材料、几何角度的能力；熟悉刀具磨损、破损的基本理论与基本规律；了解积屑瘤的现象及防治方法；了解材料的切削加工性及其影响因素和改善材料切削加工性的途径；掌握切削用量的选用原则，并初步了解切削液的种类、作用及其选用。

1.1　切削运动和切削用量

1.1.1　切削运动和加工中的工件表面

1. 切削运动

金属切削加工是用金属切削刀具从工件上切去多余的金属层，从而获得图样要求的工件的一种加工方法。在切削过程中，刀具和工件之间必须有相对运动，这种相对运动就称为切削运动，这种运动一般由金属切削机床来实现。切削运动一般可分为主运动和进给运动。

（1）主运动　主运动是切去金属层形成已加工表面必不可少的运动，是由机床提供的主要运动，特点是切削速度最高、消耗功率最大。如图 1-1 所示，其运动形式可以是旋转运动，如车削时工件的旋转运动，铣削时铣刀的旋转运动，磨削工件时砂轮的旋转运动，钻孔时钻头的旋转运动等；也可以是直线运动，如刨削时刀具的往复直线运动。

（2）进给运动　进给运动又称走刀运动，是使切削层金属不断投入切削的运动。特点是消耗功率比主运动小得多。如图 1-1 所示，其形式可以是连续的运动，如车削外圆时车刀平行于工件轴线的纵向运动，钻孔时钻头沿轴线方向的直线运动等；也可以是间断运动，如刨削平面时工件的横向移动，或者是两者的组合，如磨削工件外圆时砂轮横向间断的直线运动和工件的旋转运动及轴向往复直线运动。

总之，在各类切削加工中，主运动必须只有一个，而进给运动可以有一个（如车削）、两个（如外圆磨削）或多个，甚至没有（如拉削）。主运动可以由工件完成（如车削、龙门刨削等），也可以由刀具完成（如钻削、铣削等）。进给运动也同样可以由工件完成（如铣削、磨削等）或刀具完成（如车削、钻削等）。

当主运动和进给运动同时进行时，即可不断地或连续地切除切削层，并得到具有所需几何特征的已加工表面。由主运动和进给运动合成的运动称为合成切削运动（如图 1-1 所示）。刀具切削刃上选定点相对工件的瞬时合成运动方向称为合成切削运动方向，其速度称为合成切削速度。合成切削速度 v_e 为同一选定点的主运动速度 v_c 与进给运动速度 v_f 的矢量和，即

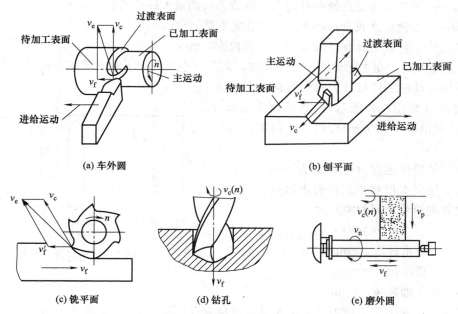

图 1-1 几种常见加工方法的切削运动

v_c—主运动；v_f—纵向进给运动；v_n—圆周进给运动；v_p—径向进给运动

$$v_e = v_c + v_f \tag{1-1}$$

2. 加工中的工件表面

切削过程中，工件上多余的材料不断地被刀具切除而转变为切屑，加工出所需的表面来。此时，形成了三个不断变化着的表面［如图 1-1（a）、（b）所示］。

（1）已加工表面 工件上经刀具切削后产生的表面。

（2）待加工表面 工件上即将被切除的表面。

（3）过渡表面 工件上由切削刃形成的那部分表面。它在下一切削行程（如刨削）、刀具或工件的下一转（如单刃镗削或车削）将被切除，或者由下一个切削刃（如铣削）切除。

1.1.2 切削要素

切削要素包括切削用量和切削层的几何参数。

1. 切削用量

切削用量用来表示切削运动，调整机床用的参量，可用来对主运动和进给运动进行定量的表述。包括以下三个要素。

（1）切削速度 v_c 在切削加工时，切削刃选定点相对于工件主运动的瞬时速度称为切削速度。即在单位时间内，工件和刀具沿主运动方向的相对位移，单位是 m/min。

当切削加工的主运动是回转运动（车、钻、镗、铣、磨削）时，其切削速度为加工表面的最大线速度，即

$$v_c = \frac{\pi d_w n}{1000} \tag{1-2}$$

若主运动为往复直线运动时，则常以往复运动的平均速度作为切削速度，即

$$v_c = \frac{2Ln}{1000} \tag{1-3}$$

式中 d_w——切削刃选定点处所对应的工件或刀具的最大回转直径，mm；

       n——主轴转速或主运动每分钟的往复次数，r/min；

       L——工件或刀具作往复运动的行程长度，mm。

（2）进给量 f　在主运动的一个循环内，刀具在进给方向上相对于工件的位移量称为进给量，可用刀具或工件每转或每行程的位移量来表达或度量（如图 1-2 所示）。其单位为 mm/r（如车削、镗削等）或 mm/行程（如刨削、磨削等）。

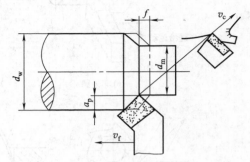

图 1-2　切削用量三要素

车削时的进给速度（v_f 单位为 mm/min）是指切削刃上选定点相对于工件的进给运动的瞬时速度，它与进给量之间的关系为

$$v_f = nf \qquad (1-4)$$

式中 v_f——进给速度，mm/min；

       f——进给量，mm；

       n——主轴转速，r/min。

对于铰刀、铣刀等多齿刀具，常要规定出每齿进给量（f_z）（单位为 mm/z），其含义为多齿刀具每转或每行程中每齿相对于工件在进给运动方向上的位移量，即

$$f_z = \frac{f}{z} \qquad (1-5)$$

式中 z——多齿刀具的刀齿数。

（3）背吃刀量 a_p　背吃刀量 a_p 是已加工表面和待加工表面之间的垂直距离，单位是 mm。外圆车削时

$$a_p = \frac{d_w - d_m}{2} \qquad (1-6)$$

式中 d_w——待加工表面直径，mm；

       d_m——已加工表面直径，mm。

镗孔时，式（1-6）中的 d_w 和 d_m 互换一下位置。

2. 切削层参数

切削层是由切削部分的一个单一动作（或指切削刀具切过工件的一个单程，或指只产生一圈过渡表面的动作）所切除的工件材料层。切削层的尺寸称为切削层参数。为简化计算，切削层的剖面形状和尺寸，在垂直于切削速度的基面上度量。图 1-3 表示车削时的切削层，当工件旋转一周时，车刀切削刃由过渡表面Ⅰ的位置移到过渡表面Ⅱ的位置，在这两圈过渡

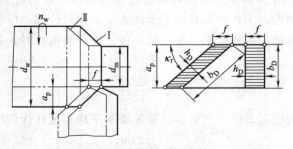

图 1-3　车削切削层参数

表面（圆柱螺旋面）之间所包含的工件材料层在车刀前刀面挤压下被切除，这层工件材料即是车削时的切削层。

（1）切削层公称厚度 h_D　刀具或工件每移动一个进给量 f，主切削刃相邻两位置间的垂直距离称为切削层公称厚度，切削层公称厚度简称切削厚度，用 h_D 表示，单位为 mm。当主切削刃为直线时，直线切削刃上各点的切削层厚度相等，如图 1-3 所示，切削层公称厚度为

$$h_D \approx f \sin\kappa_r \tag{1-7}$$

式中　κ_r——主偏角。

（2）切削层公称宽度 b_D　沿刀具主切削刃量得的待加工表面至已加工表面之间的距离称为切削层公称宽度，简称切削宽度，用 b_D 表示，单位为 mm。它大致反映了刀具主切削刃参与切削的长度。对于主切削刃为直线时（如图 1-3 所示）

$$b_D = \frac{a_p}{\sin\kappa_r} \tag{1-8}$$

（3）切削层公称横截面积 A_D　切削层公称横截面积简称切削层横截面积，是切削层在基面上的投影。用 A_D 表示，单位为 mm²。

$$A_D = a_p f = b_D h_D \tag{1-9}$$

综上可知，当背吃刀量和进给量一定时，切削厚度与切削宽度随主偏角的大小而变化，但切削面积仅与背吃刀量和进给量有关。用不同主偏角的车刀进行车削时，切削层形状不同，但其切削面积不变。主偏角增大，切削厚度增大，而切削宽度减小。

1.2　金属切削刀具

金属切削刀具是现代机械加工中的重要工具。无论是普通机床，还是数控机床和加工中心机床，都必须依靠刀具完成切削工作，因此有必要了解常用刀具的类型、结构。

1.2.1　常用刀具的分类

1. 按加工方法分类

（1）切刀：包括车刀、刨刀、插刀、镗刀。

（2）孔加工刀具：包括钻头、扩孔钻、铰刀。

（3）拉刀：包括圆孔拉刀、花键拉刀、平面拉刀、单键拉刀。

（4）铣刀：包括圆柱形铣刀、面铣刀、立铣刀、槽铣刀、锯片铣刀。

（5）螺纹刀具：包括丝锥、板牙、螺纹切刀。

（6）齿轮刀具：包括齿轮铣刀、齿轮滚刀、插齿刀。

（7）磨具：包括砂轮、砂带、油石。

2. 按工艺特点分类

（1）通用刀具：车刀、刨刀、铣刀等。

（2）定尺寸刀具：钻头、扩孔钻、铰刀、拉刀等。

（3）成形刀具：成形车刀、花键拉刀、螺纹加工刀具。

3. 按装配结构分类

按装配结构分类分为整体式、装配式和复合式等。如图 1-4 所示为切削刀具的基本类型。

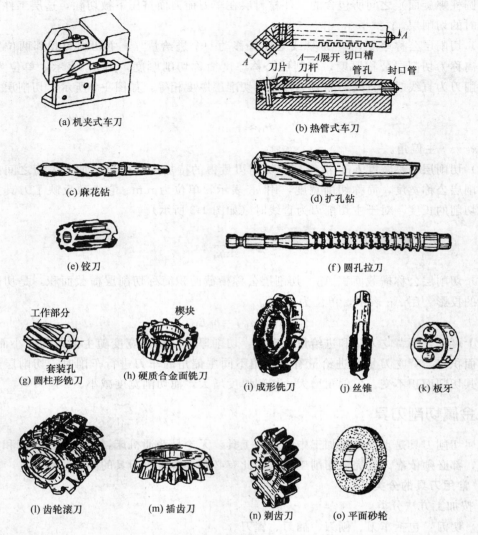

(a) 机夹式车刀

(b) 热管式车刀

(c) 麻花钻

(d) 扩孔钻

(e) 铰刀

(f) 圆孔拉刀

(g) 圆柱形铣刀

(h) 硬质合金面铣刀

(i) 成形铣刀

(j) 丝锥

(k) 板牙

(l) 齿轮滚刀

(m) 插齿刀

(n) 剃齿刀

(o) 平面砂轮

图 1-4   切削刀具的基本类型

1.2.2   常用刀具材料

刀具材料主要指刀具材料切削部分材料。刀具性能优劣首先决定于切削部分的材料，其次取决于切削部分的几何参数及刀具结构的选择和设计的合理性。

1. 刀具材料应具备的性能

金属切削时，刀具切削部分受到很大的切削力、摩擦力、冲击力，产生很高的切削温度，要使刀具在这种条件下工作而不致很快地变钝或损坏，保持其切削能力，刀具材料必须具有如表 1-1 所示的性能。

2. 刀具材料的种类

刀具的材料有很多种，目前常用的刀具材料有高速钢和硬质合金。陶瓷材料和超硬刀具材料（如金刚石和立方氮化硼）仅应用于某些场合，它们的硬度很高，具有优良的抗磨损性能，刀具耐用度高，能保证高的加工精度。各类刀具材料的主要成分和应用如表 1-2 所示。

表 1-1　刀具材料的性能一览表

较高的硬度	刀具材料的硬度必须高于被加工材料的硬度，以便在高温状态下依然可以保持其锋利。通常常温状态下，刀具材料的硬度都在 60HRC 以上
较好的耐磨性	在通常情况下，刀具材料的硬度越高，耐磨性也越好。刀具材料组织中碳化物越多，颗粒越细小，分布越均匀，其耐磨性越好
较高的强度和韧性	刀具切削部分材料在切削时要承受很大的切削力和冲击力，因此，刀具材料必须具有较高的强度和较强的韧性。一般用刀具材料的抗弯强度表示刀片的强度大小；用冲击韧度 a_k 来表示韧性大小，反映刀具材料抗脆性断裂和抗崩刃的能力
良好的耐热性和导热性	耐热性是衡量刀具切削性能的主要标志，通常用高温下保持高硬度的性能来衡量，也称红硬性。耐热性越好，刀具材料在高温时抗塑形变形的能力就越小、抗磨损的能力也越强。另外，刀具材料的导热性好，表示切削产生的热量容易传导出去，降低了刀具切削部分的温度，减少了刀具的磨损。刀具抗变形的能力也增强
良好的加工工艺性和经济性	刀具不但要有良好的切削性能，本身还应易于制造、成形和刃磨，包括锻造、热处理、磨削、焊接、切削加工等。此外，经济性也是刀具材料的重要指标之一，选择刀具时，要考虑经济效果，以降低成本

表 1-2　刀具材料的种类和应用

种　　类			主要成分、制作	使用特点
	碳素工具钢		Fe、C	强度、韧性好，耐热性、耐磨性差。主要用于低强度、软材料、非铁金属、塑料上的低速钻孔、攻螺纹和铰孔
	合金工具钢		除 Fe、C 外，含少量 W、Mo、Cr、V	
工具钢	高速钢	普通高速钢	除 Fe、C 外，含较多 W、Mo、Cr、V 等合金元素的高合金工具钢	磨削性能和综合性能好，通用性强，具有一定的硬度（63～66HRC）和耐磨性，切削速度一般不高于 50～60m/min，不适合高速切削和硬的材料切削。常用牌号有 W18Cr4V 和 W6Mo5Cr4V2。其中，W18Cr4V 是应用最普遍的一种，但缺点是碳化物分布不均匀，强度和韧性不够强，热塑性差，不宜制作大截面刀具。W6Mo5Cr4V2 的强度和韧性高于 W18Cr4V，并具有热塑性好和磨削性能好的优点，但热稳定性低于 W18Cr4V
		高性能高速钢		具有较强的耐热性，在 630～650℃高温下，仍可保持 60HRC 的高硬度，其耐用度是普通高速钢的 1.5～3 倍。适用于加工奥氏体不锈钢、高温合金、钛合金、超高强度钢等难加工的材料。但这种钢的综合性能不如通用性高速钢，不同的牌号只有在各自规定的切削条件下，才能达到良好的效果，因此其使用范围受到限制。常用牌号有：9W18Cr4V、9W6Mo5Cr4V2、W6Mo5Cr4V3、W6Mo5Cr4V2Co8、W6Mo5Cr4V2Al 等
		粉末冶金高速钢	用高压氩气或纯氮气雾化熔化的高速钢钢水，得到细小的高速钢粉末，然后经热压制成刀具毛坯	无碳化物偏析，提高了钢的强度、韧性和硬度，硬度值达 69～70HRC；保证材料各向同性，减少热处理内应力和变形；磨削性能好，磨削效率比熔炼高速钢提高 2～3 倍；耐磨性好。此类高速钢主要用于制造成形复杂刀具，如精密螺纹车刀、拉刀、切齿刀具等，以及加工高强度钢、镍基合金、钛合金等难加工材料用的刨刀、钻头、铣刀等刀具

续表

种　类			主要成分、制作	使用特点
硬质合金	钨基硬质合金	钨钴类硬质合金（代号 YG)K类(红色标记)	由硬度和熔点都很高的金属碳化物（如 WC、TiC、TaC、NbC 等）和金属黏结剂（如 Co、Mo、Ni 等）经粉末冶金的方法制成	硬质合金中高熔点、高硬度的碳化物含量很高，其常温硬度可达 78～82HRC，热硬度可达 800～1000℃以上，切削速度比高速钢提高 4～10 倍。缺点是脆性大，抗弯强度不强，因此很少做成整体式刀具。在实际使用中，一般将硬质合金刀片用焊接或机械夹固的方式固定在刀体上	韧性较好，硬度和耐磨性较差，适用于加工脆性材料（如铸铁等）。常用的牌号有 YG8、YG6、YG3，后面的数字表示 Co 的含量，Co 含量越多韧性越好，越适合粗加工。因此它们依次适用于粗加工、半精加工和精加工
		钨钛钴类硬质合金（代号 YT）P类（蓝色标记）			硬度和耐热性较好，但抗冲击韧性较差，适用于切削呈带状切屑的塑形材料。常用的牌号有 YT5、YT15、YT30 等，其中的数字表示碳化钛的含量。碳化钛的含量越高，则耐磨性越好，韧性越低。因此它们依次适用于粗加工、半精加工和精加工
		钨钛钽铌类硬质合金（代号 YW）M类（黄色标记）			具有上述两类硬质合金的优点，制作的刀具既能加工钢、铸铁、有色金属，也能加工高温合金、耐热合金及合金铸铁等难加工材料。常用的牌号有 YW1 和 YW2
	碳化钛基类硬质合金（YT 类）		WC、TiC、TiN、Ta 和 Co、Mo、Ni	硬度很高，耐磨性、耐热性好，抗氧化性能强。用于铸铁、碳素钢、合金钢的车削、铣削。有较好的表面粗糙度	
特种刀具	涂层刀具材料	涂层高速钢	在韧性较好的硬质合金基体上或高速钢刀具基体上，涂覆一薄层硬度和耐磨性极高的难熔金属化合物如 TiC、TiN、Al₂O₃，而得到的刀具材料	刀具既具有基体材料的强度和韧性，又具有很高的耐磨性。TiC 的硬度和耐磨性好；TiN 的抗氧化、抗黏结性好；Al₂O₃ 耐热性好。使用时可根据不同的需要选择涂层材料	
		涂层硬质合金			
	陶瓷刀具	纯氧化铝陶瓷	Al₂O₃	有很高的硬度和耐磨性，硬度可达 78HRC 以上，耐磨性是硬质合金的 5 倍；刀具的寿命比硬质合金高；具有很好的热硬性，摩擦系数低，切削力比硬质合金小，用该类刀具加工时能提高表面粗糙度。但抗弯强度低，怕冲击，易崩刃。主要用于钢、铸铁、高硬材料及高精度零件的精加工	
		混合陶瓷 氧化铝-金属系陶瓷	Al₂O₃-金属		
		氧化铝-碳化物陶瓷	Al₂O₃-碳化物		
		氧化铝-碳化物-金属系陶瓷	Al₂O₃-碳化物-金属		
		氧化硅陶瓷	Si₃N₄		
	金刚石	天然单晶金刚石	是 C 的同素异构体	做刀具材料的大都是人造金刚石，具有极高的硬度和耐磨性，可达 10000HV(硬质合金仅为 1300～1800HV)，其耐磨性是硬质合金的 80～120 倍。但耐热性差，强度低，脆性大，对振动很敏感。能与铁发生化学反应，因此不宜切削黑色金属，主要用于有色金属以及非金属材料的高速精加工	
		多晶复合人造金刚石			
	立方氮化硼	立方氮化硼	BN	这是人工合成的一种高硬度材料，硬度仅次于金刚石，热稳定性好，有较高的导热性和较小的摩擦系数。缺点是强度和韧性较差。与铁的亲和力小，主要用于加工高硬度淬火钢、冷硬铸铁、高温合金和一些难加工的材料	

1.2.3　刀具切削部分的几何角度与合理选择

1.2.3.1　刀具切削部分的组成

刀具几何角度是确定刀具切削部分几何形状的重要参数,它的变化直接影响金属加工的质量。刀具种类繁多,结构各异,但其切削部分的几何形状和参数都有共性。各种多齿刀具和复杂刀具都可以看成是外圆车刀切削部分的演变和组合。下面以最简单、最典型的外圆车刀为例进行分析。

普通外圆车刀包括刀柄部分和切削部分。刀柄是车刀在车床上定位和夹持的部分。车刀切削部分的组成如图 1-5 所示。切削部分由三个平面、两个切削刃和一个刀尖组成。

(1) 前刀面(A_r):刀具上切屑流过的表面。

(2) 主后刀面(A_a):刀具上与过渡表面相对的表面。

(3) 副后刀面(A_a'):刀具上与已加工表面相对的表面。

(4) 主切削刃(S):前刀面与主后刀面的交线,它完成主要的金属切除工作。

(5) 副切削刃(S'):前刀面和副后刀面的交线,它配合主切削刃完成金属切除工作,负责最终形成工件的已加工表面。

(6) 刀尖:主切削刃和副切削刃汇交的一小段切削刃。刀尖的形式一般有尖角、圆弧过渡刃和直线过渡刃等类型,如图 1-6 所示。其中圆弧过渡刃和直线过渡刃可增强刀尖的强度和耐磨性。

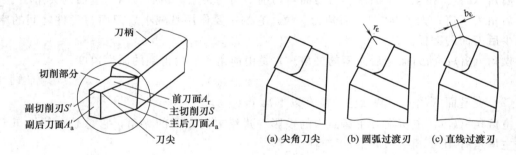

图 1-5　车刀切削部分的组成　　　　　　图 1-6　刀尖的类型

1.2.3.2　刀具切削部分的几何角度

刀具几何参数的确定要以一定的参考坐标系和参考平面为基准。刀具静止参考系是定义刀具设计、制造、刃磨和测量时刀具几何参数的参考系,在刀具静止参考系中定义的角度称为刀具标注角度。下面介绍刀具静止参考系中常用的正交平面参考系。

1. 正交平面参考系

正交平面参考系如图 1-7 所示。

(1) 基面(P_r):通过切削刃上选定点且平行或垂直于刀具安装面(轴线)的平面,即通过切削刃上选定点而又垂直于该点主运动速度的平面。对车刀、刨刀而言,就是过切削刃选定点和刀柄安装平面平行的平面。对钻头、铣刀等旋转刀具来说,就是过切削刃选定点并通过刀具轴线的平面。

(2) 切削平面(P_s):通过切削刃选定点与切削刃相切并垂直于基面的平面。

(3) 正交平面(P_o):正交平面是指通过切削刃选定点并同时垂直于基面和切削平面的平面。

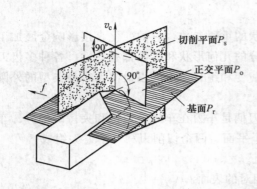

图 1-7　正交平面参考系

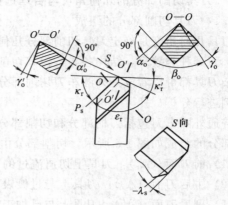

图 1-8　车刀的角度

2. 刀具的主要标注角度

车刀的主要标注角度有：主偏角、副偏角、前角、后角、刃倾角，如图 1-8 所示。

（1）在正交平面（P_o）中测量的角度有以下几个。

前角（γ_o）：在正交平面中，前刀面和基面间的夹角。当前刀面和切削平面的夹角小于 90°时，前角为正值；大于 90°时，前角为负值。

后角（α_o）：在正交平面中，后刀面与切削平面的夹角。当后刀面与基面的夹角小于 90°时，后角为正值；大于 90°时，后角为负值。它的主要作用是减小后刀面与工件之间的摩擦和减少后刀面的磨损。

楔角（β_o）：前刀面和后刀面的夹角。它是由前角和后角得到的派生角度。

$$\beta_o = 90° - (\gamma_o + \alpha_o) \tag{1-10}$$

（2）在基面（P_r）中测量的角度有以下几个。

主偏角（κ_r）：主切削刃在基面内的投影与进给方向之间的夹角，它总是正值。车刀常用的主偏角有 45°、60°、75°和 90°四种。

副偏角（κ_r'）：副切削刃在基面内的投影与进给方向的夹角。

刀尖角（ε_r）：主切削刃和副切削刃在基面内的投影之间的夹角，它是派生角度。

$$\varepsilon_r = 180° - (\kappa_r + \kappa_r') \tag{1-11}$$

（3）在切削平面（P_s）内测量的角度。

刃倾角（λ_s）：在切削平面内，主切削刃与基面的夹角。当刀尖相对于车刀刀柄安装面处于最高点时，刃倾角为正值；当刀尖处于最低点时，刃倾角为负值；当刃倾角平行于刀柄安装面时，刃倾角为 0°，此时切削刃在基面内。

（4）在副正交平面内测量的角度。对副切削刃同样可以作出其正交平面，称为副正交平面。副后角 α_o' 是副后面与副切削平面之间的夹角。

1.2.3.3　刀具几何参数的合理选择

所谓刀具几何参数的合理选择是指在保证加工质量的前提下，选择能提高切削效率、降低生产成本、获得最高刀具耐用度的刀具几何参数。

选择刀具几何参数的因素很多，主要有工件材料、刀具材料、加工过程、工艺系统刚性以及机床效率等。以下所述是在一定切削条件下的基本选择方法，要选择好刀具几何参数，必须在生产实践中不断摸索、总结才能掌握。

1. 前角的选择

选择前角时，首先应保证刀刃锋利，同时也要兼顾刀刃的强度和耐用度。但二者又是一对矛盾，需要根据现场条件，考虑各种因素，以达到一个平衡点。

刀具的前角增大，刀刃变得锋利，可以减少切屑的变形，减少了切屑流出前刀面的摩擦力，从而减少切削力、切削功率和切削热，提高刀具的耐用度。但由于楔角过小，刀刃的强度也会降低，刀头散热体积减小，使切削温度升高，刀具耐用度降低。选择合理的前角时，在刀具强度允许的情况下，应尽可能选择较大的前角，具体选择原则如下。

（1）工件的材料：加工塑性材料时，切屑沿前刀面流出时和前刀面接触长度长，压力和摩擦较大，为减少变形和摩擦，一般采用大的前角。加工脆性材料时，切屑为碎状，切屑和前刀面接触短，切削力主要集中在切削刃附近，受冲击时易产生崩刃，因此刀具前角相对塑性材料取得小些或负前角，以提高刀具的强度。

（2）刀具材料：由于刀具前角的增大，将降低刀刃的强度，因此在选择刀具前角时，应考虑刀具材料的性质。刀具材料不同，强度和韧性也不同，强度和韧性大的刀具材料可以选择大的前角，而脆性大的刀具甚至取负前角。如图 1-9 所示为不同刀具材料的韧性变化。

立方氮化硼　　　陶瓷刀具　　硬质合金刀具　　　高速钢刀具

刀具韧性增强、前角取大

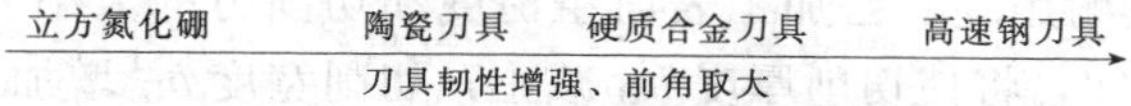

图 1-9　不同刀具材料的韧性变化

（3）加工过程：粗加工时，因加工余量大，切削力大，一般取较小的前角；精加工时，取较大的前角。

（4）工艺系统刚性差和机床功率小时选较大的前角，以减小切削力和振动；数控机床和自动线用刀具，为了保证刀具稳定（不崩刃和破损）一般使用的刀具前角较小或零度前角。表 1-3 为硬质合金车刀合理前角的参考值，高速钢车刀前角一般比表中的值大 5°～10°。

表 1-3　硬质合金车刀合理前角、后角的参考值

工件材料的种类	合理前角参考值/(°)		合理后角参考值/(°)	
	粗车	精车	粗车	精车
低碳钢	20～25	25～30	8～10	10～12
中碳钢	10～15	15～20	5～7	6～8
合金钢	10～15	15～20	5～7	6～8
淬火钢	－15～－5		8～10	
不锈钢（奥氏体）	15～20	20～15	6～8	8～10
灰铸铁	10～15	5～10	4～6	6～8
铜及铜合金（脆）	10～15	5～10	6～8	6～8
铝及铝合金	30～35	35～40	8～10	10～12
钛合金（$\sigma_b \leqslant 1177\text{MPa}$）	5～10		10～15	

注：粗加工用的硬质合金车刀，通常都磨有副倒棱及副刃倾角。

2. 后角的选择

后角的主要作用是减小主后刀面与过渡表面的摩擦，减轻刀具磨损。后角减小，将使主后刀面与工件表面的摩擦加剧，刀具磨损加大，工件冷硬程度增加，加工表面质量差；尤其是切削厚度较小时，由于刀口钝圆半径的影响，上述情况更为严重。后角增大，则摩擦减

小，也减小了刃口钝圆半径，对切削厚度较小的情况有利，但使刀刃强度和散热情况变差。后角的选择主要考虑切削厚度。

（1）工件的材料：工件硬度、强度较高时选用较小的后角，以增加切削刃强度；加工脆性材料时切削力集中在刀刃附近，为强化切削刃应选用较小的后角；工件塑性、韧性较大时选用较大的后角，以减小刀具后刀面的摩擦。

（2）切削厚度：试验表明合理的后角值与切削厚度有密切关系。当切削厚度 h_D 较小时，切削刃要求锋利，因而后角 α_o 应取大些。粗加工、断续切削时，切削厚度较大，为强化切削刃，取较小后角。精加工时，为保证加工表面的质量，选用较大后角。

（3）当工艺系统刚性差时，为了适当增加刀具后刀面和加工表面之间的接触面积，以达到阻尼消振的目的，应选用较小的后角。在一般条件下，为提高刀具耐用度可加大后角。

副后角可减小副后面与已加工表面的摩擦。为了制造、刃磨方便，一般车刀、刨刀等的副后角等于主后角；而切断刀、切槽刀及锯片铣刀等的副后角因受刀头强度限制，只能取较小值，通常 $\alpha_o' = 1° \sim 2°$。硬质合金合理后角参照表1-3。

3. 主偏角的选择

主偏角可影响刀具耐用度、已加工表面粗糙度和切削力的大小。主偏角 κ_r 减小，根据公式（1-7）、（1-8）可知，将使切削厚度 h_D 减小，切削宽度 b_D 增加，即参与切削的切削刃长度也相应增加，切削刃单位长度的受力减小，散热条件也得到改善。而且，主偏角 κ_r 减小时，刀尖角增大，刀尖强度提高，刀尖散热体积增大，所以使刀具耐用度增加。但背向力增大，使切削时产生的挠度增大，降低加工精度。主偏角的选用原则如下。

（1）工件的材料：加工很硬的材料如淬硬钢和冷硬铸铁时，为减小单位长度切削刃上的负荷，改善刀刃散热条件，提高刀具耐用度，应取 $\kappa_r = 10° \sim 30°$。

（2）工艺系统刚性较好时（工件长径比 $l_w/d_w < 6$），主偏角 κ_r 可以取小值。当工艺系统刚性差（工件的长径比 $l_w/d_w = 6 \sim 12$），如车细长轴、薄壁筒等，应取较大的主偏角，甚至取 $\kappa_r \geq 90°$，以减小背向力，从而降低工艺系统的弹性变形和振动。精加工时取较大的主偏角。

（3）在单件小批量生产中，希望用一把车刀加工出工件上的所有表面，如加工外圆、端面和倒角时，主偏角取 $\kappa_r = 45°$，车削阶梯轴时 $\kappa_r = 90°$。从工件中间切入的车刀，以及仿形加工的车刀，应增大主偏角。

硬质合金车刀合理主偏角的参考值见表1-4。

表 1-4 硬质合金车刀合理主偏角、副偏角的参考值

加工情况		参考数值/(°)	
		主偏角 κ_r	副偏角 κ_r'
粗车	工艺系统刚性好	45,60,75	5~10
	工艺系统刚性差	65,75,90	10~15
车细长轴、薄壁零件		90,93	6~10
精车	工艺系统刚性好	45	0~5
	工艺系统刚性差	60,75	0~5
车削冷硬铸铁、淬火钢		10~30	4~10
从工件中间切入		45~60	30~45
切断刀、切槽刀		60~90	1~2

4.副偏角的选择

副偏角的功用在于减小副切削刃与已加工表面的摩擦。减小副偏角可以提高刀具强度，改善散热条件，可减小残留面积的高度，但可能增加副后角与已加工表面的摩擦，引起振动。

副偏角主要根据已加工表面的粗糙度要求和刀具强度来选择，其选择原则如下。

（1）在不引起振动的情况下，一般刀具应尽量选用较小的副偏角，如车刀、刨刀均可取 $\kappa_r' = 5° \sim 10°$。

（2）工件的材料：加工高硬度和高强度的材料时应取较小的副偏角 $\kappa_r' = 4° \sim 10°$，以提高刀尖强度，改善散热条件。

（3）加工过程：精加工时副偏角的取值应比粗加工副偏角要小一些，以减小切屑残留，从而减小了表面粗糙度。

硬质合金车刀合理副偏角的参考值如表 1-4 所示。

5.刃倾角的选择

刃倾角的作用主要是影响切屑流向（如图 1-10 所示）和刀尖强度（如图 1-11 所示）。刃倾角为正值，切削开始时刀尖与工件先接触，切屑流向待加工表面，可避免缠绕和划伤已加工表面，对半精加工、精加工有利；刃倾角为负值，切削开始时刀尖后接触工件，切屑流向已加工表面，容易将已加工表面划伤；在粗加工开始，尤其是在断续切削时，可避免刀尖受冲击，起到保护刀尖的作用。

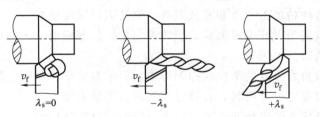

图 1-10　刃倾角对切屑流出方向的影响

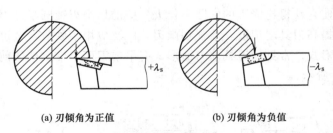

(a) 刃倾角为正值　　　　　(b) 刃倾角为负值

图 1-11　刃倾角对刀尖强度的影响

刃倾角的选择原则如下。

①工件的材料：加工高强度和淬硬钢时，应取绝对值较大的负刃倾角，以使刀具有足够的强度。

②加工过程：粗加工时取 $\lambda_s = -5° \sim 0°$，精加工取 $\lambda_s = 0° \sim 5°$；断续切削、工件表面不规则、有冲击负荷时取 $\lambda_s = -15° \sim -5°$。强力切削时，为提高刀尖强度可取 $\lambda_s = -30° \sim -10°$。微量切削时，为增加切削刃的锋利程度和切薄能力，可取 $\lambda_s = 45° \sim 75°$。

③当工艺系统刚性差时，应取 $\lambda_s > 0°$，以减小背向力，避免切削中的振动。

合理刃倾角的参考值如表 1-5 所示。

表 1-5　刃倾角 λ_s 数值的参考值

λ_s 值	$0°\sim 5°$	$5°\sim 10°$	$-5°\sim 0°$	$-10°\sim -5°$	$-15°\sim -10°$	$-45°\sim -10°$
应用范围	精车钢和细长轴	精车有色金属	粗车钢和灰铸铁	精车余量不均匀的钢	断续车削钢和灰铸铁	带冲击切削淬硬钢

6. 其他几何参数的选择

（1）切削刃区的剖面形式。通常使用的刀具切削刃的刃区形式有锋刃、倒棱、刃带、消振刃和倒圆刃等，如图 1-12 所示。

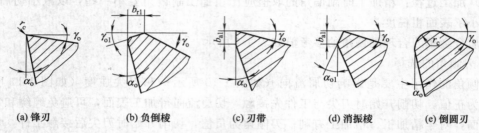

(a) 锋刃　　(b) 负倒棱　　(c) 刃带　　(d) 消振棱　　(e) 倒圆刃

图 1-12　切削刃区的剖面形式

刀具刃磨时由前刀面和后刀面直接形成的切削刃称为锋刃。其特点是刃磨简便，切入阻力小，广泛应用于各种精加工刀具和复杂刀具，但其刃口强度较差。

沿切削刃磨出负前角（或零度前角、小的正前角）的窄棱面称为倒棱。倒棱可增强切削刃，避免崩刃并提高刀具耐用度。

沿切削刃磨出后角为零度的窄棱面称为刃带。刃带有支承、导向、稳定和消振作用。对于铰刀、拉刀和铣刀等定尺寸刀具，刃带可使制造、测量方便。

沿切削刃磨出负后角的窄棱面称为消振棱。消振棱可消除切削加工中的低频振动，强化切削刃，提高刀具耐用度。

研磨切削刃，使它获得比锋刃的钝圆半径大一些的切削刃钝圆半径，这种刃区形式称为倒圆刃。倒圆刃可提高刀具耐用度，增强切削刃，广泛应用于硬质合金可转位刀片。

（2）前刀面的形式。常见的刀具前刀面形式有平前刀面、带倒棱的前刀面和带断屑槽的前刀面，如图 1-13 所示。

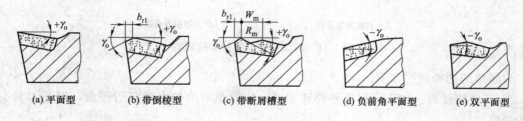

(a) 平面型　　(b) 带倒棱型　　(c) 带断屑槽型　　(d) 负前角平面型　　(e) 双平面型

图 1-13　前刀面的形式

平前刀面的特点是形状简单，制造、刃磨方便，但不能强制卷屑，主要用于高速钢刀具，可精加工铸铁、青铜等脆性材料。

倒棱可以增加刀刃强度，提高刀具耐用度，粗加工刀具常用带倒棱的前刀面。

带断屑槽的前刀面是在前刀面上磨有直线或弧形的断屑槽，切屑从前刀面流出时受断屑槽的强制附加变形，能使切屑按要求卷曲折断。主要用于塑性材料的粗加工及半精加工刀具。

负前角平面型的特点是切削刃强度较好，但刀刃较钝，切屑变形大。主要用于硬脆刀具材料，加工高强度高硬度材料，如淬火钢。

双平面型是在负前角后面加有正前角，有利于切屑流出。

（3）后刀面形式。几种常见的后刀面形式如图 1-14 所示，有平后刀面、带消振棱或刃带的后刀面、双重或三重后刀面。

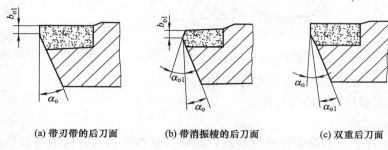

(a) 带刃带的后刀面 (b) 带消振棱的后刀面 (c) 双重后刀面

图 1-14　后刀面形式

平后刀面形状简单，制造刃磨方便，应用广泛。

带消振棱的后刀面用于减小振动。带刃带的后刀面用于定尺寸刀具。双重后刀面主要能增强刀刃强度，减少后刀面的摩擦。刃磨时只磨第一后刀面。

1.2.4　刀具的磨损和耐用度

1.2.4.1　刀具失效

在金属切削过程中，刀具总会发生磨损，刀具的磨损与刀具材料、工件材料性质以及切削条件都有关系，通过掌握刀具磨损的原因及发展规律，能掌握如何选择刀具材料和切削条件，保证加工质量。

刀具在使用过程中丧失切削能力的现象称为刀具失效。刀具失效的主要形式有刀具的破损和磨损两种。

1. 刀具破损

在断续切削条件下，由于强烈的机械与热冲击，超过了刀具材料强度，引起刀具破损，俗称打刀。一旦发生打刀，很难修复，常常造成刀具报废，属于不正常失效，应尽量避免。刀具的破损包括脆性破损和塑性破损两种形式。脆性破损是由于切削过程中的冲击振动而造成的刀具崩刃、碎断现象和由于刀具表面受交变力作用引起表面疲劳而造成的刀面裂纹、剥落现象；塑性破损是由于高温切削塑性材料或超负荷切削难切削的材料时，因剧烈的摩擦及高温作用使得刀具产生固态相变和塑性变形。

2. 刀具磨损

刀具的磨损属于正常失效形式，可以通过重磨修复，主要表现在刀具的前面磨损、后面磨损及边界磨损三种形式，如图 1-15 所示。前面磨损和边界磨损常见于塑性材料加工中，前面磨损出现常说的"月牙洼"；边界磨损主要出现在主切削刃附近靠近工件外皮处和副切削刃靠近刀尖处；后面磨损常见于脆性材料加工中，因脆性材料加工时易形成崩碎切屑，切屑与刀具前面摩擦不大，主要是刀具后面与已加工表面的摩擦。刀具磨损的原因很复杂，是

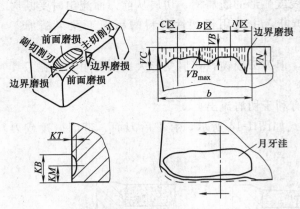

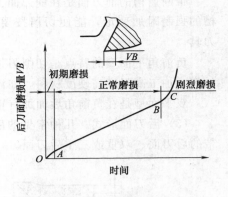

图 1-15　刀具的磨损　　　　　　　　　图 1-16　刀具磨损的典型曲线

机械、热、化学、物理等各种因素综合作用的结果。

1.2.4.2　刀具磨损过程与磨钝标准

1.刀具磨损过程

在一定的条件下，不论何种磨损形式，其磨损量都随切削时间的增长而增长。如图 1-16 所示，刀具的磨损过程分为三个阶段。

（1）初期磨损阶段（图 1-16 中的 OA 段）。此阶段磨损较快，这是因为新磨好的刀具表面存在微观粗糙度，且刀刃比较锋利，刀具与工件实际接触面积较小，压应力较大，使后刀面很快出现磨损带。初期磨损量一般在 0.05～0.1mm，磨损量大小与刀具刃磨质量和速度有关。

（2）正常磨损阶段（图 1-16 中的 AB 段）。此阶段磨损速度减慢，磨损量随时间的增加均匀增加，切削稳定，是刀具的有效工作阶段。此时曲线为直线，其斜率大小表示刀具的磨损强度；斜率越小，耐磨性越好。它是比较刀具切削性能的重要指标之一。

（3）急剧磨损阶段（图 1-16 中的 BC 段）。刀具经过正常磨损阶段之后已经变钝，如继续切削，温度将剧增，切削力增大，刀具磨损急剧增加。在此阶段，既不能保证加工质量，刀具材料消耗也多，甚至崩刃而完全丧失切削能力。一般应在此阶段之前及时换刀。

2.刀具的磨钝标准

刀具磨损到一定程度后，切削力、切削温度显著增加，加工表面变得粗糙，工件尺寸可能超过公差范围，切削颜色、形状发生明显变化，甚至产生振动或出现不正常的噪声等。这些现象说明刀具已经磨钝，因此需要根据加工要求规定一个最大的允许磨损量，这就是刀具的磨钝标准。由于后刀面磨损最常见，且易于控制和测量，通常以主后刀面中间部分平均磨损量 VB 作为磨钝标准。根据生产实践的调查资料，硬质合金车刀磨钝标准如表 1-6 所示。

表 1-6　硬质合金车刀的磨钝标准

加 工 条 件	主后面 VB 值/mm	加 工 条 件	主后面 VB 值/mm
精车	0.1～0.3	铸铁件粗车	0.8～1.2
合金钢粗车、粗车刚性较差工件	0.4～0.5	钢及铸铁大件低速粗车	1.0～1.5
碳素钢粗车	0.6～0.8		

1.2.4.3　刀具耐用度

1.刀具耐用度的概念

所谓刀具耐用度，指的是从刀具刃磨后开始切削，一直到磨损量达到磨钝标准为止所经过的总切削时间，用符号 T 表示，单位为 min。耐用度应为切削时间，不包括对刀、测量、快进、回程等非切削时间。

2．影响刀具耐用度的因素

（1）切削用量。切削用量是影响刀具耐用度的一个重要因素。v_c、f、a_p、增大，刀具耐用度 T 减小，且 v_c 影响最大，f 次之，a_p 最小。所以在保证一定刀具耐用度的条件下，为了提高生产率，应首先选取大的背吃刀量 a_p，然后选择较大的进给量 f，最后选择合理的切削速度 v_c。

（2）刀具几何参数。刀具几何参数对刀具耐用度影响最大的是前角 γ_o 和主偏角 κ_r。

前角 γ_o 增大，可使切削力减小，切削温度降低，耐用度提高；但前角 γ_o 太大会使刀具强度削弱，散热差，且易于破损，刀具耐用度反而下降了。由此可见，对于每一种具体加工条件，都有一个使刀具耐用度 T 最高的合理数值。

主偏角 κ_r 减小，可使刀尖强度提高，改善散热条件，提高刀具耐用度；但主偏角 κ_r 过小，则背向力增大，对刚性差的工艺系统，切削时易引起振动。

（3）刀具材料。刀具材料的高温强度越高，耐磨性越好，刀具耐用度越高。但在有冲击切削、重型切削和难加工材料切削时，影响刀具耐用度的主要因素是冲击韧性和抗弯强度。韧性越好，抗弯强度越高，刀具耐用度越高，越不易产生破损。

（4）工件材料。工件材料的强度、硬度越高，产生的切削温度越高，故刀具耐用度越低。此外，工件材料的塑性、韧性越高，导热性越低，切削温度越高，刀具耐用度越低。

3．刀具耐用度的确定

合理选择刀具耐用度，可以提高生产率和降低加工成本。刀具耐用度定得过高，就要选取较小的切削用量，从而降低了金属切除率，降低了生产率，提高了加工成本。反之耐用度定得过低，虽然可以采取较大的切削用量，但却因刀具磨损快，换刀、磨刀时间增加，刀具费用增大，同样会使生产率降低和成本提高。目前生产中常用的刀具耐用度如表 1-7 所示。

表 1-7　刀具耐用度参考值

刀 具 类 型	刀具耐用度 T 值/min	刀 具 类 型	刀具耐用度 T 值/min
高速钢刀具	60～90	硬质合金面铣刀	120～180
高速钢钻头	80～120	齿轮刀具	200～300
硬质合金焊接车刀	60	自动机用高速钢车刀	180～200
硬质合金可转位车刀	15～30		

1.3　金属切削过程

切削加工时刀具挤压切削层，使之与工件基体分离而变成切屑，获得所需要的表面，这个过程称为切削过程。

金属的切削过程是切屑的形成过程，实质上是工件表层金属材料受到切削力的作用后发生变形直到剪切断裂的过程。在这个过程中切削力、切削热、加工硬化和刀具磨损等都直接对加工质量和生产率有很大的影响。

1.3.1　切屑的形成过程

金属切削时：切削层金属受到刀具的挤压开始产生弹性变形；随着刀具的推进，应力、应变逐渐加大，当应力达到材料的屈服强度时产生塑性变形；刀具再继续切入，当应力达到材料的抗拉强度时，金属层被挤裂而形成切屑。实际上，由于加工材料性能与切削条件不同，上述过程的三个阶段不一定能完全显示出来。

1.3.2　切屑的种类

由于工件的材料不同，切削条件不同，切削过程中的变形程度也就不同。根据切削过程中变形程度的不同，可把切屑分成四种不同的形态，如图 1-17 所示。其中前三种是属于加工塑性材料所产生的切屑，第四种为加工脆性材料的切屑。

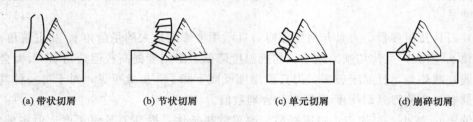

| (a) 带状切屑 | (b) 节状切屑 | (c) 单元切屑 | (d) 崩碎切屑 |

图 1-17　切屑种类

1. 带状切屑

带状切屑如图 1-17（a）所示。带状切屑形状为带状，底层（与前刀面接触的面）光滑，而外表呈毛茸状，无明显裂纹。这是加工塑性材料（如软钢、铜、铝等）常见的一种切屑。在切削厚度较小、速度较高、刀具前角较大时，容易得到这种切屑。形成带状切屑时，切削过程较平稳，切削力波动较小，加工表面质量高。但切屑连续不断，会缠在工件或刀具上，影响工件质量且不安全。

2. 挤裂切屑

挤裂切屑如图 1-17（b）所示，又称节状切屑。这种切屑和带状切屑差不多，不过它的底层有时出现裂纹，而外表面呈锯齿状。挤裂切屑大多在切削速度较低、切削厚度较大、刀具前角较小时产生。切削过程不太稳定，切削力波动较大，已加工表面粗糙度值较大。

3. 单元切屑

单元切屑如图 1-17（c）所示。采用小前角或负前角，以极低的切削速度和大的切削厚度切削塑性金属时，会产生这种切屑。产生单元切屑时，切削过程不平稳，切削力波动较大，已加工表面质量较差。

4. 崩碎切屑

崩碎切屑如图 1-17（d）所示。切削脆性材料（铸铁、青铜）时，由于材料的塑性小，抗拉强度很低，在切削时切削层内靠近切削刃和前刀面的局部金属未经明显的塑性变形就被挤裂，形成不规则的碎块切屑。工件材料越硬脆、刀具前角越小、切削厚度越大时，越易产生崩碎切屑。产生崩碎切屑时，切削力波动大，加工表面凹凸不平，刀刃容易损坏。

1.3.3　积屑瘤

1. 积屑瘤现象

在中速或较低的切削速度范围内，切削一般钢材或其他塑性金属材料，而又能得到带状切屑时，紧靠切削刃的前面上黏结一块硬度很高的楔状金属块，它包围着切削刃且覆盖部分前刀面，这种楔状金属块称为积屑瘤，俗称刀瘤。积屑瘤与被切削材料有相同的成分，但由

于其晶格畸变严重而使得硬度约为被切削材料的 2～4
倍，能代替切削刃进行切削，如图1-18 所示。

2. 积屑瘤的形成过程

积屑瘤的形成一般分为两个过程：形核和核长大。
形核时，在一定温度和压力下，切屑底层金属晶格畸变
并黏附在具有亲和力的刀具前刀面，形成积屑瘤核。随
着切屑的流动，切屑底层结构相似的原子团不断依附，
促使积屑瘤核不断长大，逐渐形成积屑瘤。

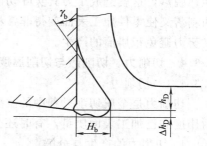

图 1-18　积屑瘤的形成

长大的积屑瘤受外力作用或振动影响会发生局部断
裂或脱落。积屑瘤的产生、成长、脱落过程是在短时间内进行的，并在切削过程中周期性地
不断出现。

3. 积屑瘤对切削过程的影响

（1）增大前角　积屑瘤黏附在前刀面上，它增大了刀具的实际前角。因而可减少切屑变
形，降低了切削力。

（2）增大切削厚度　积屑瘤前端伸出到切削刃之外，伸出量为 Δh_D，因而影响了加工
尺寸。

（3）增大已加工表面的粗糙度　积屑瘤的产生、成长与脱落是一个带有周期性的动态过
程（每秒钟几十至几百次），使切削厚度不断变化，以及有可能由此引起振动；积屑瘤的底
部相对稳定一些，其顶部很不稳定，容易破裂，一部分黏附于切屑底部而排出，一部分留在
已加工表面上形成鳞片状毛刺；积屑瘤黏附在切削刃上，使实际切削刃呈一不规则的曲线，
导致在已加工表面上刻出一些深浅和宽窄不同的纵向沟纹。

（4）影响刀具耐用度　积屑瘤包围着切削刃，同时覆盖着一部分前刀面。积屑瘤一旦形
成，它便代替切削刃和前刀面进行切削。于是，切削刃和前刀面都得到积屑瘤的保护，从而
减少了刀具磨损。但在积屑瘤不稳定的情况下使用硬质合金刀具时，积屑瘤的破裂可能使硬
质合金刀具颗粒剥落，使刀具磨损加剧。

4. 影响积屑瘤产生的主要因素及防止方法

（1）切削速度的影响　实验研究表明，切削速度是通过切削温度对前刀面的最大摩擦系
数和工件材料性质的影响而产生积屑瘤的。所以控制切削速度使切削温度在 300℃ 以下或
380℃ 以上，就可以减少积屑瘤的生成。

（2）进给量的影响　进给量增大，则切削厚度增大。切削厚度越大，刀具前刀面与切屑
的接触长度越长，从而形成积屑瘤的生成基础。

（3）前角的影响　若增大刀具的前角，切屑变形减小，则切削力减小，从而使前刀面上
的摩擦减小，减小了积屑瘤生成基础。实践证明，前角增大到 35° 时，一般不产生积屑瘤。

（4）切削液的影响　采用润滑性能良好的切削液可以减小或消除积屑瘤的产生。

（5）工件材料硬度的影响　当工件材料硬度很低、塑性很高时，可进行适当的热处理，
以提高硬度，降低塑性抑制积屑瘤的产生。

【例 1-1】　某工厂车工师傅在粗加工一件零件时，他采用了在刀具上产生积屑瘤的加工
方法，而在精加工时，他又努力避免积屑瘤的产生，请问这是为什么？

答：根据本节积屑瘤对加工的影响分析可知，积屑瘤能增大刀具实际前角，使切削容
易，所以这位师傅在粗加工时采用了利用积屑瘤的加工方法，但积屑瘤很不稳定，它会周期

性地脱落，这就造成了刀具实际切削厚度在变化，影响零件的加工尺寸精度，另外，积屑瘤的剥落又使零件加工表面变得非常粗糙，影响零件表面粗糙度。所以在精加工时，这位师傅又努力避免积屑瘤的产生。

1.3.4　切削力、切削热与切削温度

1.3.4.1　切削力

切削力是金属切削过程中的主要物理现象之一，它直接影响切削热的产生、刀具磨损、耐用度和已加工表面质量，有时还会引起振动，甚至损坏刀具及机床零件。

1. 切削力的产生与分解

刀具在切削过程中克服加工阻力所需的力，称为切削力。切削时作用在刀具上的力来自两个方面：一是切屑形成过程中弹性变形及塑性变形产生的变形抗力；二是刀具与切屑及工件表面间的摩擦阻力，这两方面的力所构成的切削合力，作用于前刀面和后刀面上，形成切削力，如图 1-19 所示。切削合力的大小、方向和作用位置是零件工艺分析和机床、夹具、刀具强度的设计依据。实际应用时，常将切削合力 F_r 分解在需要的方向上，如图 1-20 所示。

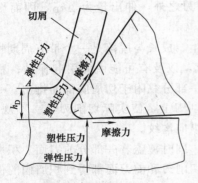

图 1-19　切削力的产生

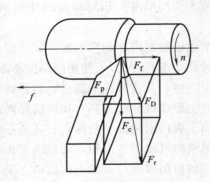

图 1-20　切削力的分解

（1）主切削力 F_c　主运动方向上的切削分力，垂直于基面，与切削速度在一条直线上方向相反，它是计算机床动力、校核设备强度和刚度的基本参数。

（2）进给力 F_f　也称轴向力或走刀力，作用在进给运动方向上的切削分力，在基面内，是设计和校验进给机构强度所必需的数据。

（3）背向力 F_p　是沿工作平面垂直方向上的切削分力，因作用在吃刀方向，又称为径向力。作用于机床→夹具→工件→刀具系统刚度最弱的方向上，容易引起振动及加工误差，是影响工件加工质量的主要分力，也是设计和校验系统刚性和精度的基本数据。

由图 1-20 可知

$$F_r = \sqrt{F_c{}^2 + F_D{}^2} \tag{1-12}$$

F_D 为总合力在切削层尺寸平面上的投影，是进给力 F_f 与背向力 F_p 的合力

$$F_D = \sqrt{F_p{}^2 + F_f{}^2} \tag{1-13}$$

因此，总合力为

$$F_r = \sqrt{F_c{}^2 + F_p{}^2 + F_f{}^2} \tag{1-14}$$

在刀具主偏角 $\kappa_r = 45°$，刀具刃倾角 $\lambda_s = 0°$，刀具前角 $\gamma_o = 15°$ 时，根据经验 F_f、F_p、F_c 三力之间有如下关系

$$F_p = (0.4 \sim 0.5) F_c$$
$$F_f = (0.3 \sim 0.4) F_c$$
$$F_r = (1.12 \sim 1.18) F_c$$

不过，根据车刀材料、车刀几何参数、切削用量、工件材料和车刀磨损等情况不同，F_f、F_p、F_c 三力之间比例有较大的变化。

2. 切削功率

消耗在切削过程中的总功率 P（kW）为消耗在三个分力方向上的功率之和，但由于进给运动速度比主运动速度小得多，在进给运动方向上消耗的功率只占总功率的 $1\% \sim 5\%$，可忽略不计，而径向分力几乎不消耗功率，故有

$$P \approx P_c = \frac{F_c v_c}{60 \times 1000} \tag{1-15}$$

引入切削层单位面积的切削力 k_c，根据切削层参数计算可得

$$k_c = \frac{F_c}{A_D} = \frac{F_c}{a_p f} \tag{1-16}$$

即

$$F_c = k_c a_p f \tag{1-17}$$

代入式（1-15），则

$$P \approx P_c = \frac{k_c a_p f v_c}{60 \times 1000} \tag{1-18}$$

单位面积切削力是通过大量切削实验获得的，可根据有关资料或手册查取。利用单位面积切削力来计算切削力和切削功率比较方便，也比较准确。

1.3.4.2　切削热、切削温度

切削热与切削温度是切削过程中产生的另一个重要物理现象。切削过程中，切削力所做的功可转化为等量的热，除少量散逸在周围介质中外，其余均传散到刀具、切屑和工件中，并使其温度升高，引起工件热变形，加速了刀具的磨损。

1. 切削热的产生与传散

切削热的形成主要由切削功耗产生，而切削中的功耗主要是由被切削层金属的变形、切屑与刀具前面的摩擦和工件与刀具后面的摩擦产生。其中功耗（包括变形功耗和摩擦功耗）占总功耗的 $98\% \sim 99\%$，因此，可以认为，切削过程中的功耗都转化为切削热。

切削热通过切屑、刀具、工件和周围介质（空气或切削液）传散。各部分传热的比例取决于工件材料、切削速度、刀具材料及其几何形状、加工方法以及是否使用切削液等。如不考虑切削液，则各种介质的比例参考如下。

（1）车削加工　切屑，$50\% \sim 80\%$；刀具，$4\% \sim 10\%$；工件，$3\% \sim 9\%$；周围介质，1%。

（2）钻削加工　切屑，28%；刀具，14.5%；工件 52%；空气，5%。

切削速度越高，切削厚度越大，则由切屑带走的热量越多。

2. 切削温度及其影响因素

切削温度是指切削区的平均温度，即切屑、工件和刀具接触区的平均温度。切削温度直接影响刀具耐用度和工件的加工质量，也严重影响切削加工生产率。

影响切削温度的因素有切削用量、工件材料、刀具材料及其几何形状和切削液等。

（1）切削用量的影响　切削用量越大，单位时间内金属被切除量越多，切削热越大，切

削温度越高。在切削用量三要素中，切削速度对切削温度的影响最大，进给量次之，背吃刀量影响最小。因此，在保证生产率的前提下，为有效控制切削温度，选用较大的背吃刀量比选用较大的切削速度更有利。

（2）刀具几何角度的影响　刀具角度中以前角和主偏角对切削温度的影响最大。增加刀具前角，可减少切削变形和摩擦，切削热减少，有利于降低切削温度。但前角过大，将使刀头部分散热体积减小，反而不利于降低切削温度。减小主偏角可使主切削刃工作长度增加，散热条件改善，有利于降低切削温度。

（3）工件材料的影响　工件材料的硬度、强度越高，切削时消耗的功越大，切削温度就越高；工件材料的导热性能越好，切削热传散越快，切削温度则越低。

（4）切削液的影响　切削加工时，使用切削液可以有效地降低切削温度，同时还可以起润滑、清洗和防锈作用。

1.4　金属材料的切削加工性

1.4.1　切削加工性的概念和指标

工件材料的切削加工性是指工件材料进行切削加工的难易程度，也称可加工性。加工时的情况和要求不同，材料加工难易程度的评价标准也不同。常用的标志方式有以下几种。

1. 加工表面质量

容易获得较小表面粗糙度的材料，其材料的切削加工性高。一般零件的精加工用此标准衡量。

2. 刀具耐用度

这是比较通用的材料切削加工性衡量标准。

这种标准常用的衡量方法是：保证相同刀具耐用度的前提下，考察切削材料所允许的切削速度的高低，以 v_T 表示，含义为当刀具耐用度为 T（min）时，切削某种工件材料所允许的切削速度值 v_T 越高，工件材料的切削加工性越好。一般情况下，取 $T=60$min，v_T 可以用 v_{60} 表示；难加工材料 $T=30$min 或 15min。

3. 单位切削力

机床动力不足或机床系统刚性不足时，为保证正常的切削加工质量，工件材料切削时所需的最小切削力或切削功率，这是选择工艺设备和设计工艺装备的主要参数。

4. 断屑性能

在自动生产线、加工中心上，或深孔钻床上，为避免切屑对已加工工件表面的划伤，对切屑的断屑要求较高，常用材料的断屑性能来衡量材料的可加工性。同一种材料很难在各种切削性能指标中同时获得良好的评价，往往在某一种加工方式中，用某一种指标来衡量是容易切削的，但对另一种加工方式或另一种指标来说，它又是难切的。因此，材料的可加工性是相对的。实际生产中多是根据加工要求采用某一种指标来衡量工件材料的可加工性。

目前常用的工件材料，按照相对切削加工性可分为八级，如表1-8所示。

1.4.2　影响切削加工性的因素

影响工件材料切削加工性的各种因素中，最主要的影响因素是材料的硬度，其次是该材料的金相组织相关因素，再次是工件材料的塑性和韧性，以下分别说明。

表 1-8　工件材料的相对切削性及分级

切削性等级	名称及种类		相对切削性 κ_r	代表性材料
1	很容易切削材料	一般有色金属	>3.0	铜合金、铅合金、锌合金
2	易切削材料	易切削钢	2.5~3.0	退火 15Cr 钢（$\sigma_b=380\sim450MPa$）Y12 钢（$\sigma_b=400\sim500MPa$）
3		较易切削钢	1.6~2.5	正火 30 钢（450~560MPa）
4	普通材料	一般钢及铸铁	1.0~1.6	45 钢、灰铸铁
5		稍难切削钢材料	0.65~1.0	调质 2Cr13 钢（$\sigma_b=850MPa$）85 热轧钢（$\sigma_b=900MPa$）
6	难切削材料	较难切削材料	0.5~0.65	调质 45Cr
7		难切削材料	0.15~0.5	50CrV 调质；1Cr18Ni9Ti 未淬火；工业纯铁；某些钛合金
8		很难切削材料	<0.15	某些钛合金；铸造镍基高温合金；Mn13 高锰钢

1. 工件材料的硬度

一般情况下，加工硬度高的工件材料时，切屑与前刀面的接触长度减小，前刀面上的法向应力增大，摩擦集中在一小段刀具和切屑接触面上，使切削温度增高，摩擦加剧，因此刀尖容易磨损和崩刃。

2. 工件材料的强度

工件材料的强度越高，所需的切削力也越大，切削温度也相应增高，刀具磨损变大。因此，材料的切削加工性是随着材料的强度增大而降低的。

3. 工件材料的塑性与韧性

在强度相同时，塑性大的材料所需切削力大，产生的切削温度也高，另外还容易发生黏结现象，切削变形大，因而刀具磨损较大，已加工表面质量差，此材料的切削加工性也较低。但塑性过低，刀具与切屑接触长度变小，切削力与切削热集中在刀尖附近，刀具磨损加剧，可切削性也差。韧性的影响与塑性相似，并且对断屑影响大。韧性越大，断屑越困难。

4. 工件材料的导热性

材料的热导率越小，切削热越不易传出，切削温度增高，刀具磨损加剧，可加工性越差。

5. 材料化学成分对切削加工性的影响

钢中化学成分能改善钢的性能。其中，Cr、Ni、V、Mo、W、Mn 等元素能提高钢的强度和硬度；Si 和 Al 等元素容易形成氧化铝和氧化硅等硬质点，增加刀具磨损。这些元素含量较低时（一般以 0.3% 为限），对金属的切削加工性影响不大，超过这个含量，材料的切削加工性降低。

钢中加入少量的硫、硒、铅、磷等元素后，不但能降低钢的强度，而且能降低钢的塑性，因而提高钢的切削加工性。

1.4.3　改善金属材料切削加工性的途径

工件的切削加工性往往不能满足加工的需要，需要采取措施提高材料的切削加工性能。改善材料的切削加工性主要可以采取以下措施。

1. 调整工件材料的化学成分

如材料中加入 S 元素，组织中产生硫化物，减少组织的结合强度，便于切削；加入铅，使材料组织结构不连接，有利断屑，铅还能形成润滑膜，减小摩擦系数。因此，在钢中添加硫、铅等化学元素，金属的切削性能将得到有效提高，钢成为易切削钢。

2. 通过热处理改变材料的金相组织和力学性能

采用适当的热处理工艺来改变材料的金相组织和物理力学性能，是改善金属材料的切削加工性的重要途径之一。

高碳钢和工具钢硬度高，含有较多网状和片状渗碳体组织，难切削。通过球化退火，得到球状渗碳体组织，降低材料的硬度，改善了切削加工性。

低碳钢塑性高，切削加工性也差。通过冷拔和正火处理，可以降低其塑性，提高硬度，使其切削加工性得到改善。马氏体不锈钢塑性也较高，一般通过调质处理，降低塑性，提高其可加工性。

热轧状态的中碳钢，由于组织不均匀，有些表面有硬皮，所以难切削。通过正火处理或退火处理，均匀材料的组织和硬度，可以提高材料切削加工性。

铸铁一般通过退火处理，可消除内应力和降低表面硬度，以改善切削加工性。

1.5　切削用量与切削液的选择

1.5.1　切削用量的选择

切削用量是切削加工过程中切削速度、进给量和背吃刀量的总称。切削用量的选择对切削力、切削效率、刀具磨损、加工质量和加工成本均有显著影响。选择合理的切削用量，就是在保证加工质量和刀具耐用度的前提下，充分发挥机床性能和刀具切削性能，使切削效率最高，加工成本最低。

1.5.1.1　切削用量的选择原则

1. 粗加工时切削用量的选用原则

优先选取尽可能大的背吃刀量，以尽量保证较高的金属切除率；其次要根据机床动力和刚性的限制条件等，选取尽可能大的进给量；最后根据刀具耐用度确定最佳的切削速度。

2. 精加工时切削用量的选择原则

要保证工件的加工质量，首先应根据粗加工后的余量选用较小的背吃刀量；其次根据已加工表面粗糙度要求，选取较小的进给量；最后在保证刀具耐用度的前提下尽可能选用较高的切削速度。

1.5.1.2　切削用量的选择方法

1. 背吃刀量的选择

背吃刀量的选择根据加工余量确定。切削加工一般分为粗加工、半精加工和精加工几道工序，各工序有不同的选择方法。

粗加工时（表面粗糙度 $Ra50\sim12.5\mu m$），在允许的条件下，尽量一次切除该工序的全部余量。中等功率机床，背吃刀量可达 $8\sim10mm$。但对于加工余量大，一次走刀会造成机床功率或刀具强度不够；或加工余量不均匀，引起振动；或刀具受冲击严重出现打刀现象，需要采用多次走刀。如分两次走刀，则第一次背吃刀量尽量取大，一般为加工余量的 2/3～3/4 左右。第二次背吃刀量尽量取小些，可取加工余量的 1/4～1/3 左右。

半精加工时（$Ra6.3\sim3.2\mu m$），背吃刀量一般为 $0.5\sim2mm$。精加工时（表面粗糙度

$Ra1.6 \sim 0.8 \mu m$），背吃刀量为 $0.1 \sim 0.4 mm$。

2. 进给量的选择

粗加工时，进给量的选择主要受切削力的限制，由于对表面质量没有太高的要求，这时在机床进给机构的强度和刚性及刀杆的强度和刚性等良好的情况下，根据加工材料、刀杆尺寸、工件直径及已确定的背吃刀量来选取较大的进给量。

精加工和半精加工时，最大进给量主要考虑加工精度和表面粗糙度。另外还要考虑工件材料、刀尖圆弧半径、切削速度等。当切削速度提高，刀尖圆弧半径增大，或刀具磨有修光刃时，可以选择较大的进给量以提高生产率。

在生产实践中，进给量常根据经验选取。粗加工时，根据工件材料、车刀刀杆直径、工件直径和背吃刀量按表 1-9 进行选取，表中数据根据经验所得，其中包含了刀杆的强度和刚度，工件的刚度等工艺系统因素。从表中可以看到，在背吃刀量一定时，进给量随着刀杆尺寸和工件尺寸的增大而增大。加工铸铁时，切削力比加工钢件时小，所以铸铁可以选取较大的进给量。精加工与半精加工时，可根据加工表面粗糙度要求按表选取，同时考虑切削速度和刀尖圆弧半径因素，如表 1-10 所示。

3. 切削速度的选择

根据已经选定的背吃刀量、进给量及刀具耐用度 T 选择切削速度。粗加工时，背吃刀量和进给量都较大，切削速度受刀具耐用度和机床功率的限制，一般较低。精加工时，背吃刀量和进给量都较小，切削速度主要受工件加工质量和刀具耐用度的限制，一般较高。选择切削速度时还应考虑工件材料的强度和硬度以及切削加工性等因素。也可用经验公式计算，根据生产实践经验在机床说明书允许的切削速度范围内查表选取。

此外，切削速度也可以通过表 1-11 查取。切削速度确定后，用式（1-2）算出机床转速 n。在选择切削速度时，还应考虑以下几点。

（1）应尽量避开积屑瘤产生的区域（$20 \sim 60 m/min$）。

（2）断续切削时，为减小冲击和热应力，要适当降低切削速度。

（3）在易发生振动的情况下，切削速度应避开自激振动的临界速度。

（4）加工大件、细长件和薄壁工件时，应选用较低的切削速度。

（5）加工带硬外皮的工件时，应适当降低切削速度。

1.5.2 切削液的选择

切削液的主要功能是润滑和冷却作用。它可以改善工件与刀具间的摩擦状况，降低切削力和切削温度，减轻刀具磨损，减小工件的热变形，从而提高刀具耐用度，提高加工效率和加工质量。

1.5.2.1 切削液的作用

1. 冷却作用

流出切削区的切削液带走大量的热量，从而降低工件与刀具的温度，提高刀具耐用度，减少热变形，提高加工精度。试验表明，切削液只能缩小刀具与切屑界面的高温区域，并不能降低最高温度，一般的浇注方法主要冷却切屑。切削液如喷注到刀具副后面处，将对刀具和工件的冷却效果更好。

切削液的冷却性能取决于它的导热系数、比热容、汽化热、汽化速度及流量、流速等。切削液的冷却作用主要靠热传导。因为水的导热系数为油的 $3 \sim 5$ 倍，且比热也大一倍，所以水溶液的冷却性能比油好。

表 1-9　硬质合金车刀粗车外圆及端面的进给量参考值

工件材料	车刀刀杆尺寸/mm	工件直径/mm	背吃刀量 a_p/mm				
			≤3	>3～5	>5～8	>8～12	>12
			进给量 f/(mm/r)				
碳素结构钢、合金结构钢、耐热钢	16×25	20	0.3～0.4	—	—	—	—
		40	0.4～0.5	0.3～0.4	—	—	—
		60	0.5～0.7	0.4～0.6	0.3～0.5	—	—
		100	0.6～0.9	0.5～0.7	0.5～0.6	0.4～0.5	—
		400	0.8～1.2	0.7～1.0	0.6～0.8	0.5～0.6	—
	20×20 25×25	20	0.3～0.4	—	—	—	—
		40	0.4～0.5	0.3～0.4	—	—	—
		60	0.6～0.7	0.5～0.7	0.4～0.6	—	—
		100	0.8～1.0	0.7～0.9	0.5～0.7	0.4～0.7	—
		400	1.2～1.4	1.0～1.2	0.8～1.0	0.6～0.9	0.4～0.6
铸铁及合金钢	16×25	40	0.4～0.5	—	—	—	—
		60	0.6～0.8	0.5～0.8	0.4～0.6	—	—
		100	0.8～1.2	0.7～1.0	0.6～0.8	0.5～0.7	—
		400	1.0～1.4	1.0～1.2	0.8～1.0	0.6～0.8	—
	20×20 25×25	40	0.4～0.5	—	—	—	—
		60	0.6～0.9	0.5～0.8	0.4～0.7	—	—
		100	0.9～1.3	0.8～1.2	0.7～1.0	0.5～0.8	—
		400	1.2～1.8	1.2～1.6	1.0～1.3	0.9～1.0	0.7～0.9

表 1-10　按表面粗糙度选择进给量的参考值

工件材料	表面粗糙度/μm	切削速度范围/(m/min)	刀尖圆弧半径 r_s/mm		
			0.5	1.0	2.0
			进给量 f/(mm/r)		
铸铁、青铜、铝合金	Ra12.5～6.3	不限	0.25～0.40	0.40～0.50	0.50～0.60
	Ra6.3～3.2		0.15～0.25	0.25～0.40	0.40～0.60
	Ra3.2～1.6		0.10～0.15	0.15～0.40	0.20～0.35
碳钢及合金钢	Ra12.5～6.3	<50	0.30～0.50	0.45～0.60	0.55～0.70
		>50	0.40～0.55	0.55～0.65	0.65～0.70
	Ra6.3～3.2	<50	0.18～0.25	0.25～0.30	0.30～0.40
		>50	0.25～0.30	0.30～0.35	0.35～0.50
	Ra3.2～1.6	<50	0.10	0.11～0.15	0.15～0.22
		50～100	0.11～0.16	0.16～0.25	0.25～0.35
		>100	0.16～0.20	0.20～0.25	0.25～0.35

切削液自身的温度对冷却效果影响很大。切削液温度太高，冷却作用小，切削液温度太低，切削油黏度大，冷却效果也不好。

2. 润滑作用

切削液能在刀具前、后刀面与工件之间形成一层润滑膜，可减小或避免刀具与工件或切屑间的直接接触、减轻摩擦和黏结程度，因而可以减轻刀具的磨损，提高工具表面的加工质量。

表 1-11　车削加工常用钢材的切削速度参考值

加工材料		硬度 HBS	背吃刀量 a_p/mm	高速钢刀具		硬质合金刀具						陶瓷(超硬材料)刀具		说　明
						未涂层			材料	涂层				
				v/(m/min)	f/(mm/r)	v/(m/min)		f/(mm/r)		v/(m/min)	f/(mm/r)	v/(m/min)	f/(mm/r)	
						焊接式	可转位							
易切削钢	低碳	100~200	1	55~90	0.18~0.2	185~240	220~275	0.18	TY15	320~400	0.18	550~700	0.13	切削条件较好时可用冷压 Al_2O_3 陶瓷，切削条件较差时宜用 Al_2O_3＋TiC 热压混合陶瓷
			4	41~70	0.40	135~185	160~215	0.50	TY14	215~275	0.40	425~580	0.25	
			8	34~55	0.50	110~145	130~170	0.75	TY5	170~220	0.50	335~490	0.40	
	中碳	175~225	1	52	0.2	165	200	0.18	TY15	305	0.18	520	0.13	
			4	40	0.40	125	150	0.50	TY14	200	0.40	395	0.25	
			8	30	0.50	100	120	0.75	TY5	160	0.50	305	0.40	
碳钢	低碳	125~225	1	43~46	0.18	140~155	170~195	0.18	TY15	260~290	0.18	520~580	0.13	
			4	34~33	0.40	115~125	135~150	0.50	TY14	170~190	0.40	365~425	0.25	
			8	27~30	0.50	88~100	105~120	0.75	TY5	135~150	0.50	275~365	0.40	
	中碳	175~275	1	34~40	0.18	115~130	150~160	0.18	TY15	220~240	0.18	460~520	0.13	
			4	23~30	0.40	90~100	115~125	0.50	TY14	145~150	0.40	290~350	0.25	
			8	20~26	0.50	70~78	90~100	0.75	TY5	115~125	0.50	200~260	0.40	
	高碳	175~275	1	30~37	0.18	115~130	140~155	0.18	TY15	215~230	0.18	460~520	0.13	
			4	24~27	0.40	88~95	105~120	0.50	TY14	145~150	0.40	275~335	0.25	
			8	18~21	0.50	69~76	84~95	0.75	TY5	115~120	0.50	185~245	0.40	
合金钢	低碳	125~225	1	41~46	0.18	135~150	170~185	0.18	TY15	220~235	0.18	520~580	0.13	
			4	32~37	0.40	105~120	135~145	0.50	TY14	175~190	0.40	365~395	0.25	
			8	24~27	0.50	84~95	105~115	0.75	TY5	135~145	0.50	275~335	0.40	
	中碳	175~275	1	34~41	0.18	105~115	130~150	0.18	TY15	175~200	0.18	460~520	0.13	
			4	26~32	0.40	85~90	105~120	0.40~0.50	TY14	135~160	0.40	280~360	0.25	
			8	20~24	0.50	67~73	82~95	0.50~0.75	TY5	105~120	0.50	220~265	0.40	
	高碳	175~275	1	30~37	0.18	105~115	135~145	0.18	TY15	175~190	0.18	460~520	0.13	
			4	24~27	0.40	84~90	105~115	0.50	TY14	135~150	0.40	275~335	0.25	
			8	18~21	0.50	66~72	82~90	0.75	TY5	105~120	0.50	215~245	0.40	
高强度钢		225~350	1	20~26	0.18	90~105	115~135	0.18	TY15	150~185	0.18	380~440	0.13	>300HBS 时宜用 W12Cr4V5Co5 及 W2MoCr4VCo8
			4	15~20	0.40	69~84	90~105	0.40	TY14	120~135	0.40	205~265	0.25	
			8	12~15	0.50	53~66	69~84	0.50	TY5	90~105	0.50	145~205	0.40	

切削速度对切削液的润滑效果影响最大，一般速度越高，切削液的润滑效果越低。切削液的润滑效果还与切削厚度、材料强度等切削条件有关。切削厚度越大，材料强度越高，润滑效果越差。

3. 清洗作用

切削液可以冲走切削区域和机床上的细碎切屑和脱落的磨粒，从而避免切屑黏附刀具、堵塞排屑和划伤已加工表面和导轨。这一作用对于磨削、螺纹加工和深孔加工等工序尤为重要。为此，要求切削液有良好的流动性，并且在使用时有足够大压力和流量。

4. 防锈作用

为了减轻工件、刀具和机床受周围介质（如空气、水分等）的腐蚀，要求切削液具有一定的防锈作用。防锈作用的好坏，取决于切削液本身的性能和加入防锈添加剂的品种和比例。

1.5.2.2　切削液的种类

常用的切削液分为三大类：水溶液、乳化液和切削油。

1. 水溶液

水溶液是以水为主要成分的切削液，水的导热性能好，冷却效果好。但单纯的水容易使金属生锈，润滑性能差。因此，常在水溶液中加入一定量的添加剂，如防锈添加剂、表面活性物质和油性添加剂等，使其既具有良好的防锈性能，又具有一定的润滑性能。常用的水溶液有电介质水溶液和表面活性水溶液。电介质水溶液是在水中加入电介质作为防锈剂；表面活性水溶液是加入皂类等表面活性物质，增强水溶液的润滑作用。在配制水溶液时，要特别注意水质情况，如果是硬水，必须进行软化处理。

2. 乳化液

乳化液是用乳化油加 $70\% \sim 99\%$ 的水稀释而成的乳白色或半透明状液体，它由切削油加乳化剂制成，乳化液具有良好的冷却和润滑性能，其稀释程度根据用途而定。浓度高润滑效果好，但冷却效果差；反之，冷却效果好，润滑效果差。

3. 切削油

切削油的主要成分是矿物油（如机械油、轻柴油、煤油等），少数采用动植物油或复合油，纯矿物油不能在摩擦界面形成坚固的润滑膜，润滑效果较差。实际使用中，常加入油性添加剂、极压添加剂和防锈添加剂，以提高其润滑和防锈作用。

1.5.2.3　切削液的选用原则

1. 粗加工

粗加工时，加工余量大，所用切削用量大，产生大量的切削热。采用高速钢刀具切削时，使用切削液的主要目的是降低切削温度，减少刀具磨损。硬质合金刀具耐热性好，热裂敏感，可以不用切削液。必要时可采用低浓度乳化液或水溶液。但必须连续、充分地浇注，以免处于高温状态的硬质合金刀片产生巨大的内应力而出现裂纹。

2. 精加工

精加工时，要求表面粗糙度值较小，一般选用润滑性能较好的切削液，如高浓度的乳化液或含极压添加剂的切削油。

3. 根据工件的材料性质选用切削液

切削塑性材料时需用切削液。切削铸铁、黄铜等脆性材料时一般不用切削液，以免崩碎切屑黏附在机床的运动部件上。

加工一般的钢件，在较低的速度（6～30m/min）情况下，宜选用极压切削油或10％～12％极压乳化液，以减少刀具与工件之间的摩擦和黏结，抑制积屑瘤。

切削有色金属和铜、铝合金时，为了得到较高的表面质量和精度，可采用10％～20％的乳化液、煤油或煤油和矿物油的混合物。但不能用含硫的切削液，因为硫对有色金属有腐蚀作用。

切削镁合金时不能用水溶液，以免燃烧。

硬质合金刀具高速切削时，可选用冷却作用为主的低浓度乳化液。

常见切削液的种类和选用如表 1-12 所示。

表 1-12　切削液的种类和选用

序　号	名　称	组　成	主　要　用　途
1	水溶液	以硝酸钠、碳酸钠等溶于水的溶液，用 100～200 倍的水稀释而成	磨削
2	乳化液	(1)矿物油很少,主要为表面活性剂的乳化油,用40～80 倍的水稀释而成,冷却和清洗性能好	车削、钻孔
		(2)以矿物油为主,少量表面活性剂的乳化油,用10～20 倍的水稀释而成,冷却和润滑性能好	车削、攻螺纹
		(3)在乳化液中加入极压添加剂	高速车削、钻孔
3	切削油	(1)矿物油(10 号或 20 号机械油)单独使用	滚齿、插齿
		(2)矿物油加植物油或动物油形成混合油,润滑性能好	车削精密螺纹
		(3)矿物油或混合油中加入极压添加剂形成极压油	高速滚齿、插齿、车螺纹等
4	其他	液态 CO_2	主要用于冷却
		二硫化钼＋硬脂酸＋石蜡——做成蜡笔,涂于刀具表面	攻螺纹

习　题

1-1　如图 1-21 所示，车刀切削工件内孔，指明工件和刀具各做什么运动？标出已加工表面、过渡表面、待加工表面、背吃刀量、切削层公称宽度。

1-2　切削用量三要素是什么？选择切削用量时粗、精加工有什么不同特点？

1-3　刀具的工作条件对刀具材料提出哪些性能要求？

1-4　试比较硬质合金与高速钢性能的主要区别。为什么高速钢刀具仍占有重要地位？

1-5　何谓积屑瘤？试述其成因、影响和避免措施。

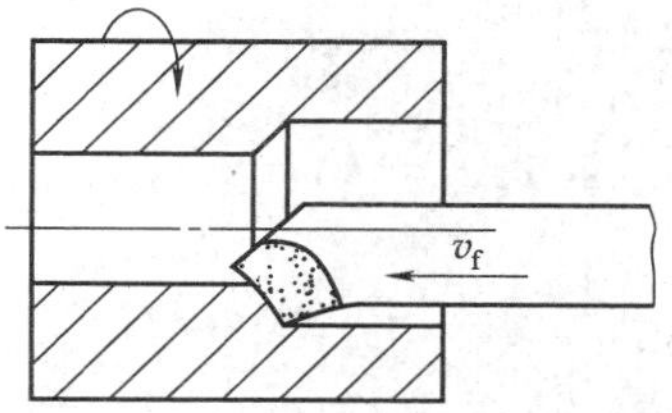

1-6　切削用量对切削温度有什么影响？

图 1-21　习题 1-1 图

1-7　按下面给定的几何角度，画出车刀在正交平面标注系统中的参考平面及相应的几何角度。90°外圆车刀：$\kappa_r = 90°$，$\kappa_r' = 15°$，$\gamma_o = 15°$，$\alpha = 8°$，$\alpha_o' = 8°$，$\lambda = 5°$。

1-8　刀具正交平面参考系由哪些平面组成？刀具的主要标注角度是如何定义的？主要作用是什么？应如何选择？

1-9　金属切削过程的实质是什么？

1-10　切削热是如何产生的？它对切削过程有什么影响？

1-11　何谓材料的切削加工性？它与哪些因素有关？

1-12　切削液的主要作用是什么？

第2章 工件的装夹

【内容提要及学习要求】

在研究工件定位问题时，定位基准的选择是关键问题，工件的定位基准一旦被选定，则工件的定位方案也就基本上被确定，工件的加工精度取决于工件的定位方案。

工件在夹具中的定位就是要确定工件与夹具定位元件的相对位置，并通过导向元件或对刀装置来保证工件与刀具之间的相对位置，使同一批工件在夹具中占据一致的加工位置，从而满足加工精度的要求。

了解工件定位的基本原理、常见的定位方式与定位元件及数控机床夹具的种类；掌握定位基准的选择原则与数控加工夹具的选择方法；掌握典型的装夹机构，并能正确施加夹紧力。

2.1 工件的装夹方式

在机械加工中，必须使机床、夹具、刀具和工件之间保持正确的相互位置，才能加工出符合规定技术要求的零件。在同一工序中的一批工件都能准确地在机床和夹具中占据同一正确的加工位置，使工件相对于刀具和机床占有相同正确的加工位置，这个过程称为定位。工件定位后，由于在加工过程中受到切削力、重力等作用，还应采取一定的机构用外力将工件夹紧，使工件在加工过程中保持这个加工位置不变，这个过程称为夹紧。这种把工件从定位到夹紧的整个过程称为工件的装夹。

在各种不同的机床上加工零件时，随着批量的不同，加工精度要求的不同，工件的复杂程度不同，再加上加工部位较多，需要经过多道工序加工，工件的装夹方法也不同。常用的装夹方法如下。

2.1.1 直接找正装夹

这种方法是用划针盘上的划针或百分表，以目测法直接在机床上找正工件位置的装夹方法。一边校验，一边找正，工件在机床上应有的位置是通过一系列的尝试而获得的。

如图 2-1 所示，用四爪单动卡盘安装工件，要保证本工序加工后的 B 面与已加工过的 A 面进行找正，夹紧后车削外圆 B，从而保证 B 面和 A 面的同轴度要求。

直接找正装夹法费时太多，生产率较低，且要凭经验操作，对工人的技术水平要求高，所以一般只用于单件、小批量生产。

2.1.2 划线找正装夹

这种方法是在毛坯上先画出中心线、对称线及各待加工表面的加工线，然后按照划好的线找正工件在机床上的位置并加以夹紧。对于形状复杂的工件，常常需要经过几次划线，由于划线既

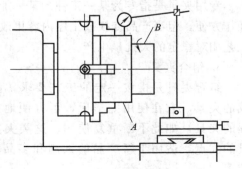

图 2-1 直接找正法

费时又需要技术水平高的划线工，划线找正的定位精度也不高，所以划线找正装夹只用于批量不大，形状复杂笨重的工件，或毛坯的尺寸公差很大，无法采用夹具装夹的工件。

2.1.3　采用夹具装夹

这种方法是将工件直接安装在夹具的定位元件上的方法。夹具是机床的一种附加装置，它在机床上，与刀具正确的相对位置在工件未安装前就已预先调整好，所以在加工一批工件时，工件只需按定位原理在夹具中准确定位，不必再逐个找正定位，就能保证加工的技术要求，既省事又省工，在成批和大量生产中广泛使用。

用夹具安装工件的方法有以下几个特点。

（1）工件在夹具中的正确定位，是通过工件上的定位基准面与夹具上的定位元件相接触而实现的。因此，不再需要找正便可将工件夹紧。

（2）由于夹具预先在机床上已调整好位置，因此，工件通过夹具相对于机床也就占有了正确的位置。

（3）通过夹具上的对刀装置，保证了工件加工表面相对于刀具的正确位置。

可见，在使用夹具时，机床、夹具、刀具和工件所构成的工艺系统，相互之间保持正确的加工位置，从而保证工序的加工精度。显然，工件的定位是其中重要的一个环节。

2.2　机床夹具的概述

在机械制造中，用来装夹工件和引导刀具的工艺装备统称为机床夹具。夹具的使用十分广泛，从毛坯制造到产品装配以及检测的各个生产环节，都有许多不同种类的夹具。

2.2.1　机床夹具的分类

机床夹具按使用机床类型分为车床夹具、铣床夹具、钻床夹具（又称为钻模）、镗床夹具（又称镗模）、加工中心夹具和其他机床夹具等。

按驱动夹具工作的动力源分为手动夹具、气动夹具、液压夹具、电动夹具、磁力夹具、真空夹具和自夹紧夹具（靠切削力本身夹紧）等。

按专门化程度分类可分为以下四种。

1. 通用夹具

通用夹具是指已经标准化、无需调整或稍加调整就可以用来装夹不同工件的夹具，如三爪卡盘、四爪卡盘、平口钳、回转工作台、万能分度头、磁铁吸盘等。这类夹具作为机床附件，由专门工厂制造供应，主要用于单件、小批量生产。

2. 专用夹具

专用夹具是指专为某一工件的某一加工工序而设计制造的夹具。这类夹具的结构紧凑，操作方便，但当产品变换或工序内容更改后，往往就无法再使用，因此主要用于产品固定、工艺相对稳定的大批量生产。

3. 组合夹具

组合夹具是指按一定的工艺要求，由一套预先制造好的通用标准元件和部件组装而成的夹具。它在使用完毕后，可方便地拆散元件或部件，待需要时重新组合其他加工过程的夹具，如此不断重复使用。这类夹具具有缩短生产周期，减少专用夹具的品种和数量的优点，适用于新产品的试制和多品种、小批量的生产，在数控铣床、加工中心用的较多。

4. 可调夹具

可调夹具是指加工完一种工件后，通过调整或更换个别元件就能装夹另外一种工件的夹具，主要用于加工形状相似、尺寸相近的工件。如滑柱式钻模、带各种钳口的虎钳等，它兼有通用夹具和专用夹具的优点，多用于中小批量生产。

2.2.2 机床夹具的组成

机床夹具的种类虽然很多，但其基本组成均可概括为以下几部分。

（1）定位元件 定位元件保证工件在夹具中处于正确的位置。如图 2-2 所示为某后盖，加工工序是钻径向孔 $\phi 10$mm。钻夹具如图 2-3 所示。夹具上的圆柱销 5、菱形销 9 和支承板 4 都是定位元件，通过它们使工件在夹具中占据正确的位置。

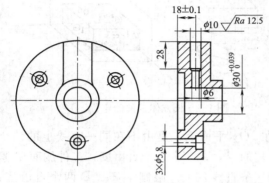

图 2-2 后盖零件钻径向孔的工序图

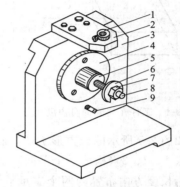

图 2-3 后盖钻夹具

1—钻套；2—钻模板；3—夹具体；4—支承板；

5—圆柱销；6—开口垫圈；7—螺母；

8—螺杆；9—菱形销

（2）夹紧装置 夹紧装置的作用是将工件压紧夹牢，保证工件在加工过程中受到外力（切削力）作用时不离开已经占据的正确位置。图 2-3 中的螺杆（与圆柱销合成一个零件）、螺母 7 和开口垫圈 6 就起到了上述的作用。

（3）对刀或导向装置 对刀或导向装置用于确定刀具相对于定位元件的正确位置。图 2-3 中钻套 1 和钻模板 2 组成导向装置，确定了钻头轴线相对于定位元件的正确位置。铣床夹具上的对刀块和塞尺为对刀装置。

（4）连接元件 连接元件是确定夹具在机床上正确位置的元件。图 2-3 中的夹具体 3 的底面为安装基面，保证了钻套 1 的轴线垂直于钻床工作台以及圆柱销 5 的轴线平行于钻床工作台。因此，夹具体可兼作连接元件。车床夹具上的过渡盘、铣床夹具上的定位键都是连接元件。

（5）夹具体 夹具体是机床夹具的基础件，图 2-3 中的件 3，通过它将夹具的所有元件连接成一个整体。

（6）其他装置或元件 它们是指夹具中因特殊需要而设置的装置或元件。若需加工按一定规律分布的多个表面时，常设置分度装置；为了能方便、准确地定位，常设置预定位装置；对于大型夹具，常设置吊装元件等。

2.3 工件的定位

2.3.1 六点定位原理

1. 六点定位原理

空间一个尚未定位的工件有六个自由度，如图2-4所示，即沿空间 X、Y、Z 三个直角坐标轴方向的移动自由度 $\vec{x}$、$\vec{y}$、$\vec{z}$ 和绕这三个坐标轴的转动自由度 $\hat{x}$、$\hat{y}$、$\hat{z}$。因此，要完全确定工件的位置，就需要按一定的要求布置六个支承点（也就是定位元件）来限制工件的六个自由度，其中每个定位元件限制相应的一个自由度，这就是工件定位的"六点定位原理"。

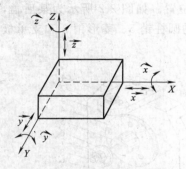

图 2-4　工件在空间的自由度

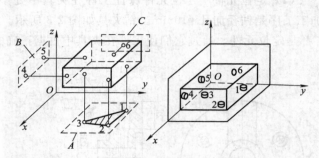

图 2-5　长方体工件的定位

如图2-5所示的长方形工件，底面 A 放置在 xOy 平面上，是由不在同一直线上的三个支承点1、2、3（构成一个平面）上，限制了工件的 $\vec{z}$、$\hat{x}$、$\hat{y}$ 三个自由度；工件侧面 B 紧靠在沿长度方向布置的两个支承点4、5（构成一条直线）上，限制了 $\vec{x}$、$\hat{z}$ 两个自由度；端面 C 紧靠在一个支承点6上，限制了工件的 $\vec{y}$ 一个自由度。

2. 限制工件自由度与加工要求的关系

六点定位原理对于任何形状工件的定位都是适用的，如果违背了这个原理，工件在夹具中的位置就不能完全确定。然而，用六点定位原理进行定位时，必须根据具体加工要求灵活运用，以便使用最简单的定位方法，使工件在夹具中迅速获得正确的位置。对于那些影响加工要求的自由度必须限制，不影响加工要求的自由度，有时要限制，有时可不必限制。因为讨论的是定程切削加工，即刀具或工作台调整至规定的距离为止。这样在哪一个方向上有尺寸要求或位置精度要求，就必须限制与此尺寸方向有关的自由度，否则用定程切削，就得不到该工序所要求的加工尺寸。

总之，在机械加工中，一般为了简化夹具的定位元件结构，只要对影响本工序加工尺寸的自由度加以限制即可。

3. 六点定位原理的应用

（1）完全定位　工件的六个自由度全部被限制的定位，称为完全定位。当工件在 X、Y、Z 三个坐标方向上均有尺寸要求或位置精度要求时，一般采用这种定位方式。

如图2-6所示，在工件上铣槽，槽宽（20 ± 0.05）mm 取决于铣刀的尺寸；为了保证槽底面与 A 面的平行度和尺寸 $60_{-0.2}^{\ 0}$mm 两项加工要求，必须限制 $\vec{z}$、$\hat{x}$、$\hat{y}$ 三个自由度；为了保证槽侧面与 B 面的平行度和尺寸（30 ± 0.1）mm 两项加工要求，必须限制 $\vec{x}$、$\hat{z}$ 两个自由度；由于所铣的槽不是通槽，在长度方向上，槽的端部距离工件右端面的尺寸是50mm，所以必须限制 $\vec{y}$ 自由度。所以对工件采用完全定位的方式，选 A 面、B 面和右端面作定位基准。

（2）不完全定位　根据工件的加工要求，并不需要限制工件的全部自由度，这样的定位称为不完全定位。如图2-7（a）所示，为车床上加工通孔，根据加工要求，不需要限制 $\vec{x}$

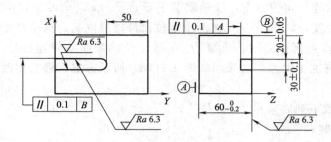

图 2-6　完全定位示例

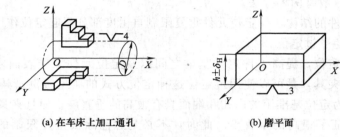

(a) 在车床上加工通孔　　　　　　(b) 磨平面

图 2-7　不完全定位示例

和 $\widehat{x}$ 两个自由度，故用三爪卡盘夹持限制其余自由度，就能实现四点定位。图 2-7（b）为平板工件磨平面，工件只有厚度和平行度要求，故只需限制 $\widehat{z}$、$\widehat{x}$、$\widehat{y}$ 三个自由度，在磨床上采用电磁工作台即可实现三点定位。

（3）欠定位　根据工件的加工要求，应该限制的自由度没有完全被限制的定位，称为欠定位。欠定位无法保证加工要求，所以是绝不允许的。

如图 2-8 所示，工件在支承 1 和两个圆柱销 2 上定位，按此定位方式，$\widehat{x}$ 自由度没被限制，属欠定位。工件在 X 方向上的位置不确定，如图中的实线和虚线位置，因此钻出孔的位置也不确定，无法保证尺寸 A 的精度。只有在 X 方向上设置一个止推销后，工件在 X 方向才能获得确定的位置。

（4）过定位　夹具上的两个或两个以上的定位元件，重复限制工件的同一个或几个自由度的现象，称为过定位。

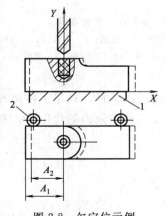

图 2-8　欠定位示例

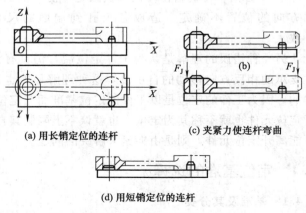

(a) 用长销定位的连杆　　　　(c) 夹紧力使连杆弯曲

(d) 用短销定位的连杆

图 2-9　连杆的过定位示例

如图 2-9 所示的连杆定位方案，长销限制了 $\vec{x}$、$\vec{y}$、$\hat{x}$、$\hat{y}$ 四个自由度，支承板限制了 $\hat{x}$、$\hat{y}$、$\vec{z}$ 三个自由度，其中 $\hat{x}$、$\hat{y}$ 被两个定位元件重复限制，这就产生过定位。当连杆小头孔与端面有较大垂直度误差时，夹紧力 F_J 将使长销弯曲或使连杆变形，如图 2-9（b）、（c）所示，造成连杆加工误差。若采用如图 2-9（d）所示方案，将长销改为短销，就不会产生过定位。

过定位可能导致下列后果：

① 工件无法安装；

② 造成工件或定位元件变形。

由于过定位往往会带来不良后果，一般确定定位方案时，应尽量避免。消除或减小过定位所引起的干涉，一般有两种方法。

① 改变定位元件的结构，使定位元件重复限制自由度部分不起定位作用。如图 2-9（d）将长销改为短销避免了过定位。

② 合理应用过定位，提高工件定位基准之间以及定位元件工作表面之间的位置精度。如图 2-10 所示滚齿夹具，是可以使用过定位这种定位方式的典型实例，其前提是齿坯加工时工艺上保证了作为定位基准用的内孔和端面具有很高的垂直度，而且夹具上的定位心轴和支承凸台之间也保证了很高的垂直度。此时，不必刻意消除被重复限制的 $\vec{z}$、$\hat{y}$ 自由度，利用过定位装夹工件，还提高了齿坯在加工中的刚性和稳定性，有利于保证加工精度，反而对提高加工精度有利。

2.3.2　定位与夹紧的关系

研究工件在夹具中的定位时，容易产生两种错误的理解。一种是认为工件在夹具中被夹紧了，也就没有自由度了，工件也就定位了。这种把定位和夹紧混淆的想法是概念上的错误。所说的工件的定位是指所有加工工件在夹紧前要在夹具中按加工要求占有一致的正确位置，而夹紧是在任何位置均可夹紧，不能保证各个工件在夹具中处于同一位置。

如图 2-8 所示定位方式，由于在 X 方向上没有定位，工件在 X 方向的任一位置均可被夹紧，实际上就是工件沿 X 方向移动的自由度没有被限定，使一批工件在 X 方向的位置不确定，造成各个孔到端面的尺寸不一致。

另一种错误的理解是认为工件定位后，仍具有沿定位支承的相反方向移动的自由度，这种理解显然也是错误的。因为工件的定位是以工件的定位基准面与定位元件相接触为前提条件，如果工件离开了定位元件也就不称其为定位，也就谈不上限制其自由度了。至于工件在外力的作用下，有可能离开定位元件，则是由夹紧来解决的问题。

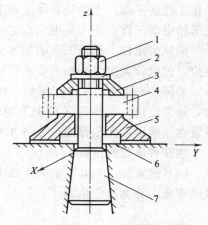

图 2-10　滚齿夹具

1—压紧螺母；2—垫圈；3—压板；4—工件
5—支承凸台；6—工作台；7—芯轴

2.4　定位基准的选择

2.4.1　基准及其分类

基准是零件上用来确定其他点、线、面的位置所依据的那些点、线、面。按其功用不同，基准可分为设计基准和工艺基准两大类。

1. 设计基准

设计基准是在零件设计图纸上用来确定其他点、线、面位置的基准。如图 2-11 所示的衬套零件，轴心线 $O—O$ 是各外圆表面和内孔的设计基准；端面 A 是端面 B、C 的设计基准；$\phi30H7$ 内孔的轴心线是 $\phi45h6$ 外圆表面径向跳动和端面 B 端面圆跳动的设计基准。

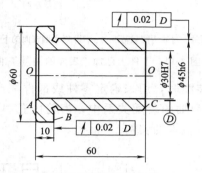

图 2-11　设计基准示例

2. 工艺基准

工艺基准是在工艺过程中所使用的基准。工艺过程是一个复杂的过程，按用途不同工艺基准又可分为定位基准、工序基准、测量基准和装配基准。

（1）定位基准　在加工中用作定位的基准，称为定位基准。它是工件上与夹具或定位元件直接接触的点、线、面。如图 2-12 所示，在铣床上铣侧面 A 和平面 B 时，底面 C 靠在夹具下支承面上，侧面 D 靠在夹具侧支承面上，所以面 C 和面 D 就是工件的定位基准。

工艺基准是在加工、测量和装配时所使用的，必须是实实在在存在的。然而作为定位基准的点、线、面有时并不一定实际存在（如孔和轴的轴心线，两平面的对称中心面等），在定位时通过具体的表面来体现，这些表面称为定位基面。工件以回转表面（如孔、外圆柱面）定位时，回转表面的轴心线是定位基准，而回转表面就是定位基面。如图 2-11 所示衬套的中心线是通过内孔表面来体现的，内孔表面就是基面。工件以平面定位时，其定位基准与定位基面一致。

（2）工序基准　工序基准在工序图上用来确定本工序加工表面的尺寸。如图 2-13 所示为钻孔工序的工序基准和工序尺寸。

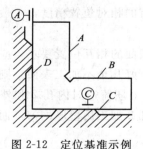

图 2-12　定位基准示例

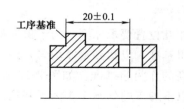

图 2-13　工序基准示例

（3）测量基准　测量基准是测量工件的形状、位置和尺寸误差时所采用的基准。如图 2-14 所示是两种测量平面 A 的方案。图 2-14（a）为检验面 A 时以小圆柱面的上母线为测量基准；图 2-14（b）则以大圆柱面的下母线为测量基准。

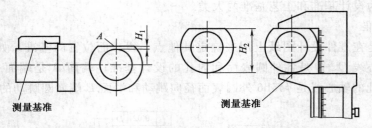

(a) 以小圆柱面的上母线为测量基准　　(b) 以大圆柱面的下母线为测量基准

图 2-14　工件上已加工表面的测量基准

（4）装配基准　在机器装配时，用来确定零件或部件在产品中的相对位置所采用的基准。如图 2-15 所示，在齿轮和轴的装配关系中，齿轮内孔 A 及端面 B 即为装配基准。图 2-16 是上述各种基准之间相互关系的实例。

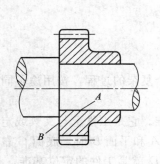

图 2-15　装配基准示例

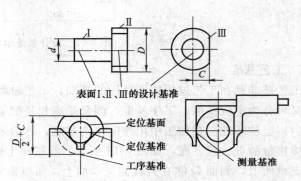

图 2-16　各种基准之间的关系

2.4.2　定位基准的选择

定位基准又分为粗基准和精基准。在机加工的第一道工序中，只能用毛坯上未加工过的表面作为定位基准，称为粗基准。在后续的加工中，用已加工过的表面作为基准，称为精基准。有时为了方便装夹或易于实现基准统一，在工件上专门制出一种定位基准，称为辅助基准。

1. 粗基准的选择原则

粗基准的选择要保证粗基准定位所加工出的精基准具有较高的精度，使后续各加工通过精基准定位具有足够的加工余量，并与不加工表面保持应有的相对位置精度，一般应遵循以下原则。

（1）相互位置要求原则　为了保证加工表面与不加工表面的相互位置要求，应选择不加工表面为粗基准，以达到壁厚均匀，外形对称等要求。若有好几个不加工表面，则选取位置精度要求高的作为粗基准。如图 2-17 所示的套筒毛坯，在毛坯铸造时内孔 2 和外圆 1 之间有偏心。以不加工的外圆 1 作为粗基准，不仅可以保证内孔 2 加工后壁厚均匀，而且还可以在一次安装中加工出大部分的表面。

（2）加工余量合理分配原则　若工件上的每个表面都要加工，则应以余量最小的表面作为粗基准，以保证各加工表面有足够的加工余量。如图 2-18 所示的阶梯轴毛坯大小端外圆有 5mm 的偏心，应以余量较小的 $\phi58$mm 外圆表面作为粗基准。如果选 $\phi114$mm 外圆作为粗基准加工 $\phi58$mm 外圆，则无法加工出 $\phi50$mm 外圆。

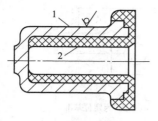

图 2-17　套筒粗基准的选择

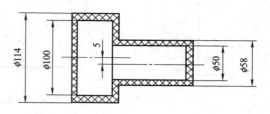

图 2-18　阶梯轴的粗基准选择

（3）重要表面原则　为保证重要表面的加工余量均匀，应选择该重要表面为粗基准。所谓重要表面一般是工件上加工精度以及表面质量较高的表面。如床身的导轨面，车床主轴箱的主轴孔都是零件的重要表面。如图 2-19 所示，床身导轨的加工，铸造毛坯时，导轨面向下放置，使其表面金相组织细致均匀，没有气孔、夹砂等缺陷。因此希望在加工时只切除一层薄而均匀的余量，保留组织细密而耐磨的表层，以达到较高的加工精度，所以应选择导轨面为粗基准加工床身底平面，然后再以床身底平面为精基准加工导轨面，如图 2-19（a）所示。床身底平面加工余量可能不均匀，但加工后的床身底面与床身导轨的毛坯表面基本平行，所以以它为精基准才能保证导轨面加工时被切除的金属尽可能薄而均匀。若以图 2-19（b）所示的床身底面为粗基准，由于这两个毛坯平面误差很大，将导致导轨面的余量很不均匀甚至余量不够，造成废品。

（4）不重复使用原则　粗基准未经加工，表面比较粗糙且精度低，二次安装时在机床上（或夹具中）的实际位置可能与第一次安装不一致，从而产生定位误差，导致相应加工表面出现较大的位置误差。因此，粗基准一般不重复使用。如图 2-20 所示的小轴，如果重复使用毛坯面加工表面 A 和 C，则会使加工表面 A 和 C 产生较大的同轴度误差。当然，若毛坯制造精度较高，而工件加工精度要求不高时，则粗基准也可重复使用。

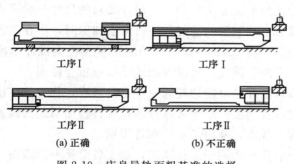

工序 I　　　　　工序 I

工序 II　　　　　工序 II

(a) 正确　　　　　(b) 不正确

图 2-19　床身导轨面粗基准的选择

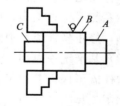

图 2-20　基准不重复使用示例

（5）便于装夹原则　作为粗基准的表面尽量平整光滑，没有飞边、冒口、浇口或其他缺陷，以便工件定位准确，夹紧可靠。

2. 精基准的选择原则

精基准的选择主要应考虑如何减少加工误差、保证加工精度（特别是加工表面的相互位置精度）以及实现工件装夹的方便、可靠与准确。其选择应遵循以下原则。

（1）基准重合原则　直接选择加工表面的设计基准作为定位基准，称为基准重合原则。采用基准重合原则可避免定位基准和设计基准不重合引起的定位误差。

如图 2-21（a）所示零件，欲加工孔 3，设计基准是面 2，要求保证尺寸 A。如图 2-21（b）

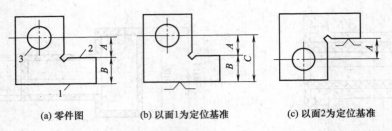

(a) 零件图　　　　　(b) 以面1为定位基准　　　　　(c) 以面2为定位基准

图 2-21　设计基准与定位基准的关系

所示，若以面 1 为定位基准，再用调整法（先调整好刀具和工件在机床上的相对位置，并在一批零件的加工过程中保持这个位置不变，以保证加工尺寸的方法）加工时，则直接保证的尺寸是 C，这时尺寸 A 是通过控制尺寸 B 和 C 来间接保证的。控制尺寸 B 和 C 就是控制它们的加工误差值。设尺寸 B 和 C 可能的误差值分别为它们的公差值 T_B 和 T_C，则尺寸 A 可能的误差值为

$$A_{max} - A_{min} = C_{max} - B_{min} - (C_{min} - B_{max}) = B_{max} - B_{min} + C_{max} - C_{min}$$

即
$$T_A = T_B + T_C$$

由此可以看出，用这种定位方法加工，尺寸 A 的加工误差值是尺寸 B 和 C 误差值之和。尺寸 A 的加工误差中增加了一个从定位基准（面 1）到设计基准（面 2）之间尺寸 B 的误差，这个误差就是基准不重合误差。由于基准不重合误差的存在，只有提高本道工序尺寸 C 的加工精度，才能保证尺寸 A 的精度；当本道工序 C 的加工精度不能满足要求时，还需提高前道工序尺寸 B 的加工精度，因此增加了加工的难度。若按图 2-21（c）所示用面 2 定位，则符合基准重合原则，可以直接保证尺寸 A 的精度。

应用基准重合原则时，要具体情况具体分析。定位过程中产生的基准不重合误差，是在用夹具装夹、调整法加工一批零件时产生的。若用试切法（通过试切→测量→调整→再试切，反复进行到被加工尺寸达到要求为止的加工方法）加工，设计要求的尺寸一般可直接测量，不存在基准不重合误差问题。在带有自动测量功能的数控机床上加工时，可在工艺中安排坐标系测量检查工步，即每个零件加工前由 CNC 系统自动控制测量头检测设计基准并自动计算，修正坐标值，消除基准不重合误差。因此，可以不必遵循基准重合原则。

（2）基准统一原则　同一零件的多道工序尽可能选择同一个定位基准，称为基准统一原则。这样既可保证各加工表面间的相对位置精度，避免或减少因基准转换而引起的误差，而且简化了夹具的设计与制造工作，降低了成本，缩短了生产准备周期。

例如，轴类零件加工，采用两端中心孔作为同一定位基准，加工各阶梯外圆表面，不但能在一次装夹中加工大多数表面，而且能保证各外圆表面的同轴度要求以及端面与轴心线的垂直度要求。

（3）自为基准原则　某些要求加工余量小而均匀的精加工或光整加工工序，选择加工表面本身作为定位基准，称为自为基准原则。

如图 2-22 所示的床身导轨面磨削。先把百分表安装在磨头的主轴上，并由机床驱动做运动，人工找正工件的导轨面，然后磨去薄而均匀的一层磨削余量，以满足对床身导轨面的质量要求。采用自为基准原则时，只能提高加工表面本身的尺寸精度、形状精度，而不能提高加工表面的位置精度。加工表面的位置精度由前道工序保证。此外，珩磨、铰孔及浮动镗孔等都是自为基准的例子。

（4）互为基准反复加工原则 为使各加工表面之间具有较高的位置精度，或使加工表面具有小而均匀的加工余量，可采取两个加工表面互为基准反复加工的方法，称为互为基准反复加工原则。

例如要保证精密齿轮的齿圈跳动精度，在齿面淬硬后，先以齿面定位磨内孔，再以内孔定位磨齿面，从而保证位置精度。再如车床主轴的前锥孔与主轴支承轴颈间有严格的同轴度要求，加工时就是先以轴颈外圆为定位基准加工锥孔，再以锥孔为定位基准加工外圆，如此反复多次，最终达到加工要求。这都是互为基准的典型实例。

（5）便于装夹原则 精基准的选择应能保证工件定位准确稳定，装夹方便可靠，夹具结构简单适用，操作方便灵活。同时，定位基准应有足够大的接触面积，以承受较大的切削力。因此，精基准应选择尺寸精度、形状精度较高而表面粗糙度值较小、面积较大的表面，如图 2-23 所示。

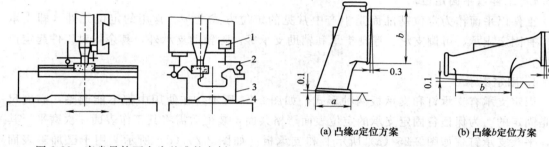

图 2-22 床身导轨面自为基准的实例
1—磁力表座；2—百分表；3—床身；4—垫铁

(a) 凸缘a定位方案　(b) 凸缘b定位方案

图 2-23 支座的定位

在实际生产中，精基准的选择要完全符合上述原则有时很难做到。例如，定位基准与设计基准不重合时，就不可能同时遵循基准重合原则和基准统一原则。此时要统筹兼顾，若采用基准统一原则能够保证加工表面的尺寸精度，则应遵循基准统一原则；若不能保证尺寸精度，则可在粗加工和半精加工时遵循基准统一原则，在精加工时遵循基准重合原则，以免使工序尺寸的实际公差值减小，增加加工难度。所以，必须根据具体的加工对象和加工条件，从保证主要技术要求出发，灵活选用有利的精基准，达到定位精度高、夹紧可靠、夹具结构简单、操作方便的要求。

3. 辅助基准的选择

辅助基准是为了便于装夹或易于实现基准统一人为制成的一种定位基准。例如，轴类零

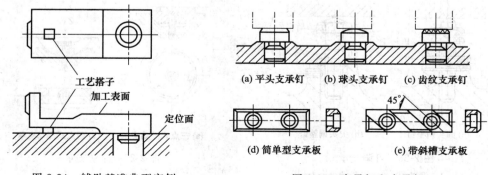

图 2-24 辅助基准典型实例

图 2-25 支承钉和支承板

件加工所用的两个中心孔，它不是零件的工作表面，只是出于工艺上的需要才做出的。又如图 2-24 所示，是车床小刀架底面加工时采用的辅助基准定位的情况。加工底面用上表面定位，但上表面太小，工件成悬臂状态，受力后会有一定的变形，为此，在毛坯上专门铸出了工艺搭子（工艺凸台），和原来的基准平齐。工艺凸台上用作定位的表面就是辅助基准面，加工完毕后将其切除。

2.5   常用定位元件及定位方式

工件的定位是通过工件上的定位基准面和夹具上定位元件工作表面之间的配合或接触实现的，一般应根据工件上定位基准面的形状，选择相应的定位元件。定位元件和定位基准面的选择直接影响工件的定位精度和夹具的工作效率等。下面按不同的定位基准面分别介绍所用定位元件的结构形式。

2.5.1   工件以平面定位

工件以平面作为定位基准面是生产中常见的定位方式之一。常用的定位元件（即支承件）有固定支承、可调支承、浮动支承和辅助支承等。除辅助支承外，其余均对工件起定位作用。

1. 固定支承

固定支承有支承钉和支承板两种形式，如图 2-25 所示，在使用中都不能调整，高度尺寸是固定的。为保证各固定支承的定位表面严格共面，装配后需将其工作表面一次磨平。其中，平头支承钉［如图 2-25（a）所示］和支承板［如图 2-25（d）所示］用于已加工表面定位；球头支承钉［如图 2-25（b）所示］主要用于毛坯面定位；齿纹头支承钉［如图 2-25（c）所示］用于侧面定位，以增大摩擦系数，防止工件滑动。简单型支承板的结构简单，制造方便，但孔边切屑不易清除干净，适用于工件侧面和顶面定位。带斜槽支承板便于清除切屑，适用于工件底面定位。

2. 可调支承

可调支承用于工件定位过程中支承钉高度需要调整的场合，如图 2-26 所示。调节时松开螺母 2，将调整钉 1 高度尺寸调整好后，用锁紧螺母 2 固定，就相当于固定支承。可调支承大多用于毛坯尺寸、形状变化较大以及粗加工定位，以调整补偿各批毛坯尺寸误差。一般不对每个工件进行调整，而是对一批毛坯调整一次。在同一批工件加工中，它的作用与固定支承相同。

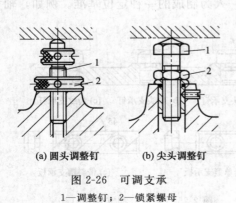

(a) 圆头调整钉   (b) 尖头调整钉

图 2-26   可调支承

1—调整钉；2—锁紧螺母

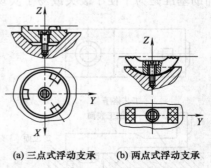

(a) 三点式浮动支承   (b) 两点式浮动支承

图 2-27   浮动支承

3. 浮动支承（自位支承）

浮动支承是在工件定位过程中，能随着工件定位基准位置的变化而自动调节的支承。浮动支承常用的有三点式浮动支承［如图 2-27（a）所示］和两点式浮动支承［如图 2-27（b）所示］。这类支承的特点是：定位基准面压下其中一点，其余点便上升，直至各点都与工件接触为止。无论哪种形式的浮动支承，其作用相当于一个固定支承，只限制一个自由度，主要目的是提高工件的刚性和稳定性。适用于工件以毛坯面定位或刚性不足的场合。

4. 辅助支承

辅助支承是指由于工件形状、夹紧力、切削力和工件重力等原因，可能使工件在定位后还产生变形或定位不稳，为了提高工件的夹紧刚性和稳定性而增设的支承。因此，辅助支承只能起提高工件支承刚性的辅助定位作用，而不起限制自由度的作用，更不能破坏工件原有的定位。故需注意，在使用辅助支承时，需待工件定位夹紧后，再调整支承钉的高度，使其与工件的有关表面接触。且每安装一个工件就调整一次辅助支承并锁紧，它能承受切削力，增强工件的刚性和稳定性。但一个工件加工完毕后，一定要将所有辅助支承退回到与新装工件保持不接触的位置。

辅助支承的典型结构如图 2-28 所示。图 2-28（a）结构最简单，但使用时效率低，图 2-28（b）为弹簧自动式辅助支承，靠弹簧 2 推动滑柱 1 与工件接触，用顶柱 3 锁紧。

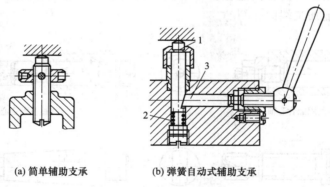

(a) 简单辅助支承　　　　(b) 弹簧自动式辅助支承

图 2-28　辅助支承

1—滑柱；2—弹簧；3—顶柱

2.5.2　工件以内孔定位

各类套筒、盘类、杠杆、拨叉等零件，常以圆柱孔定位。定位元件有圆柱销和各种心轴。这种定位方式的基本特点是：定位孔与定位元件之间处于配合状态，并要求确保孔中心线与夹具规定的轴线重合。一般是孔和端面定位联合使用。

1. 定位销

定位销分为长销和短销。短销只能限制两个移动自由度，而长销除限制两个移动自由度外，还可限制两个转动自由度，主要用于零件上的中小孔定位，一般直径不超过 50mm。定位销的结构已标准化，图 2-29 为常见定位销的结构。夹具上应设有沉孔，使定位销沉入孔内且不影响定位。大批大量生产时，为了便于定位销的更换，可采用如图 2-29（d）所示的带衬套的结构形式。为便于工件装入，定位销的头部有 15°倒角。

2. 定位心轴

定位心轴主要用于套筒类和空心盘类工件的车、铣、磨及齿轮加工。如图 2-30 所示为

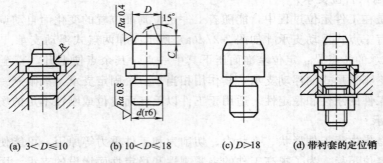

(a) 3<*D*≤10   (b) 10<*D*≤18   (c) *D*>18   (d) 带衬套的定位销

图 2-29   定位销

常用刚性定位心轴的结构形式。图 2-30（a）为间隙配合心轴，间隙配合拆卸工件方便，但定心精度不高。图 2-30（b）是过盈配合心轴，由引导部分 1、工作部分 2 和传动部分 3 组成。这种心轴制造简单，定心准确，不用另设夹紧装置，但装卸工件不便，易损伤工件定位孔，多用于定心精度要求高的精加工。图 2-30（c）为花键心轴，用于加工以花键孔定位的工件。图 2-30（d）是圆锥心轴（小锥度心轴），工件在圆锥心轴上定位，靠工件定位圆孔与心轴限位圆锥面的弹性变形夹紧工件。l_k 是孔与心轴配合的弹性变形长度。这种定位方式的定心精度高，但工件的轴向定位误差较大，适用于工件定位孔精度不低于 IT7 的精车和磨削加工，但不能加工端面。

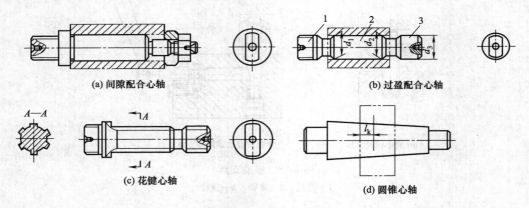

(a) 间隙配合心轴   (b) 过盈配合心轴

(c) 花键心轴   (d) 圆锥心轴

图 2-30   刚性定位心轴
1—引导部分；2—工作部分；3—传动部分

3. 圆锥销

定位时，圆锥销与工件圆孔接触线为一个圆。如图 2-31 所示是工件以圆孔在圆锥销上定位的示意图，图 2-31（a）用于粗基准定位，图 2-31（b）用于精基准定位。

如图 2-32（a）所示，为圆锥-圆柱组合心轴，锥度部分使工件准确定心，圆柱部分可减少工件倾斜。图 2-32（b）以工件底面作为主要定位基面，圆锥销是活动的，即使工件的孔径变化较大，也能准确定位。图 2-32（c）为工件在双圆锥销上定位。这三种定位方式都限制工件的五个自由度。

2.5.3   工件以外圆柱面定位

工件以外圆柱表面定位有支承定位和定心定位两种。支承定位最常见的是 V 形块定位。定心定位能自动地将工件的轴线确定在要求的位置上，如常用的三爪自定心卡盘和弹簧夹头

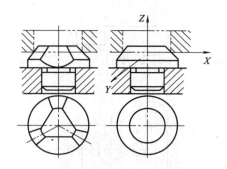

(a) 粗基准定位　　　(b) 精基准定位

图 2-31　圆锥销定位

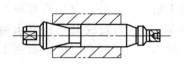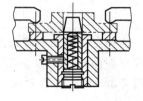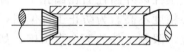

(a) 圆锥-圆柱组合　　　　　　(b) 活动圆锥销-平面组合　　　　　(c) 双圆锥销组合

图 2-32　圆锥销组合定位

等。此外也可用套筒、半圆孔衬套、锥套作为定位元件。

1. V 形块

V 形块是外圆柱面定位时用得最多的定位元件。因为 V 形块可用于完整或不完整的圆柱面定位，可用于精基准，也可用于粗基准。最大的优点是对中性好，即使作为定位基准的外圆直径存在误差，仍可保证一批工件的定位基准轴线始终处在 V 形块的对称面上，并且使用安装方便。

如图 2-33 所示为常见 V 形块结构。图（a）用于较短工件精基准定位，图（b）用于较长工件粗基准定位，图（c）用于工件两段精基准面相距较远的场合。图（d）用于工件定位基准与长度较大，则 V 形块不必做成整体钢件，而采用铸铁底座镶淬火钢垫。长 V 形块限制工件的四个自由度，短 V 形块限制工件的两个自由度。V 形块两斜面的夹角有 60°、90°和 120°三种，其中以 90°为最常用。

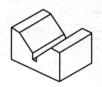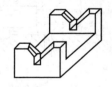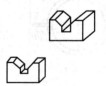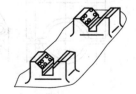

(a) 较短工件精基准定位　　(b) 较长工件粗基准定位　　(c) 工件两段精基准面　　(d) 定位基准与
　　　　　　　　　　　　　　　　　　　　　　　　　　相距较远的场合　　　长度较大场合

图 2-33　V 形块

V 形块在使用中有固定式和活动式两种。图 2-34 为活动 V 形块的应用，活动 V 形块限制工件的一个移动自由度。

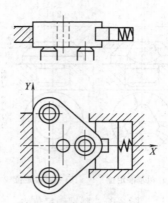

图 2-34   活动 V 形块限制工件的一个转动自由度

2. 定位套

工件以外圆柱面在圆孔中定位，这种定位方法一般适用于精基准定位，其结构简单，但定心精度不高。为防止工件偏斜，常与端面联合定位。图 2-35（a）为短套筒，相当于两点定位，限制工件的两个自由度；如图 2-35（b）所示为长套筒，相当于四点定位，限制工件的四个自由度。

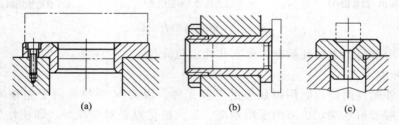

图 2-35   定位套

如图 2-36 所示的剖分套筒为半圆孔定位元件，主要适用于大型轴类零件的精密轴颈定位，以便于工件安装。它将同一圆周表面的定位件分成两半，下半孔放在夹具体上，起定位作用，上半孔装在可卸式或铰链式的盖上，仅起夹紧作用。为便于磨损更换，两半孔常都制成衬瓦形式，而不直接装在夹具体上。

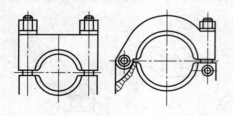

图 2-36   剖分套筒

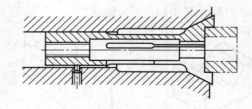

图 2-37   弹簧夹头

外圆定心夹紧机构有三爪卡盘、弹簧夹头等。图 2-37 所示为推式弹簧夹头，在实现定心的同时能将工件夹紧。

2.5.4   工件以一面两孔定位

以上定位方式，多以单一表面定位。实际上，工件往往是以两个或两个以上的表面同时定位的，即采用组合定位方式，生产中最常用的就是"一面两孔"定位，如加工箱体、杠杆、盖板等，常以工件上较大的平面与该平面垂直的两个孔组合定位，定位平面一般是加工过的精基面，两孔可以是工件结构上原有的，也可以是为定位需要专门设置的工艺孔。相应的定位元件是支承板和两定位销。如图 2-38 所示为某箱体镗孔时以一面两孔定位示意图。支承板限制工件 $\bar{z}$、$\hat{x}$、$\hat{y}$ 三个自由度；短圆柱销 1 和 2 同时限制工件的 $\hat{x}$、$\hat{y}$ 两个自由度，可见产生了过定位现象，严重时将不能安装工件。

一批工件定位可能出现干涉的最坏情况为：孔心距最大，销心距最小，或者反之（如图 2-39 所示）。为了避免过定位，将其中一销做成削边销，如图 2-40 所示为常用的削边销结构。为保证削边销的强度，一般多采用菱形结构，故又称为菱形销。表 2-1 是削边销的尺寸参考值。

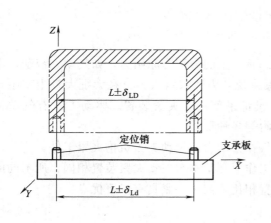

图 2-38　一面两孔定位

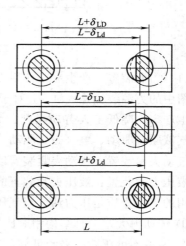

图 2-39　削边销的形成

表 2-1　削边销结构尺寸

D	3~6	>6~8	>8~20	>20~25	>25~32	>32~40	>40~50
b	2	3	4	5	6	7	8
B	D−0.5	D−1	D−2	D−3	D−4	D−5	

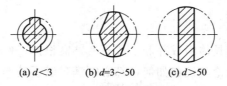

(a) d<3　　(b) d=3~50　　(c) d>50

图 2-40　削边销结构

安装削边销时，削边方向应垂直于两销的连心线。

2.6　工件的夹紧

机械加工过程中，工件会受到切削力、离心力、重力、惯性力等的作用，在这些外力的作用下，为了使工件仍能在夹具中保持已由定位元件所确定的加工位置，而不致发生振动或位移，保证加工质量和生产安全，一般夹具结构中都必须设置夹紧装置将工件可靠夹牢。

2.6.1　夹紧装置的组成与要求

1. 夹紧装置的组成

如图 2-41 所示为夹紧装置组成示意图，它主要由以下三部分组成。

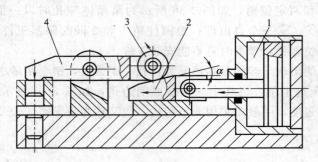

图 2-41　夹紧装置组成示意图

1—气缸；2—斜楔；3—滚子；4—压板

（1）力源装置　产生夹紧作用力的装置。所产生的力称为原始力，如气动、液动、电动等，图中的力源装置是气缸 1。对于手动夹紧来说，力源来自人力。在大批大量生产中，为提高生产率、降低工人劳动强度，大多数夹具都采用机动夹紧装置。驱动方式有气动、液动、气液联合驱动、电（磁）驱动、真空吸附等多种形式。

气动夹紧装置：气动夹紧装置以压缩空气作为动力源推动夹紧机构夹紧工件。

液压夹紧装置：液压夹紧装置的结构和工作原理基本与气动夹紧装置相同，所不同的是它所用的工作介质是压力油。与气压夹紧装置相比，液压夹紧具有以下优点：

① 传动力大，夹具结构相对比较小；

② 油液不可压缩，夹紧可靠，工作平稳；

③ 噪声小。

（2）中间传力机构　介于力源和夹紧元件之间传递力的机构，如图 2-41 所示的斜楔 2。在传递力的过程中，它能够改变作用力的方向和大小，起增力作用；还能使夹紧实现自锁，保证力源提供的原始力消失后，仍能可靠夹紧工件，这对于手动夹紧尤为重要。

（3）夹紧元件　夹紧装置的最终执行元件，与工件直接接触完成夹紧作用，如图 2-41 所示的压板 4。

2. 对夹紧装置的要求

必须指出，夹紧装置的具体组成并非一成不变，需根据工件的加工要求、安装方法和生产规模等条件来确定。但无论其组成如何，都必须满足以下基本要求。

（1）夹紧时应保持工件定位后所占据的正确位置。

（2）夹紧力大小要适当。夹紧机构既要保证工件在加工过程中不产生松动或振动，又不得产生过大的夹紧变形和表面损伤。

（3）夹紧机构的自动化程度和复杂程度应和工件的生产规模相适应，并有良好的结构工艺性，尽可能采用标准化元件。

（4）夹紧动作要迅速、可靠，且操作要方便、省力、安全。

2.6.2　夹紧力的确定

夹紧力的确定包括三个要素：夹紧力的方向、作用点和大小。它是一个综合性问题，必须结合工件的形状、尺寸、重量和加工要求，定位元件的结构及其分布方式，切削条件及切削力的大小等具体情况确定。

1. 夹紧力方向的确定

（1）夹紧力的作用方向应垂直指向主要定位基准面　如图 2-42 所示，直角支座以 A、B 面定位镗孔，要求保证孔中心线垂直于 A 面。所以 A 面为主要定位基准，夹紧力 F_J 的方向垂直于 A 面。这样，无论 A 面和 B 面有多大的垂直度误差，都能保证孔中心线与 A 面垂直。否则，如图 2-42（b）所示夹紧力方向垂直于 B 面，因 A、B 面之间有垂直度误差（$\alpha > 90°$ 或 $\alpha < 90°$），使镗出的孔不垂直于 A 面而可能导致报废。

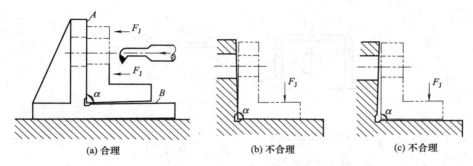

(a) 合理　　　　　　　(b) 不合理　　　　　　　(c) 不合理

图 2-42　夹紧力方向对镗孔垂直度的影响

（2）夹紧力作用方向应使所需夹紧力尽可能小　如图 2-43 所示，钻 A 孔时，当夹紧力 F_J 与切削力 F_H、工件重力 G 同方向时，加工过程所需的夹紧力最小。

（3）夹紧力的作用方向应使工件变形尽可能小　如图 2-44 所示夹紧薄壁套筒时，图（a）用卡爪径向夹紧时工件变形大，按图（b）沿轴向施加夹紧力，变形就会小得多。

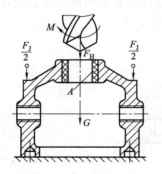

图 2-43　夹紧力方向对夹紧力大小的影响

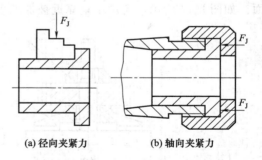

(a) 径向夹紧力　　　　(b) 轴向夹紧力

图 2-44　夹紧力方向对工件变形的影响

2. 夹紧力作用点的选择

选择作用点的问题是指在夹紧力方向已定的情况下，确定夹紧力作用点的位置和数目。

（1）夹紧力作用点应落在支承元件上或几个支承元件所形成的支承面内。如图 2-45 所示，夹紧力作用在支承面范围之外，会使工件倾斜或移动。

（2）夹紧力应施加在工件刚性较好的部位上。这一原则对刚性差的工件特别重要。如图 2-46 所示的薄壁箱体，夹紧力不应作用在箱体的顶面，而应作用在刚性较好的凸边上。箱体没有凸边时，可如图 2-46（b）所示那样，将单点夹紧改为三点夹紧，以减少工件的夹紧变形。

（3）夹紧力作用点应尽量靠近被加工表面，以减少切削力对工件造成的翻转力矩。为提

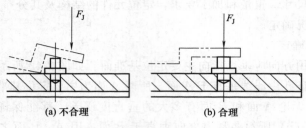

(a) 不合理　　　　　　　(b) 合理

图 2-45　夹紧力应作用在支承面内

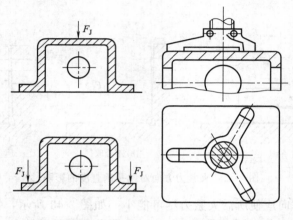

(a) 薄壁箱体的凸缘夹紧　　　(b) 薄壁箱体的三点夹紧

图 2-46　夹紧力作用点应在工件刚性大的地方

高工件加工部位的刚性，防止或减少工件产生振动和变形，应将夹紧力的作用点尽量靠近加工表面。如图 2-47 所示，支承尽量靠近被加工表面，同时给予夹紧力。

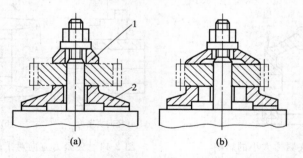

(a)　　　　　　　　(b)

图 2-47　夹紧力作用点应靠近加工表面
1—压盖；2—基座

3. 夹紧力的大小

夹紧力大小要适当，过大了会使工件变形，过小了则在加工时工件会松动，造成报废甚至发生事故。采用手动夹紧时，可凭人力来控制夹紧力的大小，一般不需要算出所需夹紧力的确切数值，只是必要时进行大概的估算。

当设计机动夹紧装置时，则需要计算夹紧力的大小，以便决定动力部件（如气缸、液压缸直径等）的尺寸。

进行夹紧力的计算时，通常将夹具和工件看作一刚性系统，以简化计算。根据工件在切削力、夹紧力、重力、惯性力等作用下处于静力平衡，列出静力平衡方程式，即可算出理论夹紧力，再乘以安全系数，作为所需的实际夹紧力。实际夹紧力一般比理论计算力大 2～3 倍。

2.6.3 典型的夹紧机构

1. 斜楔夹紧机构

斜楔夹紧机构是夹紧机构中最基本的一种形式。其他一些夹紧如偏心轮、螺钉等都是这种机构的变形。如图 2-48 所示为斜楔夹紧机构钻模。

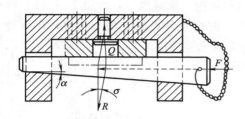

图 2-48 斜楔夹紧机构

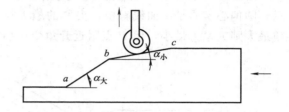

图 2-49 双升角楔块

斜楔夹紧机构的工作特点如下。

（1）斜楔的自锁性。当原始力 Q 一旦消失或撤除后，夹紧机械在纯摩擦力的作用下，仍应保持其处于夹紧状态而不松开。

（2）楔块的自锁条件为：$\alpha \leqslant \phi_1 + \phi_2$，为保证自锁可靠，取 $\alpha = 5° \sim 7°$。

（3）楔块具有增力作用，增力比 $i = Q/F \approx 3$。

（4）斜楔夹紧机构行程小。

（5）结构简单，夹紧和松开只需敲击大、小端，操作不方便。

对于斜楔夹紧机构，由于增力比、行程大小和自锁条件是相互制约的，故在确定楔块升角 α 时，应兼顾三者在不同条件下的实际需要。当机构既要求自锁，又要有较大的夹紧行程时，可采用双斜面楔块（如图 2-49 所示），前部大升角用于夹紧前的快速行程，后部小升角保证自锁。

单一斜楔夹紧机构夹紧力和增力比均较小且操作不便，夹紧行程也难满足实际需要，因此很少使用，通常用于机动夹紧或组合夹紧机构中。楔块一般用 20 号渗碳钢淬火达到 58～62HRC，有时也用 45 号钢淬硬至 42～46HRC。

2. 螺旋夹紧机构

将楔块的斜面绕在圆柱体上就成为螺旋面，因此螺旋夹紧的原理与楔块相同。如图 2-50 所示是最简单的单螺旋夹紧机构。夹具体上装有螺母 2，转动螺杆 1，通过压块 4 将工件夹紧。螺母为可换式，螺钉 3 防止螺母转动。压块可避免螺杆头部与工件直接接触，夹紧时带动工件转动，并造成压痕。

螺旋夹紧的工作特点如下。

（1）自锁性能好。通常采用标准的夹紧螺钉，螺旋

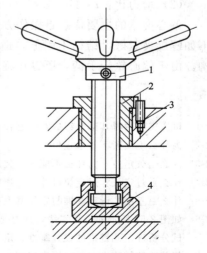

图 2-50 单螺旋夹紧

1—螺杆；2—螺母；3—螺钉；4—压块

升角 α 很小，保证自锁，夹紧可靠。

（2）增力比大（$i \approx 75$）。

（3）夹紧行程调节范围大。

（4）夹紧动作慢，工件装卸费时。

由于螺旋夹紧具有以上特点，很适用于手动夹紧，在机动夹紧中应用较少。

3. 偏心夹紧机构

如图 2-51 所示直径为 D，偏心距为 e 的偏心轮。偏心轮可以看作是一个绕在转轴上的弧形楔〔图 2-51（a）中径向阴影部分〕。将偏心轮上起夹紧作用的轮廓线展开，如图 2-51（b）所示，圆偏心实质是一曲线斜楔，夹紧的最大行程为 $2e$，曲线上各点的升角不相等，P 点升角最大则夹紧力最小，但 P 点附近升角变化小，因而夹紧比较稳定。

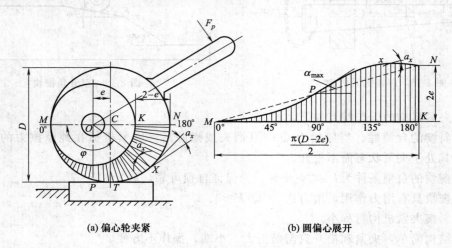

(a) 偏心轮夹紧　　　　　　　(b) 圆偏心展开

图 2-51　偏心夹紧机构

（1）圆偏心夹紧的自锁条件：$D/e \geqslant 14$。D/e 值叫做偏心轮的偏心特性，表示偏心轮工作的可靠性，此值大，自锁性能好，但结构尺寸也大。

（2）增力比：$i = 12 \sim 13$。

偏心夹紧的主要优点是操作方便，动作迅速，结构简单，其缺陷是工作行程小，自锁性不如螺旋夹紧好，结构不耐振，适用于切削平稳且切削力不大的场合，常用于手动夹紧机构。由于偏心轮带手柄，所以在旋转的夹具上不允许用偏心夹紧机构，以防误操作。

习　题

2-1　机床夹具由哪几部分组成？各起什么作用？

2-2　为什么说夹紧不等于定位？

2-3　什么是欠定位？为什么不能采用欠定位？举例说明。

2-4　什么是过定位？过定位可能产生哪些不良后果？可采取哪些措施消除过定位？

2-5　什么是基准？设计基准与定位基准有哪些不同？

2-6　如图 2-52 所示的齿轮零件，其内孔键槽是在插床上采用自定心三爪卡盘装夹外圆 d 进行插削加工的，试分析确定此键槽的设计基准、定位基准和测量基准。

2-7　粗基准和精基准选择的原则有哪些？举例说明。

2-8　试选择图 2-53 所示端盖零件加工时的粗基准，并简述理由。

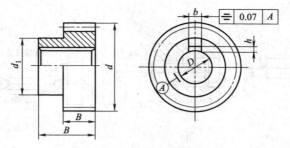

图 2-52　齿轮零件

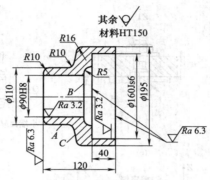

图 2-53　端盖零件

2-9　工件夹紧的目的是什么？定位和夹紧的区别是什么？

2-10　对夹紧装置的基本要求有哪些？确定夹紧力的方向和作用点的准则有哪些？

2-11　分析图 2-54 中夹紧力的作用点与方向是否合理，为什么？如何改进？

2-12　根据六点定位原理分析图 2-55 中各定位方案的定位元件所限制的自由度。

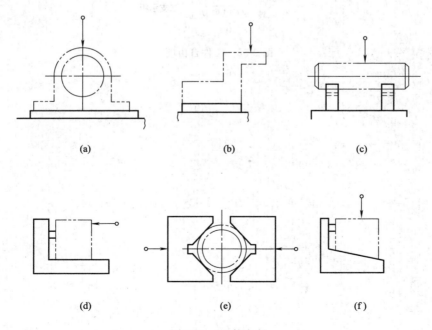

图 2-54　工件夹紧

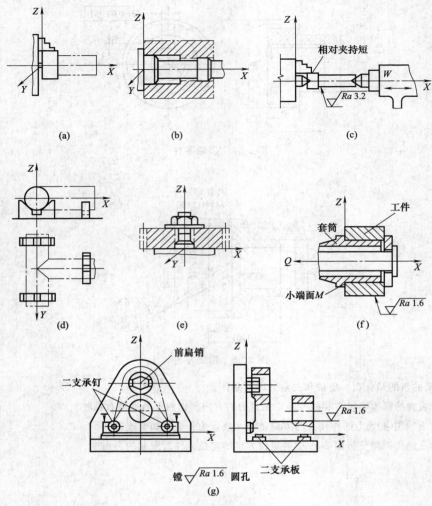

(a)　　　　　　　(b)　　　　　　　(c)

相对夹持短

Ra 3.2

W

(d)　　　　　　　(e)　　　　　　　(f)

工件

套筒

小端面*M*

Ra 1.6

Q

前扁销

二支承钉

镗 *Ra* 1.6 圆孔

Ra 1.6

二支承板

(g)

图 2-55　工件自由度

第3章 数控加工工艺基础

【内容提要及学习要求】

在数控机床上加工零件时，要把被加工的全部工艺过程、工艺参数等编制成程序，整个加工过程是自动进行的，因此程序编制前的工艺分析是一项十分重要的工作，其目的是以最合理或较合理的工艺过程和操作方法，指导编程和完成加工任务。

本章从工作实际应用的角度，介绍数控机床加工工艺所涉及的基础知识和基本原则，了解机械加工工艺过程的基本概念；了解数控加工工艺的基本特点、主要内容和工艺文件；掌握数控加工工艺分析方法；掌握数控加工工艺路线设计、工序设计及工艺卡片编写原则。

3.1 数控加工工艺的基本概念

3.1.1 机械加工工艺过程的基本概念

1. 生产过程

机械产品的生产过程是将原材料转变为成品的全过程，它一般包括原材料的运输和保管、生产技术准备、毛坯制造、机械加工、热处理、产品的装配、机器的检测调试及油漆和安装等。为了提高生产效率和降低成本，有利于组织零、部件专业化生产，许多机械产品都是按行业分类进行组织生产，由众多工厂协作完成。例如，汽车的制造就是由许多工厂为它配套生产。所以，随着机械产品复杂程度的不同，生产过程可以由一个车间或一个工厂完成，也可以由多个工厂联合完成。

2. 工艺过程

工艺过程是指生产过程中直接改变生产对象的形状、尺寸、相对位置和性质等，使其成为成品或半成品的过程。如毛坯制造、机械加工、热处理、装配等过程均为工艺过程。工艺过程是生产过程的主要组成部分。

采用机械加工的方法，直接改变毛坯的形状、尺寸和表面质量，使其成为零件的过程称为机械加工工艺过程。零件的机械加工和装配在机械制造过程中占有十分重要的地位。

3. 机械加工工艺过程的组成

机械加工工艺过程是由一个或若干个顺序排列的工序组成，而工序又可分为安装、工位、工步和行程。

（1）工序 一个或一组工人，在一个工作地点对同一个或同时对几个工件所连续完成的那一部分工艺过程，称为工序。划分工序的主要依据是工人、工件、工作地点（设备）三不变以及该工序的工艺过程是否连续。若改变其中的任意一个就构成另一个工序。例如图3-1所示的阶梯轴，当单件、小批量生产时，其加工工艺及工序划分如表3-1所示，当中批量生产时，其工序划分如表3-2所示。表3-1中的工序2，如先车一个工件的一端，然后调头装夹，再车另一端，其工作地点不变，而工件也没有停放，加工是连续完成的，所以说是一个工序。而表3-2工序2和3，先车好一批工件的一端，然后再调头车这批工件的另一端，这时对每个工件来说两端加工已不连续，所以即使在同一台车床上加工也应算作两道工序。

机械加工工艺过程是由一系列工序组成的，毛坯依次通过这些工序被加工成成品。工序是组成工艺过程的基本单位，也是生产计划的基本单元。

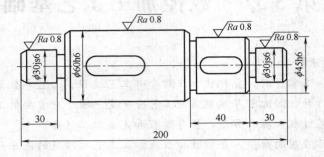

图 3-1　阶梯轴简图

表 3-1　单件、小批量加工阶梯轴工艺过程

工 序 号	工 序 内 容	设 备
1	车端面打中心孔	车床
2	车大端外圆、切槽和倒角,调头车小端外圆、切槽和倒角	车床
3	铣键槽、去毛刺	铣床
4	磨外圆	磨床
5	终检	

表 3-2　中批量加工阶梯轴的工艺过程

工 序 号	工 序 内 容	设 备
1	两端同时铣端面、钻中心孔	铣端面、钻中心孔机床
2	车一端外圆、切槽和倒角	车床
3	车另一端外圆、切槽和倒角	车床
4	铣键槽	铣床
5	去毛刺	钳工台
6	磨外圆	磨床
7	终检	

（2）安装　在机械加工中，使工件在机床或夹具中占据某一正确位置并被夹紧的过程，称为装夹。在一道工序中，有时需要对工件进行多次装夹才能完成一个工序的工作内容。工件经一次装夹后所完成的那一部分工序称为安装。在一个工序中，工件可能安装一次，也可能需要安装几次。例如，在车床上加工轴，先从一端加工出部分表面，然后调头再加工另一端，这时的工序内容就包括两个安装。

（3）工位　工件在一次安装下相对于机床或刀具每占据一个加工位置所完成的那部分工艺过程称为工位。为了减少工件的安装次数，常采用各种回转工作台，回转夹具或移动夹具，使工件在一次安装中，先后处于几个不同的位置进行加工，不仅缩短了装夹工件的时间，而且提高了加工精度和生产效率。如图 3-2 所示是利用回转工作台在一次安装中顺次完成装卸工件、钻孔、扩孔和铰孔四个工位的加工实例。

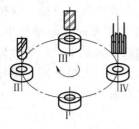 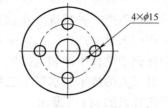 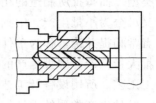

图 3-2　多工位加工　　　　图 3-3　相同工步算一个工步　　　　图 3-4　复合工步实例

（4）工步　在加工表面、加工刀具和切削用量（转速和进给量）都不变的情况下，所连续完成的那一部分工序称为工步。一个工序可以包括一个工步或几个工步，划分工步的依据是加工表面和刀具是否变化。如表 3-1 中的工序 1，每个安装中都有车端面、钻中心孔两个工步。如图 3-3 所示的零件，在同一工序中连续钻四个 $\phi15mm$ 的孔，就可写成一个工步——钻 $4\times\phi15mm$ 孔。为了提高生产效率，用几把刀具同时加工一个零件上的几个表面的工步，称为复合工步，也可以看作一个工步。如图 3-4 所示，数控车床加工轴套即为复合工步。

（5）进给　进给也称走刀。在一个工步中，由于余量较大或其他原因，需要用同一把刀具对同一表面进行多次切削，这样，刀具对工件每切削一次就称为一次进给。如表 3-2 中的工序 4，铣键槽其余量很大，应该分成两次进给完成。

以上是将机械加工工艺过程进行分解，一个零件的加工过程由一个或若干个工序组成，每个工序则由安装、工位、工步构成，工步由进给构成。

4. 生产纲领、生产类型及其工艺特征

各种机械产品的结构、技术要求不同，但其制造工艺存在着很多共同的特征。这些共同的特征取决于企业的生产类型，而生产类型又由生产纲领决定。

（1）生产纲领　生产纲领是指企业在计划期内应当生产的产品产量和进度计划。计划期定为一年，所以生产纲领也称为年产量。零件的生产纲领要计入备品和废品的数量，可按下式计算

$$N=Qn(1+\alpha)(1+\beta) \tag{3-1}$$

式中　N——零件的年产量，件/年；

　　　Q——产品的产量；

　　　n——每台产品中该零件数量；

　　　α——备品的百分率，一般为 3%～5%；

　　　β——废品的百分率，一般为 1%～5%。

（2）生产类型

① 单件生产。产品的品种繁多，而每个品种的数量较少，各工作地加工对象很少有重复生产。例如，新产品的试制、专用设备制造、重型机械制造、大型船舶制造等，都属于单件生产。

② 大量生产。产品的品种少，产量大，大多数工作地点长期进行某种零件的某道工序的重复加工。例如，汽车、拖拉机、手表、轴承的制造，多属于大量生产。

③ 成批生产。一年中分批轮流地制造若干种不同的产品，每种产品有一定的数量，生产对象周期性地重复，例如，机床制造、一般光学仪器及液压传动装置等的生产属于成批生

产类型。而每批所制造的相同零件的数量，称为批量。按批量的大小和产品的特征，成批生产又可分为小批生产、中批生产和大批生产三种情况。小批生产在工艺方面接近单件生产，二者常相提并论，称为单件小批生产；大批生产在工艺特征方面接近于大量生产，常合称为大批大量生产；中批生产的工艺特征介于单件生产和大批生产之间。生产类型不同，零件的加工工艺、所用设备及工艺装备，对工人的技术要求等工艺特点也有所不同。

各种生产类型的生产纲领及工艺特点如表 3-3 所示。

表 3-3 各种生产类型的生产纲领及工艺特点

纲领及特点	生产类型	单件生产	成批生产			大量生产
			小批	中批	大批	
产品类型	重型零件	<5	5～100	100～300	300～1000	>1000
	重型零件	<20	20～200	200～500	500～5000	>5000
	轻型零件	<100	100～500	500～5000	5000～50000	>50000
工艺特点	毛坯的制造方法及加工余量	自由锻造，木模手工造型；毛坯精度低，余量大	部分采用模锻、金属模造型；毛坯精度及余量中等		广泛采用模锻、机器造型等高效方法；毛坯精度高、余量小
	机床设备及机床布置	通用机床按机群式排列；部分采用数控机床及柔性制造单元	通用机床和部分专用机床及高效自动机床；机床按零件类别分工段排列		广泛采用自动机床、专用机床，采用自动线或专用机床流水线排列
	夹具及尺寸保证	通用夹具，标准附件或组合夹具；划线试切保证尺寸	通用夹具，专用或组合夹具；定程法保证尺寸		高效专用夹具；定程及自动测量控制尺寸
	刀具、量具	通用刀具，标准量具	专用或标准刀具、量具		专用工具、量具，自动测量
	零件的互换性	配对制造，互换性低，多采用钳工修配	多数互换，部分试配或修配		全部互换，高精度偶件采用分组装配、配磨
	工艺文件的要求	编制简单的工艺过程卡片	编制详细的工艺规程及关键工序的工序卡片		编制详细的工艺规程、工序卡片、调整卡片
	生产率	用传统加工方法，生产率低，用数控机床可提高生产率	中等		高
	成本	较高	中等		低
	对工人的技术要求	需要技术熟练的工人	需要一定熟练程度的技术工人		对操作工人的技术要求较低，对调整工人的技术要求较高
	发展趋势	采用成组工艺，数控机床、加工中心及柔性制造单元	采用成组工艺，用柔性制造系统或柔性自动线		用计算机控制的自动化制造系统、车间或无人工厂，实现自适应控制

3.1.2 数控加工的主要内容

数控加工工艺是指应用数控机床加工零件的方法和手段。数控加工与普通加工在方法和内容上是相似的，但控制方式不同。

对普通加工来说，以某工序为例，其工步安排、走刀路线和走刀量的确定、切削参数选择等内容，在很大程度上由操作工人自行考虑和确定，机床加工也是用手工操作方式来控制的。

而对数控加工来说，在加工前，需将加工操作的所有内容——工步的划分与顺序、走刀路线、走刀量、切削参数等，按规定的代码形式编制成程序，再将程序输入数控机床，加工时由机床控制系统对程序代码进行解释运算和处理，再通过机床伺服系统控制传动机构按程序运动，从而加工出所需的零件。可见数控加工的关键是编程，而编制程序的前提是制订零件的加工工艺方案。

一般来说，数控加工流程主要包含如下内容：

① 选择并确定数控加工的零件及内容；

② 对零件图纸进行数控加工工艺分析，确定加工内容及技术要求；

③ 数控加工工艺设计，如工步的划分，工件的定位及夹具的选择、刀具的选择、切削用量的确定等；

④ 数控加工工艺技术文件的定形与归档。

3.1.3　数控加工内容的选定

当选择并决定某个零件进行数控加工后，并不等于要把它所有的加工内容都由数控完成，而可能只是其中的一部分内容进行数控加工。需要对零件图样进行仔细的工艺分析，选择那些最适合、最需要进行数控加工的内容和工序。在考虑选择内容时，应结合设备的实际情况，解决加工难题、提高生产效率和经济效益。

在选择时一般按如下顺序考虑：

（1）通用机床无法加工的内容作为优先选择的内容；

（2）通用机床难加工，质量也难以保证的内容应作为重点选择内容；

（3）通用机床加工效率低，手工操作劳动强度大的内容，可在数控机床存在富裕能力的基础上进行选择。

一般来说，上述这些可加工内容采用数控加工后，在产品质量、生产率与综合经济效益等方面都会得到明显提高，相比之下，下列一些内容则不宜选择数控加工。

（1）需要通过较长时间占机调整的加工内容，如：以毛坯的粗基准定位来加工第一个精基准的工序等。

（2）必须按专用工装协调加工的孔及其他内容。主要是采集编程用的数据有困难，协调效果也不一定理想，有“费力不讨好”之感。

（3）按某些特定的制造依据（如样板、样件、模胎等）加工的型面轮廓。获取数据难，易与检验依据发生矛盾，增加编程难度。

（4）不能在一次安装中完成的其他零星部位，采用数控加工很麻烦，效果不明显，可安排通用机床加工。

此外在选择和决定加工内容时，也要考虑生产批量、生产周期、工序间周转情况等。要尽量做到合理，达到多、快、好、省的目的。要防止把数控机床降格为通用机床使用。

3.1.4　数控加工工艺的基本特点

1. 数控加工工艺的内容十分具体

数控加工工艺与普通加工工艺相比，在工艺文件的内容和格式上都有较大的区别，如在加工部位、加工顺序、刀具配置与使用顺序、刀具轨迹、切削参数等方面，都要比普通机床加工工艺中的工序内容更详细。数控加工工艺必须详细到每一次走刀路线和每一个操作细节，即普通加工工艺通常留给操作者完成的工艺与操作内容，如各工步的划分与安排，刀具的选择，走刀路线的确定和切削用量等，必须事先设计与安排。

2. 数控加工工艺必须准确而严密

由于数控机床是通过严格按照加工程序来加工的，它无法根据工件的变化自动调整，自适应性很差，因此在数控加工工艺设计时必须周密考虑加工过程的每一细节，如：粗加工的第一刀切削用量的大小、小于刀具半径的内圆弧面切削、钻孔及攻螺纹的排屑问题等，同时在数学处理、计算和编程时，要力求准确。

3. 采用多坐标联动自动控制加工复杂表面

对于一般简单表面的加工方法，数控加工与普通加工无太大的区别。但是对于一些复杂表面、特殊表面或有特殊要求的表面，数控加工与普通加工有着根本不同的加工方法。例如，对于曲线和曲面的加工，普通加工是用划线、样板、靠模、钳工、成型加工等方法进行，不仅生产效率低，而且还难以保证加工质量。而数控加工则采用多坐标联动自动控制加工方法，其加工质量与生产效率是普通加工方法无法比拟的。

4. 采用工序集中

由于数控机床具有刚性大、精度高、刀库容量大、切削参数范围广及多坐标、多工位等特点。因此，在工件的一次装夹中可以完成多个表面的多种加工，甚至可在工作台上装夹几个相同或相似的工件进行加工，从而缩短了加工工艺路线和生产周期，减少了加工设备、工装和工件的运输工作量。

实践证明，数控加工失误的主要原因是工艺方面考虑不周和计算、编程粗心大意。因此，编程人员除必须具备较扎实的工艺知识和较丰富的实践工作经验外，还必须具有耐心、细致的工作作风和高度的工作责任感。

3.1.5　数控加工工艺规程的制订

规定零件制造工艺过程和操作方法等的工艺文件称为工艺规程。它是在具体的生产条件下，以最合理或较合理的工艺过程和操作方法，并按规定的图标或文字形式书写成工艺文件，经审批后用来指导生产的。工艺规程一般应包括下列内容：零件加工的工艺路线；各工序的具体内容；各工序所用的机床及工艺装备；切削用量及工时定额等。

1. 工艺规程的作用

（1）工艺规程是指导生产的主要技术文件。合理的工艺规程是在工艺理论和实践经验的基础上制订的。按照工艺规程进行生产可以保证产品的质量，并且有较高的生产率和良好的经济效益。一切生产人员都应严格执行既定的工艺规程。

（2）工艺规程是生产组织和管理工作的基本依据。在生产管理中，原材料及毛坯的供应、通用工艺装备的准备、机床负荷的调整、专用工艺装备的设计和制造、生产计划的制订、劳动力的组织，以及生产成本的核算等，都是以工艺规程为基本依据的。

（3）工艺规程是新建或扩建工厂或车间的基本资料。在新建或扩建工厂或车间时，只有根据工艺规程和生产纲领才能正确地确定生产所需的机床和其他设备的种类、规格和数量，车间的面积，机床的布置，生产工人的工种、等级及数量以及辅助部门的安排等。

2. 工艺规程制订所需的原始资料

（1）产品装配图和零件工作图。

（2）产品的生产纲领。

（3）产品验收的质量标准。

（4）现有的生产条件和资料。包括毛坯的生产条件或协作关系、工艺装备及专用设备的制造能力、加工设备和工艺装备的规格及性能、工人的技术水平及各种工艺资料和标准等。

（5）国内、外同类产品的有关工艺资料等。

3. 数控加工工艺文件的格式

填写数控加工专用技术文件是数控加工工艺设计的内容之一。这些技术文件既是数控加工的依据、产品验收的依据，也是操作者遵守、执行的规程。技术文件是对数控加工的具体说明，目的是让操作者更明确加工程序的内容、装夹方式、各个加工部位所选用的刀具及其他技术问题。数控加工技术文件主要有：数控编程任务书、工件安装和原点设定卡片、数控加工工序卡片、数控加工走刀路线图、数控刀具卡片等。以下提供了常用文件格式，可根据企业实际情况自行设计。

（1）机械加工工艺过程卡片　如表 3-4 所示机械加工工艺过程卡片是简要说明零件机械加工过程以工序为单位的一种工艺文件，主要用于单件小批量生产和中批生产的零件，大批大量零件可酌情制订。本卡片是生产管理方面的文件。

表 3-4　机械加工工艺过程卡片

（单位）	机械加工工艺过程卡		产品型号		产品名称	
零件名称	零件材料	毛坯种类	毛坯硬度	毛坯尺寸	净重/kg	备注
工序号	工序名称	设备名称	夹具	进给量/(mm/r)	主轴转速/(r/min)	切削速度/(m/min)	背吃刀量/mm	冷却液	备注
编制		审核		批准		年　月　日			

（2）机械加工工序卡　如表 3-5 所示机械加工工序卡片，它是在工艺过程卡片的基础上，进一步按照每道工序的内容所编制的一种工艺文件。一般具有工序简图（图上应标明定位基准、工序尺寸及公差、形位公差和表面粗糙度要求，用粗实线表示加工部位等），并详细说明该工序中每工步的加工内容、工艺参数、操作要求以及所用设备和工艺装备等。工序卡片主要用于大批大量生产的所有零件，中批生产复杂产品的关键零件以及单件小批量生产的关键工序。

（3）数控加工工序卡　数控加工工序卡与普通加工工序卡有许多相似之处，所不同的是：工序简图中应注明编程原点与对刀点，要进行简要的编程说明（如所用机床型号、程序编号、刀具半径补偿以及镜像对称加工方式等）及切削参数（即程序编入的主轴转速、进给速度、最大背吃刀量或宽度等）的选择，见表 3-6。

（4）数控刀具卡片　数控加工时，对刀具的要求十分严格，一般要在机外对刀仪上预先调整刀具直径和长度。刀具卡片反映刀具编号、刀具结构、尾柄规格、组合件名称代号、刀片型号和材料等。它是组装刀具和调整刀具的依据，详见表 3-7。

表 3-5 机械加工工序卡片

（单位）	机械加工工序卡片	产品名称或代号		零件名称		零件图号		
		车间		使用设备		材料牌号		毛坯种类
工序简图								
		工艺序号		工序名称		工序工时		切削液
		夹具名称				夹具编号		
工步号	工步作业内容	刀具	量具及检具	主轴转速	进给速度	切削速度	背吃刀量	备注
编制		审核		批准		年 月 日	共 页	第 页

表 3-6 数控加工工序卡片

（单位）	数控加工工序卡片	产品名称或代号		零件名称	零件图号		
		车间		使用设备			
工序简图							
		工艺序号		程序编号			
		夹具名称		夹具编号			
工步号	工步作业内容	加工面	刀具号	主轴转速	进给速度	背吃刀量	备注
编制		审核		批准	年 月 日	共 页	第 页

注：工序简图复杂时可绘制于表外。

（5）数控加工走刀路线图 在数控加工中，常常要注意并防止刀具在运动过程中与夹具或工件发生意外碰撞，为此必须设法告诉操作者关于编程中的刀具运动路线（如：从哪里下刀、在哪里抬刀、哪里是斜下刀等）。为简化走刀路线图，一般可采用统一约定的符号来表示。不同的机床可以采用不同的图例与格式，表 3-8 为一种常用格式。

（6）数控加工工件安装和原点设定卡片（简称装夹图和零件设定卡） 它应表示出数控加工原点及定位方法与夹紧方法，并应注明加工原点设置位置和坐标方向、使用的夹具名称和编号等。详见表 3-9。

表 3-7　数控刀具卡片

零件图号		J30102-4		数控刀具卡片			使用设备	
刀具名称		镗刀					TC-30	
刀具编号		T13006	换刀方式	自动		程序编号		
	序号	编号		刀具名称	规格		数量	备注
刀具组成	1	T013960		拉钉			1	
	2	390、140-50 50027		刀柄	$\phi50\times100$		1	
	3	391、01-50 50100		接杆			1	
	4	391、68-03650085		镗刀杆			1	
	5	R416.3-12205325		镗刀组件	$\phi41\sim\phi53$		1	
	6	TCMM110208-52		刀片			1	

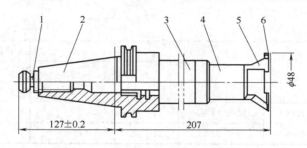

备注					
编制		审核	批准	共　页	第　页

表 3-8　数控加工走刀路线图

数控加工走刀路线图		零件图号	NC01	工序号		工步号		程序号	0100
机床型号	XK5032	程序段号	N10-170	加工内容		铣轮廓周边		共1页	第　页

编程	
校对	

符号	⊙	⊗	◓	•—	→	↓	•---	•‒•	⇄
含义	抬刀	下刀	编程原点	起刀点	走刀方向	走刀线相交	爬斜坡	铰孔	行切

　　（7）数控编程任务书　它阐明了工艺人员对数控加工工序的技术要求和工序说明，以及数控加工前应保证的加工余量。它是编程人员和工艺人员协调工作和编制数控程序的重要依据之一，详见表 3-10。

表 3-9　工件安装和原点设定卡片

零件图号	J30L02-4	数控加工工件安装和原点设定卡片		工序号	
零件名称	行星架			装夹次数	

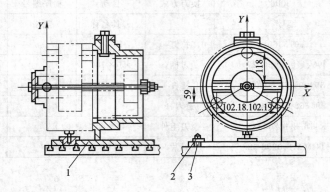

			3	梯形槽螺栓	
			2	压板	
			1	镗铣夹具板	GS53-61
编制(日期)	审核(日期)	批准(日期)	第　页		
			共　页	序号	夹具名称	夹具图号

表 3-10　数控编程任务书

		产品零件图号		任务书编号	
工艺处	数控编程任务书	零件名称			
		使用数控设备		共　页　第　页	
主要工序说明及技术要求					
		编程收到日期	月　日	经手人	
编制		审核		编程		审核		批准	

不同的机床或不同的加工目的可能会需要不同形式的数控加工专用技术文件。在工作中，可根据具体情况设计文件格式。

3.2　数控加工工艺规程的设计

数控加工工艺规程设计的主要内容如下。

（1）选择并确定零件的数控加工内容。

（2）零件图纸的数控工艺性分析。包括：熟悉产品的性能、用途、工作条件，明确各零件的装配位置及其作用；对装配图和零件图进行工艺性审查。

（3）确定毛坯。毛坯质量高，则切削加工量小，可提高材料利用率、降低机械加工成本。在选择毛坯时，既要积极采用新工艺、新技术、新材料，又必须结合毛坯车间的具体情况，确定毛坯的形式和制造方法。

（4）数控加工的加工工艺路线设计，加工阶段的划分，工序的划分，加工顺序的安排。

（5）数控加工的工序设计，选择机床、刀具、夹具及切削用量。

（6）加工余量及工序尺寸的确定。

（7）处理特殊的工艺问题，如对刀点、换刀点确定，加工路线确定，刀具补偿，分配加工误差等。

（8）数控加工技术文件的编写。

3.2.1 数控加工工艺性分析

工艺分析是对工件进行数控加工的前期工艺准备工作，数控机床加工中所有工步的刀具选择、走刀轨迹、切削用量、加工余量等都要预先确定好并编入加工程序。一个合格的编程员首先应该是一个很好的工艺员，他对数控机床的性能、特点和应用、切削规范和标准工具系统等要非常熟悉，否则就无法做到全面、周到地考虑加工的全过程，并正确、合理地编制零件的加工程序。数控加工工艺性分析涉及内容很多，在此仅从数控加工的必要性、可能性与方便性及毛坯的选择等方面加以分析。

1. 零件的工艺性分析

首先认真地分析与研究产品的零件图与装配图，熟悉整台产品的用途、性能和工作条件，了解零件在产品中的作用、位置和装配关系，搞清各项技术要求对装配质量和使用性能的影响，找出主要的和关键的技术要求，然后对零件图样进行分析。

（1）审查与分析零件图纸中的尺寸标注是否适合数控加工的特点。最适合数控加工的尺寸标注方法是以同一基准标注或坐标标注。便于编程和尺寸间的协调，在保持设计、工艺、检验基准与编程原点设置的一致性方面带来很大方便。

由于数控加工重复定位精度很高，不会因产生较大的积累误差而破坏使用特性，因此改动局部的分散式标注为同一基准标注或坐标式标注是完全可行的。

（2）审查与分析零件图中构成轮廓的几何要素是否充分、能否加工。

① 直线与圆弧、圆弧与圆弧的连接状态是相切还是相交，能否成立；

② 零件轮廓表面能否构建（加工）出来；

③ 轮廓表面所给条件是否便于数学处理与计算等。

（3）审查与分析定位基准的可靠性。数控加工特别强调定位加工，尤其是正反两面都采用数控加工的零件，以同一基准定位十分必要，否则很难保证两次定位安装加工后两个面上的轮廓位置及尺寸一致。因此，最好采用零件上的孔或专门设置工艺结构作为定位基准。

（4）分析零件的材料及热处理状态，确定工件的变形情况，并制订工艺措施。在满足零件性能的前提下应选用廉价的材料。

对图纸的工艺性分析，一般是在零件图纸的设计和毛坯设计以后进行的，当要求根据数控加工工艺的特点，对图纸或毛坯进行较大的更改是比较困难的，所以一定要把重点放在零件图纸或毛坯图纸初步设计的工艺性审查与分析上。编程人员不但要积极参与审查和仔细地工作，还要与设计人员密切合作，并尽力说服他们在不损害零件使用特性的前提下，更多地满足数控加工工艺的各种要求。

2. 零件的结构工艺性分析

人们把零件在满足使用要求的前提下所具有的制造可行性和加工经济性叫做零件的结构工艺性。好的结构工艺性会使零件加工容易，节省加工工时，节省材料。差的结构工艺性会使加工困难，浪费工时，浪费材料，甚至无法加工。

各种类型表面的不同组合构成了零件不同的特点，对零件的加工工艺将会产生重要影响。例如，以圆柱面为主的表面，既可组成轴、盘类零件，也可构成套、环类零件；对于轴而言，既可以是粗而短的轴，也可以是细而长的轴，由于这些零件的结构特点不同，使其加工工艺出现很大差异。同样，对于使用性能相同而结构不同的两个零件，它们的制造工艺和制造成本也可能有很大差别。

3.2.2　毛坯的确定

毛坯的确定包括确定毛坯的种类和制造方法两个方面。常用的毛坯种类有铸件、锻件、型材、焊接件等。一般来说，当设计人员设计好零件并选好材料后，也就大致确定了毛坯的种类。如铸件材料毛坯均为铸件，钢材料毛坯一般为锻件或型材等。各种毛坯的制造方法很多。毛坯的制造方法越先进，毛坯精度越高，其形状和尺寸越接近于成品零件，这就使机械加工的劳动量大为减少，材料的消耗也低，使机械加工成本降低；但毛坯的制造费用却因采用了先进的设备而提高。因此，在确定毛坯时应当综合考虑各方面的因素，以求最佳效果。确定毛坯时主要考虑下列因素。

1. 零件的材料及其力学性能

零件的材料大致确定了毛坯的种类，而其力学性能的高低，也在一定程度上影响毛坯的种类，如力学性能要求较高的钢件，其毛坯最好用锻件而不是型材。

2. 生产类型

不同的生产类型决定了不同的毛坯制造方法。在大批量生产中，应采用精度和生产效率较高的先进毛坯制造方法，如铸件应采用金属模机器造型，锻件应采用模锻；并充分考虑采用新工艺、新技术和新材料，如精铸、精锻、冷挤压、冷轧、粉末冶金和工程塑料等。单件小批量生产则一般采用木模手工造型或自由锻等比较简单方便的毛坯制造方法。

3. 零件的结构形状和外形尺寸

在充分考虑上述两项因素外，零件的结构形状和外形也会影响毛坯的种类和制造方法。如常见的一般用途的钢质阶梯轴，当各台阶直径相差不大时可用型材，若各台阶直径相差很大时，宜用锻件；成批生产中，中小型零件可选用锻模，而大尺寸的轴受到设备和模具的限制一般选用自由锻等。

3.3　数控加工工艺路线的设计

数控加工的工艺路线仅仅是零件加工工艺过程中的数控加工部分，一般均穿插在零件加工的整个过程中。工艺路线的拟定是制订工艺规程的关键性一步，工艺路线的合理与否将直接影响整个零件的机械加工质量、生产率和经济性。在具体工作中，应在先充分分析的基础上，提出几个方案，通过比较，选择最佳的工艺路线。在数控工艺路线设计中主要注意以下问题。

3.3.1　加工方法与加工方案的选择

机械零件的结构形状是多种多样的，但它们都是由平面、外圆面和内孔或曲面、成形面等基本表面组成。每一种表面都有多种加工方法，具体选择时应根据零件的加工精度、表面粗糙度、材料、结构形状、尺寸和生产类型等，选择相应的加工方法和加工方案。

1. 平面加工

平面的加工方法常用的有：刨削、铣削、磨削、车削和拉削。精度要求高的平面还需要经过研磨或刮削加工。刨削、铣削和车削常用于平面的粗加工和半精加工，而磨削和拉削则用于平面的精加工。

（1）刨削加工的特点是刀具结构简单、机床调整方便。在龙门刨床上可以利用几个刀架，在一次装夹中同时或依次完成若干个表面的加工，从而能经济地保证这些表面间相互位置精度要求。精刨还可以代替刮削。

（2）一般情况下，铣削生产效率高于刨削，在中批以上生产中多用铣削加工平面。当加工尺寸较大的箱体平面时，常在多轴龙门铣床上用几把铣刀同时加工几个平面，如图 3-5 所示为多刀铣削。

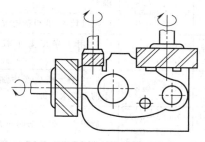

图 3-5　多刀铣削

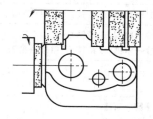

图 3-6　组合磨削

（3）平面磨削和拉削的加工质量比刨和铣都高。生产批量较大时，平面常用磨削或拉削来精加工。磨削适用于直线度及表面粗糙度要求较高的淬硬工件和薄片工件，也适用于淬硬钢面积较大平面的精加工。但不宜加工塑性较大的有色金属。为了提高生产率和保证平面间的相互位置精度，工厂还常采用组合磨削来精加工平面，如图 3-6 所示。拉削平面适用于大批量生产中加工质量要求较高且面积较小的平面。

（4）车削主要用于回转体零件的端面加工，以保证端面与回转轴线的垂直度要求。

（5）最终工序为刮研的加工方案多用于单件小批量生产配合表面要求高且不淬硬平面的加工。当批量较大时可用宽刀细刨代替刮研。宽刀细刨特别适用于加工像导轨面这样的狭长平面，能显著提高生产率。

（6）最终工序为研磨的加工方案适用于高精度、小表面粗糙度的小型零件的精密平面，如量规等精密量具的表面。

一般平面的加工方法和加工方案及其所能达到的经济精度和表面粗糙度见表 3-11。加工经济精度是指在正常条件下，即采用符合质量标准的设备、工艺装备和标准技术等级的工人，不延长加工时间所能保证的加工精度。相应的粗糙度称为经济粗糙度。

2. 外圆面加工

外圆面的加工方法常用的有车削和磨削。当表面粗糙度要求较高时，还要经光整加工。

（1）车削是加工外圆表面的主要方法。小批量生产时，在卧式车床上进行；大批量生产时，多采用高效率的液压仿形车床或多刀半自动车床。最终工序为车削的加工方案，适用于除淬火钢以外的各种金属。

（2）磨削是精加工外圆表面的重要方法。随着科学技术的进步，零件的精度愈来愈高，磨削加工的比重将继续增加。最终工序为磨削的加工方案适用于淬火钢、未淬火钢和铸铁，不适用于有色金属，因为有色金属韧性大，磨削时易堵塞砂轮。

（3）对于精度要求较高的加工表面，如精密的主要外圆面还需要光整加工，如研磨、超精磨及超精加工等，为提高生产效率和加工质量，一般在光整加工前进行精磨。

表 3-11　平面加工方案

加工方案	经济精度公差等级	表面粗糙度 $Ra/\mu m$	适 用 范 围
粗车	IT11~13	≥50	适用于工件的端面加工
粗车→半精车	IT8~9	3.2~6.3	
粗车→半精车→精车	IT7~8	0.8~1.6	
粗车→半精车→磨	IT6~7	0.2~0.8	
粗刨(或粗铣)	IT11~13	≥50	适用于不淬硬的平面(用面铣刀加工,可得较低的表面粗糙度)
粗刨(或粗铣)→精刨(或精铣)	IT7~9	1.6~6.3	
粗刨(或粗铣)→精刨(或精铣)→刮研	IT5~6	0.1~0.8	
粗刨(或粗铣)→精刨(或精铣)→宽刃精刨	IT6~7	0.2~0.8	批量较大,宽刃精刨效率高
粗刨(或粗铣)→精刨(或精铣)→磨	IT6~7	0.2~0.8	适用于精度要求较高的平面
粗刨(或粗铣)→精刨(或精铣)→粗磨→精磨	IT5~6	0.025~0.4	
粗铣→拉削	IT6~9	0.2~0.8	适用于大量生产中加工较小的不淬火平面
粗铣→精铣→磨→研磨	IT5~6	0.025~0.2	适用于高精度平面的加工
粗铣→精铣→磨→研磨→抛光	IT5 以上	0.025~0.1	

（4）最终工序为精细车或金刚车的加工方案，适用于要求较高的有色金属的精加工。

（5）对表面粗糙度要求高，而尺寸精度要求不高的外圆，可采用滚压或抛光。

综合外圆面的粗加工和精加工，外圆面的加工方案及所能达到的经济精度和表面粗糙度见表 3-12。

表 3-12　外圆面的加工方案

加工方案	经济精度公差等级	表面粗糙度 $Ra/\mu m$	适 用 范 围
粗车	IT11~13	50~100	适用于除淬火钢以外的金属材料
粗车→半精车	IT8~9	3.2~6.3	
粗车→半精车→精车	IT7~8	0.8~1.6	
粗车→半精车→精车→滚压(或抛光)	IT6~7	0.08~0.2	
粗车→半精车→磨削	IT6~7	0.4~0.8	除不宜用于有色金属外,主要适用于淬火钢的加工
粗车→半精车→粗磨→精磨	IT5~7	0.1~0.4	
粗车→半精车→粗磨→精磨→超精磨	IT5	0.012~0.10	
粗车→半精车→精车→金刚车	IT5~6	0.25~0.4	主要用于有色金属
粗车→半精车→粗磨→精磨→镜面磨	IT5 以上	0.025~0.2	主要用于高精度要求的钢件加工
粗车→半精车→精车→精磨→研磨	IT5 以上	0.05~0.1	
粗车→半精车→精车→精磨→粗研→抛光	IT5 以上	0.025~0.4	

3. 内孔加工

孔分为通孔、阶梯孔、不通孔、交叉孔等。通孔工艺性最好，通孔中又以孔长 L 与孔径 D 之比 $L/D \leqslant 1 \sim 1.5$ 的短圆柱孔工艺性最好。$L/D > 5$ 的孔，称为深孔，若深孔精度要求较高、表面粗糙度值较小时，加工就很困难。阶梯孔的工艺性较差，孔径相差越大，其中最小孔径又很小时，则工艺性也差。相贯通的交叉孔的工艺性也较差，不通孔的工艺性最差。

内孔的加工方法有钻孔、扩孔、镗孔、拉削、磨孔和光整加工。一般采用钻、扩、铰，$D > 20mm$ 的孔采用镗削加工，有些盘类的孔采用拉削加工。精度要求高的孔有时采用磨削加工。孔径的精度一般取决于刀具的精度和机床的精度。

（1）加工精度为 IT9 级的孔，当孔径小于 20mm 时，可采用钻—铰方案，当孔径大于 20mm 时，可采用钻—扩方案；当孔径大于 30mm 时，可采用钻—镗方案。工件材料为淬火钢以外的各种金属。

（2）加工精度为 IT8 级的孔，当孔径小于 20mm 时，可采用钻—铰方案；当孔径大于 20mm 时，可采用钻—扩—铰方案，适用于加工淬火钢外的各种金属，但孔径应在 20～80mm 之间，此外可采用最终工序为精镗或拉削的方案。淬火钢可采用磨削加工。

（3）加工精度为 IT7 的孔，当孔径小于 12mm 时，可采用钻—粗铰—精铰方案；当孔径小于 12～60mm 范围时，可采用钻—扩—粗铰—精铰方案或钻—扩—拉方案。若毛坯上已铸出或锻出孔，可采用粗镗—半精镗—精镗方案或粗镗—半精镗—磨孔方案。最终工序为铰孔的方案适用于未淬火钢或铸铁，对有色金属铰出的孔表面粗糙度较大，常用精细镗孔代替铰孔。最终工序为拉孔的方案适用于加工除硬度低、韧性大的有色金属以外的淬火钢、未淬火钢及铸铁。

（4）加工精度为 IT6 级的孔，最终工序采用手铰、精细镗、研磨或珩磨等均能达到，视具体情况选择。韧性较大的有色金属不宜采用珩磨，可采用研磨或精细镗。研磨对大、小直径孔均适用，而珩磨只适用于大直径孔的加工。

常用的内孔加工方案见表 3-13。应根据被加工孔的加工要求、尺寸、具体的生产条件、批量的大小以及毛坯上有无预制孔等情况合理选择。

表 3-13 内孔加工方案

加工方案	经济精度公差等级	表面粗糙度 $Ra/\mu m$	适用范围
钻	IT11～13	50	加工未淬火钢及铸铁的实心毛坯，也可用于有色金属（所得表面粗糙度 Ra 值稍大）
钻→扩	IT10～11	25～50	
钻→扩→铰	IT8～9	1.6～3.2	
钻→扩→粗铰→精铰	IT7～8	0.8～1.6	
钻→铰	IT8～9	1.6～3.2	
钻→粗铰→精铰	IT7～8	0.8～1.6	
钻→（扩）→铰	IT7～8	0.8～1.6	大批量生产（精度可由拉刀精度而定），如校正拉削后，则 Ra 可降低到 0.2～0.4μm
粗镗（或扩）	IT11～13	25～50	除淬火钢以外的各种钢材，毛坯上已有铸出的或锻出的孔
粗镗（或扩）→半精镗（或精扩）	IT8～9	1.6～3.2	
粗镗（或扩）→半精镗（或精扩）→精镗（或铰）	IT7～8	0.8～1.6	
粗镗（或扩）→半精镗（或精扩）→精镗（或铰）→浮动镗	IT6～7	0.2～0.4	
粗镗（扩）→半精镗→磨	IT7～8	0.2～0.4	主要用于淬火钢，不宜用于有色金属
粗镗（扩）→半精镗→粗磨→精磨	IT6～7	0.1～0.2	
粗镗→半精镗→精镗→金刚镗	IT6～7	0.05～0.2	主要用于精度要求高的有色金属
钻→扩→粗铰→精铰→珩磨	IT6～7	0.025～0.2	精度要求很高的孔，若以研磨代替珩磨，精度可达 IT6 以上，Ra 可降低到 0.01～0.16μm
钻→扩→拉→珩磨	IT6～7	0.025～0.2	
粗镗→半精镗→精镗→珩磨	IT6～7	0.025～0.2	

表 3-13 给出的方案是单孔加工方案。而零件上的孔往往是一组孔且有相互位置精度要求，这些有相互位置精度要求的孔的组合，称为孔系。孔系可分为平行孔系、同轴孔系和交叉孔系，如图 3-7 所示。

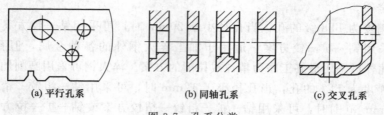

(a) 平行孔系　　　　　(b) 同轴孔系　　　　　(c) 交叉孔系

图 3-7　孔系分类

平行孔系孔距精度可以用找正法、镗模法、坐标法及数控法等保证，同轴孔系的同轴度只由镗模保证。交叉孔系垂直度，在普通镗床上主要靠机床工作台上的 90°对准装置来保证。

4. 平面轮廓和曲面轮廓的加工

（1）平面轮廓常用的加工方法有数控铣削、线切割及磨削等。对如图 3-8（a）所示的内平面轮廓，当曲率半径较小时，可采用数控线切割方法加工。若选择铣削方法，因铣削直径受最小曲率半径的限制，直径太小，刚性不足，会产生较大的加工误差。对如图 3-8（b）所示的外平面轮廓，可采用数控铣削方法加工，常用粗铣—精铣方案，也可采用数控线切割方法加工。对精度及表面粗糙度要求较高的轮廓表面，在数控铣削加工之后，再进行数控磨削加工。数控铣削加工适用于除有色金属以外的各种金属。

（2）立体曲面轮廓的加工方法主要是数控铣削，多用球头铣刀，以"行切法"加工，如图 3-9 所示。根据曲面形状、刀具形状以及精度要求等通常采用二轴半联动或三轴联动。对精度和表面粗糙度要求高的曲面，当用三轴联动的"行切法"。加工不满足要求时，可用模具铣刀，选择四坐标或五坐标联动加工。

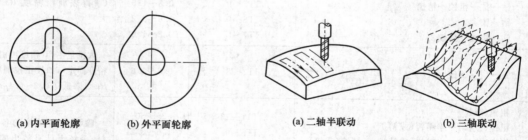

(a) 内平面轮廓　　　(b) 外平面轮廓　　　　　　(a) 二轴半联动　　　(b) 三轴联动

图 3-8　平面轮廓类零件　　　　　　　　图 3-9　曲面的"行切法"加工

表面加工方法的选择，除了考虑加工质量、零件的结构形状和尺寸、零件的材料和硬度以及生产类型外，还要考虑到加工的经济性。

3.3.2　加工阶段的划分

1. 加工阶段

零件的加工质量要求较高时，往往不可能在一道工序内完成一个或几个表面的全部加工阶段。必须把整个加工过程按工序性质不同划分为几个阶段。

（1）粗加工阶段。在这一阶段主要切除大量的加工余量，使毛坯在形状和尺寸上接近成品，因此主要目标是提高生产率。

（2）半精加工阶段。这一阶段为主要表面的精加工做好准备（达到一定加工精度，保证一定的加工余量），并完成一些次要表面的加工（钻孔、攻螺纹、铣键槽等），一般在热处理之前进行。

（3）精加工阶段。保证各主要表面达到图样规定的尺寸精度和表面粗糙度要求，主要目标是全面保证加工质量。

（4）光整加工阶段。对于零件上精度要求很高，表面粗糙度值要求很小（IT6 及 IT6 以上，$Ra \leqslant 0.2\mu m$）的表面，还需要进行光整加工。主要目标是以提高尺寸精度和减小表面粗糙度值为主，一般不用来纠正被加工面的形状精度和位置精度。

（5）超精密加工阶段。该阶段是按照超稳定、超微量切除等原则，实现加工尺寸误差和形状误差在 $0.1\mu m$ 以下的加工技术。

2. 划分加工阶段的原因

（1）保证加工质量。粗加工时，由于切去的加工余量多，则所需的夹紧力和切削力也很大，因此工艺系统的受力变形相应也增大，当工件刚性较差时更为严重。同时粗加工时切削温度高，工艺系统的热变形较大。另一方面，毛坯存在着内应力，粗加工时内应力重新分布而使工件产生变形，因此不可能达到高的加工精度和小的表面粗糙度值。工件需要先完成各表面的粗加工，再通过半精加工和精加工逐步减小切削用量、切削力和切削热，逐步修正工件的变形，提高加工精度和减小表面粗糙度值，最终达到零件图纸的要求。各加工阶段之间的时间间隔相当于自然时效处理，有利于消除工件的内应力，使工件有变形的时间，以便在后一道工序中加以修正。

（2）有利于合理使用设备。因为粗加工余量大，所以适于效率大、刚性好、生产率高、精度要求不高的设备。而精加工切削力小，对机床破坏小，故可采用精度高的设备。这样不但发挥了机床各自的性能特点，也有利于高精度机床在使用中保持高精度。

（3）便于安排热处理工序，使冷、热加工工序配合得更好。例如，粗加工后工件残余应力大，一般要安排去应力热处理（如时效处理），以消除残余应力。精加工前要安排淬火等最终热处理，热处理引起变形又可在精加工中予以消除。

（4）便于及时发现毛坯缺陷。对毛坯的各种缺陷，如铸件的气孔、夹砂和余量不足等，在粗加工各表面后即可发现，便于及时报废或修补，以免继续进行精加工而浪费加工时间。

（5）精加工、光整加工安排在最后，可保护精加工后的表面不受损伤。

划分加工阶段是对整个工艺过程而言的，因而要以工件的主要加工面来分析，不要以工件的个别主要表面（或次要表面）和个别工序判断。加工质量要求不高、工件刚性好、毛坯精度高、加工余量小、生产批量不大时，可不必划分加工阶段。刚性好的重型工件，由于装夹和运输费时，也常在一次装夹下完成全部粗、精加工。不划分加工阶段的工件，为减少粗加工产生的各种变形对加工质量的影响，粗加工后，松开夹紧机构，停留一段时间，让工件充分变形，然后再用较小的夹紧力重新夹紧，进行精加工。

3.3.3　工序的划分

安排了零件各表面的加工顺序后，就要根据各表面所选用的加工方法和特点、定位基面的选择和转换以及所划分的加工阶段等，把各加工表面组合成若干工序。工序的划分可以采用两种不同的原则，即工序集中原则和工序分散原则。

工序集中原则就是在一台机床上尽可能多地加工工件的表面，在批量较大时，常采用多轴、多面、多工位机床和复合刀具等方法来实现工序集中，从而有效地提高生产效率。加工中心和柔性生产线（FMS）是工序集中的极端情况。工序集中是在通用机床和数控机床上进行的。工序分散则相反，整个工艺过程的工序数目较多，工艺路线长，而每道工序所完成的加工内容较少，一般适用于加工批量大的场合。

工序集中的特点是：

（1）减少了设备的数量，减少了操作工的数量和生产面积；

（2）减少了工序数目，减少了运输工作量，简化了生产计划，缩短了生产周期；

（3）减少了工件的装夹次数，不仅有利于提高生产率，而且由于在一次装夹下加工了许多表面，也易于保证这些表面的位置精度；

（4）因为采用的专用设备和专用工艺装备数量多而复杂，因此机床和工艺装备的调整、维修工作量大。

工序分散的特点是：

（1）采用比较简单的机床和工艺装备，调整容易；

（2）对工人的技术要求低，仅需对其进行短时间的培训既可上岗；

（3）设备及操作工数量较多，所需生产面积大；

（4）生产准备工作量小，容易变换产品。

工序划分主要考虑生产纲领、所用设备及零件本身的结构和技术要求等因素。大批量生产时，若使用多刀、多轴等高效机床，工序可按集中原则划分；若在组合机床组成的自动线上加工，工序一般按分散原则划分。随着加工中心的快速发展，工艺路线的安排更多地趋向于工序集中。单件小批生产时，工序划分通常采用工序集中原则。成批生产时，工序可按集中原则划分，也可按分散原则，应看具体情况而定。对于尺寸和质量都很大的重型零件，为减少装夹次数和运输量，应按集中原则划分工序。对于刚性差且精度高的精密零件，应按工序分散原则划分工序。

在数控机床上加工的零件，一般按工序集中原则划分工序。划分方法有下列几种。

1. 按所用刀具划分

刀具集中分序法，即在一次安装中尽可能用同一把刀具加工出所有部位，然后再换一把刀加工其他部位。即以同一把刀具完成的那一部分工艺过程为一道工序。此种方法用于零件结构较复杂、工件的待加工表面较多、机床连续工作时间过长（如在一个工作班内完不成）、加工程序的编制和检查难度较大等情况。加工中心常用这种方法划分工序。

2. 按安装次数划分

即以每一次装夹完成的那一部分工艺过程作为一道工序，这种方法适合于加工内容不多的工件，加工完成后就能达到待检状态。

3. 按粗、精加工划分

即以粗加工完成的那一部分工艺过程为一道工序，精加工完成的那一部分工艺过程为一道工序。这种划分方法适用于加工后变形较大，需粗、精加工分开的零件，如毛坯为铸件、焊接件或锻件。

4. 按加工部位划分

即以完成相同型面的那一部分工艺过程为一道工序。对于加工表面多而复杂的零件，可按其结构特点分成几个加工部分（如内形、外形、曲面和平面等），每一部分作为一道工序。

3.3.4　加工顺序的安排

零件的加工工序通常包括切削加工工序、热处理工序和辅助工序，这些工序的顺序直接影响到零件的加工质量、生产效率和加工成本。

1. 加工顺序的安排原则

在安排加工顺序时，一般应遵循如下几个原则。

（1）基面先行原则　　即先加工基准面后加工其他表面。加工一开始，总是先把精基准加工出来，因为定位基准的表面越精确，装夹误差就越小，所以任何零件的加工过程总是首先对定位基准面进行粗加工和半精加工，必要时还要进行精加工。如箱体类零件总是先加工定位用的平面和两个定位孔，再以平面和定位孔为精基准加工孔系和其他平面。如果精基准不止一个，按照基准转换的顺序和逐步提高加工精度的原则来安排基面和主要表面的加工。

（2）先粗后精原则　　各个表面的加工顺序按照粗加工→半精加工→精加工→光整加工的顺序进行，这样才能逐步提高加工表面的精度和减少表面粗糙度。

（3）先主后次原则　　零件上的工作表面及装配面精度要求较高，属于主要表面，应先加工，能及早发现毛坯中主要表面可能出现的缺陷。自由表面、键槽、紧固用的螺孔和光孔等表面，精度要求较低，属于次要表面，可穿插进行，一般安排在主要表面加工达到一定精度后、最终精加工之前进行。

（4）先面后孔原则　　对于箱体、支架和机体类零件，平面轮廓尺寸较大，一般先加工平面，后加工孔和其他尺寸。因为一方面用加工过的平面定位，稳定可靠；另一方面在加工过的平面上加工孔比较容易，并能提高孔的加工精度，特别是钻孔，孔的轴线不易倾斜。

（5）先内后外原则　　即先进行内型内腔加工，后进行外形加工。

（6）上道工序的加工不能影响下道工序的定位和夹紧。

（7）以相同安装方式或用同一刀具加工的工序，最好连续进行，以减少重复定位次数。

（8）在同一次安装中进行的多道工序，应先安排对工件刚性破坏较小的工序。

一般零件的加工顺序为：精基准的加工→主要表面的粗加工→次要表面的加工→热处理→主要表面的精加工→最后检验。

2. 热处理工序的安排

热处理主要用来改善材料的性能和消除内应力。一般热处理工序在工艺过程中安排如下。

（1）预备热处理　　为改善金属的组织和性能而进行的预热处理，如退火、正火、调质等，一般在机加工之前。例如，为了改善切削性能，高碳钢需进行退火，以降低硬度；低碳钢需进行正火，以适当提高硬度；为了消除内应力，铸件和锻件需进行退火等。

（2）去除内应力热处理　　主要是消除毛坯制造或工件加工过程中产生的残余应力。一般安排在粗加工之前，常用的方法有人工时效、退火等。对精度要求不高的零件，一般将消除残余应力的人工时效和退火安排在毛坯进入机加工车间之前进行。对精度要求较高的复杂铸件、在机加工过程中通常安排两次时效处理；铸件粗加工→时效→半精加工→时效→精加工。对高精度零件，如精密丝杠、精密主轴等，应安排多次消除残余应力热处理，加工一次安排一次，甚至采用冷处理以稳定尺寸。

（3）最终热处理　　最终热处理以达到图样规定的零件强度、硬度和耐磨性为主要目的，常用的方法有表面淬火、渗碳、渗氮和调质、淬火等，最终热处理应安排在半精加工之后，磨削加工之前。渗氮处理可以放在半精磨之后，精磨之前。

热处理工序在加工工序中的安排如图 3-10 所示。

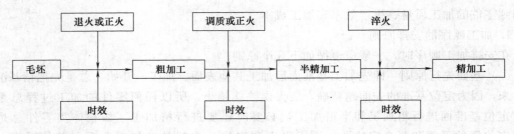

图 3-10　热处理工序的安排

3. 辅助工序的安排

辅助工序的种类很多，如检验、去毛刺、倒棱边、去磁、清洗、动平衡、涂防锈漆和包装等。辅助工序也是保证产品质量所必需的工序，若缺少了辅助工序或辅助工序要求不严，将给装配工作带来困难，甚至使机器不能使用。其中检验工序是主要的辅助工序，它是监控产品质量的主要措施，除每道工序操作者必须自行检查外，还须在下列情况下安排单独的检验工序：

(1) 粗加工阶段结束之后；

(2) 重要工序之后；

(3) 零件从一个车间转到另一个车间时；

(4) 特种功能（磁力擦伤、密封性等）检验之前；

(5) 零件全部加工结束之后。

4. 数控加工工序与普通工序的衔接

有些零件加工是由普通机床和数控机床共同完成的，数控机床加工工序前后一般都穿插有其他普通工序，如衔接不好就容易产生矛盾，因此要解决好数控工序与普通工序之间的衔接问题。如图 3-11 为一般零件加工的工艺流程。较好的解决办法是建立工序间的相互状态要求。例如，要不要为后道工序留加工余量，留多少；定位孔与面的精度与形位公差是否满足要求；对校形工序的技术要求；对毛坯的热处理要求等，都需要前后兼顾，统筹衔接。

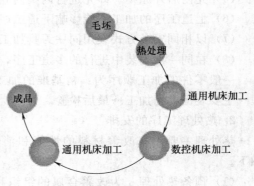

图 3-11　工艺流程

3.4　数控加工工序的设计

工序设计时，所用的机床不同，工序设计的要求也不一样。对普通机床加工工序，加工细节问题可不必考虑，由操作者加工过程中处理。对数控机床加工工序，针对数控机床自动化、自适应性的特点，要充分考虑到加工过程中的每一个细节，工序设计十分严密。

数控加工工序设计的主要任务是进一步将本工序的工艺装备、定位夹紧方式、加工路线的确定和工步顺序的安排、切削用量的选择等具体确定下来，为编制加工程序做好充分准备。

3.4.1　机床的选择

当工件表面的加工方法确定之后，机床的种类就基本上确定了。但是，每一类机床都有不同的型式，它们的工艺范围、技术规格、加工精度和表面粗糙度、生产率和自动化程度都各不相同。为了正确地为每一道工序选择机床。除了充分了解机床的技术性能外，通常还要考虑以下几点。

1. 工序节拍适应性

机床的类型应与工序的划分原则相适应，再根据加工对象的批量和生产节拍要求来决定。若工序按集中原则划分，对单件小批量生产，则应选择通用机床或数控机床，是用一台数控机床来完成，还是选择几台数控机床来完成；对大批量生产，则应选择高效自动化机床和多刀、多轴机床。若工序按分散原则划分，则应选择结构简单的专用机床。

2. 形状尺寸适应性

机床的主要规格尺寸应与工件的外形尺寸和加工表面的有关尺寸相适应。即小工件选小规格的机床，大工件则选大规格的机床。另外，所选用的数控机床必须能适应加工零件的形状尺寸要求。这一点应在被加工零件工艺分析的基础上进行，如加工空间曲面形状的叶片，往往要选择四轴或五轴联动数控铣床或加工中心。这里要注意的是防止由于冗余功能而付出昂贵的代价。

3. 加工精度适应性

机床的精度与工序要求的加工精度相适应。如精度要求低的粗加工工序，应选用精度低的机床，精度要求高的精加工工序，应选用精度高的机床。但机床的精度不能过低，也不能过高。机床精度过低，不能保证加工精度，机床精度过高，又会增加零件的制造成本，应根据加工精度要求合理选择，保证有三分之一的储备量。注意不要一味地追求不必要的精度。

综合考虑上述因素，在选择机床时，应充分利用现有设备，优先考虑新技术、新工艺来提高生产效率。

3.4.2 工件的定位与夹紧方案的确定和夹具的选择

1. 工件的定位与夹紧方案的确定

在数控机床上工件的定位基准与夹紧方案的确定，应遵循前面定位基准的选择原则与工件夹紧的基本要求。此外，在数控机床上装夹工件时应考虑以下几个因素。

① 力求工艺基准、编程计算的基准与设计基准重合。应防止过定位，箱体零件最好选择一面两销作为定位基准。定位基准在数控机床上要细心找正。

② 尽量减少装夹次数。尽可能在一次定位装夹后就能加工出全部或大部分待加工表面，以减少装夹误差，以提高加工表面之间的形位精度，充分发挥数控机床的效率。

③ 避免采用占机人工调整方式。以免占机时间太多，影响加工效率。

2. 夹具的选用

对数控加工的夹具提出两个基本要求：一是能保证夹具在机床上定向安装，以保证零件安装方位与机床坐标系及编程坐标系的方向一致，还要能协调零件与机床坐标系之间保持一定的坐标尺寸联系，还要考虑以下几点。

(1) 当生产批量不大时，应尽量采用组合夹具、可调夹具和其他通用夹具，以缩短准备时间，节省生产费用。

(2) 小批量或成批生产时，可考虑专用夹具，但应力求简单，夹具结构应有足够的刚度和强度，在加工过程中尽量不要更换夹紧点。

(3) 在数控机床上通常一次装夹完成工件的全部工序，因此应防止工件夹紧引起的变形造成工件加工不良。夹紧力应靠近主要支承点，力求靠近切削部位。

（4）夹具上各零部件应不妨碍机床对零件各表面的加工，即夹具要敞开，加工部位开阔，夹具的定位、夹紧机构元件不能影响加工中的进给（如产生碰撞等）。

（5）装卸零件要快速、方便、可靠，以缩短准备时间，批量较大时应考虑气动或液压夹具、多工位夹具。

3.4.3　数控刀具的选择

刀具的选择是数控加工工艺中的重要内容之一，不仅影响机床的加工效率，而且直接影响加工质量。国外有资料表明，刀具费用一般占制造成本的 2.5%～4%，但它却直接影响占制造成本 20% 的机床费用和 38% 的人工费用。如果进给速度和切削速度提高 15%～20%，则可降低制造成本 10%～15%。这说明使用好刀具会增加成本，但效率提高则会使机床费用和人工费用大大地降低，这正是工业发达国家制造业所采用的加工策略之一。

应根据机床的加工能力、工件材料的性质、加工工序、切削用量以及其他相关因素正确选择刀具及刀柄。刀具选择的总原则是：安装调整方便、刚性好、耐用度高和精度高。在满足加工要求的前提下，尽量选择较短的刀柄，以提高刀具加工的刚性。

一般应优先采用标准刀具，必要时可采用各种高生产效率的复合刀具及其他一些专用刀具。此外，应结合实际情况，尽可能选用各种先进刀具，如可转位刀具、整体硬质合金刀具、陶瓷刀具等。刀具的类型、规格和精度等应符合加工要求，刀具材料应和工件材料相适应。

数控机床加工用的刀具应高于普通机床加工用的刀具。所以选择数控机床刀具时还应考虑以下几方面。

（1）切削性能好　为适应刀具在粗加工或难加工材料时，能采用大的背吃刀量和高速进给，刀具必须具有能够承受高速切削和强力切削的性能，同时，同一批刀具在切削性能和刀具寿命方面一定要稳定，以便实现按刀具使用寿命换刀或由数控系统对刀具寿命进行管理。

（2）可靠性高　要保证数控加工中不发生刀具以外损坏及潜在缺陷而影响加工的顺利进行，要求刀具及与之组合的附件必须具有很好的可靠性及较强的适应性。

（3）耐用度高　数控加工的刀具，不论在粗加工或精加工中，都应具有比普通机床加工所用刀具更高的耐用度，以尽量减少更换或修磨刀具及对刀的次数，从而提高数控机床的加工效率及保证加工质量。

（4）断屑及排屑性能好　数控加工断屑和排屑不像普通机床加工那样，能及时由人工处理，切屑易缠绕在刀具和工件上，损坏刀具及划伤已加工表面，甚至发生伤人和设备事故，影响加工质量和机床的顺利、安全运行，所以要求刀具应具有较好的断屑和排屑性能。

3.4.4　对刀点、换刀点的确定

在进行数控加工编程时，往往是将整个刀具浓缩为一个点，那就是"刀位点"。它是在刀具上用于表现刀具位置的参照点。如图 3-12 所示，一般来说，立铣刀、端铣刀的刀位点是刀具轴线与刀具底面的交点；球头铣刀的刀位点为球心；镗刀、车刀的刀位点为刀尖或刀尖圆弧中心；钻头是钻尖或钻头底面中心；线切割的刀位点则是线电极的轴心与零件表面的交点。

对刀操作就是要测定出在程序起点处刀具刀位点（即对刀点，也称起刀点）相对于机床

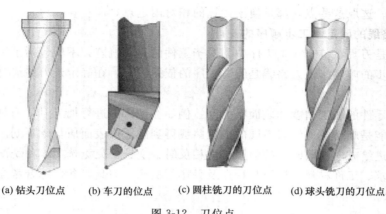

(a) 钻头刀位点   (b) 车刀的位点   (c) 圆柱铣刀的刀位点   (d) 球头铣刀的刀位点

图 3-12   刀位点

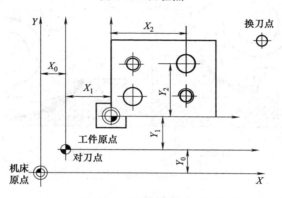

图 3-13   对刀点和换刀点

原点以及工件原点的坐标位置。如图 3-13 所示，对刀点相对于机床原点为 $(X_0，Y_0)$，相对于工件原点为 $(X_1，Y_1)$，据此便可明确地表示出机床坐标系、工件坐标系和对刀点之间的位置关系。

数控机床对刀常采用千分表、对刀测头或对刀瞄准仪进行找正对刀，具有很高的对刀精度。对有原点预置功能的 CNC 系统，设定好后，数控系统即将原点坐标存储起来。即使你不小心移动了刀具的相对位置，也可很方便地返回到起刀点处。有的还可分别对刀后，一次预置多个原点，调用相应部位的零件加工程序时，其原点自动变换。在编程时，应正确地选择"对刀点"的位置。大致选择原则是：

（1）所选的对刀点使程序编制简单；

（2）对刀点应选择在容易找正、便于确定零件加工原点的位置；

（3）对刀点应选在加工时检验方便、可靠的位置；

（4）对刀点的选择应有利于提高加工精度。

对刀点可以设置在零件、夹具或机床上，尽可能设在零件的设计基准或工艺基准上。对于以孔定位的零件，可以取孔的中心作为对刀点。成批生产时，为减少多次对刀带来的误差，常将对刀点既作为程序的起点，也作为程序的终点。

换刀点则是指加工过程中需要换刀时刀具的相对位置点。换刀点往往设在工件的外部，以便能顺利换刀、不碰撞工件和其他部位为准。如在铣床上，常以机床参考点为换刀点；在加工中心上，以换刀机械手的固定位置点为换刀点；在车床上，则以刀架远离工件的行程极限点为换刀点。选取这些点，都是便于计算的相对固定点。

3.4.5 走刀路线的确定和工步顺序的安排

走刀路线是刀具在整个加工工序中相对于工件的运动轨迹，不但包括了工步的内容，而且也反映出工步的顺序。走刀路线是编写程序的依据之一，在确定走刀路线时，主要遵循以下原则。

（1）保证零件的加工精度和表面粗糙度。例如在铣床上进行加工时，刀具的运动轨迹和方向不同，可能是顺铣或逆铣，不同的加工路线得到的零件表面质量就不同。当铣刀的旋转方向和工件的进给方向相同时，称为顺铣，相反时为逆铣。究竟选用哪种铣削方法，应视零件图的加工要求、工件材料的性质与特点及具体的机床、刀具等条件综合考虑。顺铣和逆铣如图 3-14 所示。

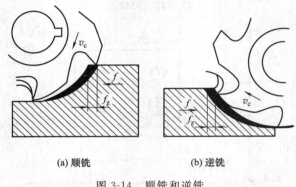

(a) 顺铣   (b) 逆铣

图 3-14　顺铣和逆铣

当工件表面无硬皮，机床进给机构无间隙时，应选用顺铣，刀齿沿工件表面切线方向切出，表面质量好。精铣时，尤其是零件材料为铝镁合金、钛铁合金或耐热合金时，应尽量采用顺铣。

当工件表面有硬皮，机床进给机构有间隙时，应选逆铣。刀齿是从已加工表面切入，刀齿磨损小，同时机床进给机构的间隙不会引起振动和爬行。

加工位置精度要求较高的孔系时，应特别注意安排孔的加工顺序。若安排不当，就可能将坐标轴的反向间隙带入，直接影响位置精度。镗削图 3-15（a）所示的零件上六个尺寸相同的孔，有两种走刀路线。按图 3-15（b）所示路线加工时，由于 5、6 孔与 1、2、3、4 孔定位方向相反，Y 方向反向间隙会使定位误差增加，从而影响 5、6 孔与其他孔的位置精度。按图 3-15（c）所示路线加工时，加工完 4 孔后往上多移动一段距离至 P 点，然后折回来在 5、6 孔处进行定位加工，从而，使各孔的加工进给方向一致，避免反向间隙的引入，提高了 5、6 孔与其他孔的位置精度。

（2）寻求最短加工路线，减少刀具空行程，提高加工效率。如图 3-16 所示为正确选择钻孔加工路线的例子。按照一般习惯，总是先加工均布在同一圆周上的一圈孔后，再加工另一圈孔，如图 3-16（b）所示。但对点位控制的数控机床而言，要求定位精度高，定位过程尽可能快。若按图 3-16（c）所示的进给路线加工，可使各孔间距的总和最小，空行程最短，从而节省定位时间。

（3）最终轮廓一次走刀完成。为保证工件轮廓表面的粗糙度要求，最终轮廓应在最后一次走刀连续加工。如图 3-17（a）所示为用行切方式加工内腔的走刀路线，这种走刀能切除内腔中的全部余量，不留死角，不伤轮廓。但行切法将在两次走刀的起点和终点间留下残留

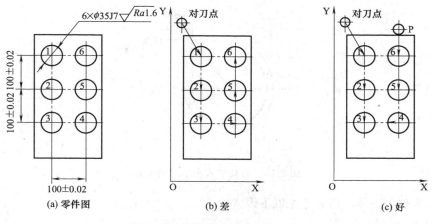

图 3-15　镗削孔系走刀路线比较

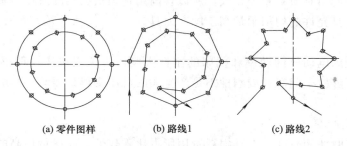

(a) 零件图样　　　　(b) 路线1　　　　(c) 路线2

图 3-16　最短加工路线

高度，而达不到要求的表面粗糙度。所以采用图 3-17（b）的走刀路线，先用行切法，最后沿周向环切一刀，光整轮廓表面，能获得较好的效果。图 3-17（c）也是一种较好的走刀路线方式。

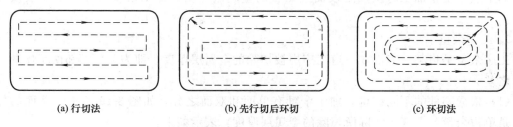

(a) 行切法　　　　　(b) 先行切后环切　　　　　(c) 环切法

图 3-17　封闭内轮廓加工走刀路线

（4）刀具的进、退刀（切入与切出）路线要认真考虑，以尽量减少在轮廓切削中停刀（切削力突然变化造成弹性变形）而留下刀痕，也要避免在工件轮廓面上垂直上下刀而划伤工件，如图 3-18 所示。

（5）选择使工件加工后变形小的路线。对横截面积小的细长零件或薄板零件应采用几次走刀或对称去除余量法安排走刀路线。安排工步时，应先安排对工件刚性破坏较小的工步。

3.4.6　切削用量的确定

数控编程时，编程人员必须确定每道工序的切削用量，并以指令的形式写入程序中。切削用量包括主轴转速、背吃刀量及进给速度等。切削用量应根据加工性质、加工要求、工件材料及刀具的尺寸和材料等查阅切削手册并结合经验确定。确定切削用量时除了遵循 1.5 节

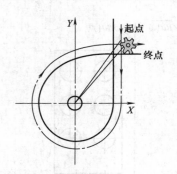

图 3-18　刀具切入和切出的外延

中所述的原则和方法外，还应考虑以下因素。

1. 刀具差异

不同厂家生产的刀具质量差异较大，所以切削用量须根据实际所用刀具和现场经验加以修正。一般进口刀具允许的切削用量高于国产刀具。

2. 机床特性

切削用量受机床电动机的功率和机床的刚性限制，必须在机床说明书规定的范围内选取，避免因功率不够发生闷车，或刚性不足产生大的机床变形或振动，影响加工精度和表面粗糙度。

3. 数控机床生产率

数控机床的工时费用较高，刀具损耗费用所占比重较低，应尽量用高的切削用量，通过适当降低刀具寿命来提高数控机床的生产率。

3.4.7　加工余量

3.4.7.1　加工余量的概念

加工余量是指加工时从加工表面上切去的金属层厚度。加工余量可分为工序余量和总余量。

1. 工序余量

工序余量是指某一表面在一道工序中被切除的金属层厚度，即为前后相邻两工序的工序尺寸之差。

（1）根据零件的不同结构，加工余量有单面和双面之分，如图 3-19 所示。平面的加工余量是单边余量，它等于实际所切除的金属层厚度，表示如下。

对于被包容面（外表面）：　　　　　$Z=a-b$　　　　　　　　　　　　（3-2）

对于包容面（内表面）：　　　　　　$Z=b-a$　　　　　　　　　　　　（3-3）

对于外圆和内孔等旋转表面而言，加工余量是从直径上考虑的，故称为对称余量（双边余量），实际所切除的金属厚度是直径上的加工余量的一半。

对于外圆表面：　　　　　　　　　$2Z=d_a-d_b$　　　　　　　　　　（3-4）

对于内孔表面：　　　　　　　　　$2Z=d_b-d_a$　　　　　　　　　　（3-5）

式中　Z——工序余量的基本尺寸；

a，d_a——上道工序的基本尺寸；

b，d_b——本道工序的基本尺寸。

（2）工序基本余量、最大工序余量、最小工序余量及余量公差。由于工序尺寸有公差，

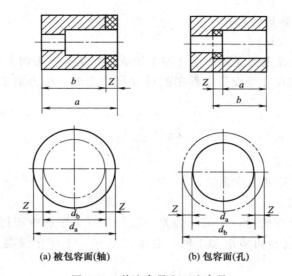

图 3-19　单边余量和双边余量

故实际切除的余量在一定的范围内变动。因此，工序余量分为基本余量（简称工序余量的基本尺寸或公称余量）、最大工序余量和最小工序余量。

为了便于加工，工序尺寸都按"入体原则"标注极限偏差，即对于轴类零件等按被包容面取上偏差为零（h）；对于孔类零件等包容面的工序尺寸取下偏差为零（H）。但对于长度尺寸和毛坯尺寸则按双向对称布置上、下偏差，即 $JS\left(\pm\dfrac{T}{2}\right)$。

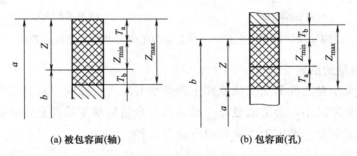

图 3-20　工序余量与工序尺寸及其公差的关系

如图 3-20 所示工序余量与工序尺寸及其公差的关系。最大工序余量、最小工序余量和余量公差的计算公式如下

对于被包容面：
$$Z_{\max}=a_{\max}-b_{\min}=Z+T_b \tag{3-6}$$
$$Z_{\min}=a_{\min}-b_{\max}=Z-T_b \tag{3-7}$$

对于包容面：
$$Z_{\max}=b_{\max}-a_{\min}=Z+T_b \tag{3-8}$$
$$Z_{\min}=b_{\min}-a_{\max}=Z-T_a \tag{3-9}$$

余量公差：
$$T_Z=Z_{\max}-Z_{\min}=T_a+T_b \tag{3-10}$$

式中　　$Z_{\min}$——最小工序余量；

$\qquad Z_{\max}$——最大工序余量；

$\qquad T_a$——上工序尺寸的公差；

$\qquad T_b$——本工序尺寸的公差；

T_z——本工序余量公差。

2. 总加工余量

总加工余量（毛坯余量）是指由毛坯加工成成品，从某一表面上切除的金属层总厚度。其值等于该表面的毛坯尺寸与成品零件图的设计尺寸之差，称为加工总余量（毛坯余量），即等于各工序余量之和

$$Z_\Sigma = \sum_{i=1}^{n} Z_i \tag{3-11}$$

式中　Z_Σ——总加工余量；

　　　Z_i——第 i 道工序的工序余量；

　　　n——工序数量。

总加工余量也是个变动量，其值及公差一般是从有关手册中查得或凭经验确定。如图3-21 所示包容面和被包容面多次加工时，总加工余量、工序余量与工序尺寸及其公差的关系。

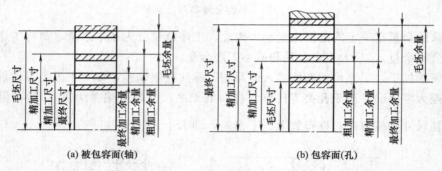

(a) 被包容面(轴)　　　　(b) 包容面(孔)

图 3-21　加工总余量、工序余量与工序尺寸及其公差的关系

3.4.7.2　加工余量的确定

加工余量的大小对工件的加工质量和生产效率有较大的影响。余量过大，会造成浪费工时，增加成本；余量过小，会造成废品。确定加工余量的基本原则是在保证加工质量的前提下尽可能减小加工余量。确定加工余量的方法有三种。

1. 经验估计法

根据实践经验来估计和确定加工余量。为避免因余量不足而产生废品，所估余量一般偏大，仅用于单件小批量生产。

2. 查表修正法

根据有关手册推荐的加工余量数据，结合本单位实际情况进行适当修正后使用。这种方法目前应用最广。查表时应注意表中的余量值为基本余量值，对称表面的加工余量是双边余量，非对称表面的余量是单边余量。

3. 分析计算法

根据一定的试验资料和计算公式，对影响加工余量的因素进行分析和综合计算来确定加工余量。目前，只在材料十分贵重，以及军工生产或少数大量生产的工厂中采用。

3.4.8　工序尺寸及公差的确定

工序尺寸是工件在加工过程中各工序应保证的加工尺寸，与之相应的公差即工序尺寸的公差。工序尺寸及其公差的确定，不仅取决于设计尺寸、加工余量及各工序所能达到的经济

精度，而且还与定位基准、工序基准、测量基准、编程原点的确定及基准的转换有关，所以，计算工序尺寸与公差时，应根据不同的情况，采用不同的方法。

制订工艺规程的重要内容之一就是确定工序尺寸和公差。工序尺寸及其公差的计算分两种情况：工艺基准和设计基准重合情况下工序尺寸与公差的确定，工艺基准和设计基准不重合情况下工序尺寸与公差的确定。

3.4.8.1 基准重合时，工序尺寸与公差的计算

生产上绝大部分加工面都是在基准重合（工艺基准和设计基准重合）的情况下进行加工的，基准重合情况下工序尺寸与公差的确定过程如下。

（1）确定毛坯总余量和各加工工序的工序余量。

（2）确定工序基本尺寸。从终加工工序开始，即从零件图上的设计尺寸开始，一直往前推算到毛坯尺寸。最终工序基本尺寸等于零件图上的基本尺寸，某工序基本尺寸等于后道工序基本尺寸加上或减去后道工序余量。

（3）确定工序公差。最终加工工序尺寸公差等于设计尺寸公差，其余各加工工序按各自加工方法的加工经济精度确定工序尺寸公差。

（4）标注工序尺寸公差。最后一道工序的公差按设计尺寸标注，其余工序尺寸公差按"入体原则"标注。

【例 3-1】 某轴直径为 $\phi60mm$，其尺寸精度要求为 IT5，表面粗糙度要求为 $Ra0.04\mu m$，并要求高频淬火，毛坯为锻件。其工艺路线为：粗车→半精车→高频淬火→粗磨→精磨→研磨。现在来计算各工序的工序尺寸及公差。

解：（1）先用查表法确定加工余量。由工艺手册查得：研磨余量为 0.01mm；精磨余量为 0.1mm；粗磨余量为 0.3mm；半精车余量为 1.1mm；粗车余量为 4.5mm；可得加工总余量为 6.01mm，取加工总余量为 6mm，把粗车余量修正为 4.49mm。

（2）计算各加工工序基本尺寸。研磨后工序基本尺寸为 60mm（设计尺寸）；其他各工序基本尺寸依次为：精磨 60mm + 0.01mm = 60.01mm；粗磨 60.01mm + 0.1mm = 60.11mm；半精车 60.11mm + 0.3mm = 60.41mm；粗车 60.41mm + 1.1mm = 61.51mm；毛坯 61.51mm+4.49mm＝66mm。

（3）确定各工序的加工经济精度和表面粗糙度。由有关手册可查得：研磨后为 IT5，$Ra0.04\mu m$（零件的设计要求）；精磨后选定为 IT6，$Ra0.4\mu m$；粗磨后选定为 IT8，$Ra0.8\mu m$；半精加工后选定为 IT11，$Ra3.2\mu m$；粗车后选定为 IT13，$Ra12.5\mu m$。

根据上述加工经济精度查公差表，将查得的公差数值按"入体原则"标注在工序基本尺寸上。查工艺手册得锻造毛坯公差为 ±2mm。为清楚起见，把上述计算和查表结果汇总于表 3-14 中，供参考。

3.4.8.2 基准不重合时，工序尺寸与公差的计算

当零件加工时，多次转换工艺基准，引起测量基准、定位基准、工序基准或编程原点与设计基准不重合，这时，确定了工序余量之后，需通过工艺尺寸链原理来进行工序尺寸及公差的换算。

1. 工艺尺寸链的概念

在机器装配或零件加工过程中，互相联系且按一定顺序排列的封闭尺寸组合称为尺寸链。其中，由单个零件在加工过程中各有关工艺尺寸所组成的尺寸链称为工艺尺寸链。如图

表 3-14　各工序的工序尺寸及公差的确定

工序名称	工序间余量 /mm	基本工序尺寸 mm	工序加工经济精度及 工序尺寸公差	表面粗糙度 $Ra/\mu m$	工序尺寸及公差 /mm
研磨	0.01	60	h5$(_{-0.013}^{0})$	0.04	$\phi 60_{-0.013}^{0}$
精磨	0.1	60＋0.01＝60.01	h6$(_{-0.019}^{0})$	0.4	$\phi 60.01_{-0.019}^{0}$
粗磨	0.3	60.01＋0.1＝60.11	h8$(_{-0.046}^{0})$	0.8	$\phi 60.11_{-0.046}^{0}$
半精车	1.1	60.11＋0.3＝60.41	h11$(_{-0.190}^{0})$	3.2	$\phi 60.41_{-0.190}^{0}$
粗车	4.49	60.41＋1.1＝61.51	h13$(_{-0.46}^{0})$	12.5	$\phi 60.51_{-0.460}^{0}$
锻造	6	61.51＋4.49＝66	±2		$\phi 66\pm 2$
数据确定 方法	查表确定	第一项为图样规 定,其余计算得到	第一项为图样规定,毛 坯公差查表,其余按经济 加工精度及入体原则定	第一项为图样规 定,其余查表确定	

3-22 (a) 所示,图中尺寸 A_1、A_Σ 为设计尺寸,先以底面定位加工上表面,得到尺寸 A_1, 当用调整法加工凹槽时,为了使定位稳定可靠并简化夹具,仍然以底面定位,按尺寸 A_2 加工凹槽,于是该零件上未直接予以保证的尺寸 A_Σ 就随之确定。这样相互联系的尺寸 $A_1 \rightarrow A_2 \rightarrow A_\Sigma$ 就构成一个如图 3-22 (b) 所示的封闭尺寸组合,即工艺尺寸链。

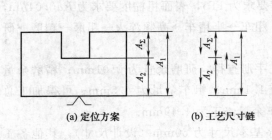

(a) 定位方案　　(b) 工艺尺寸链

图 3-22　定位基准与设计基准不重合 的工艺尺寸链

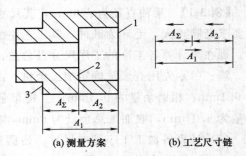

(a) 测量方案　　(b) 工艺尺寸链

图 3-23　测量基准与设计基准不重合 的工艺尺寸链

又如图 3-23 (a) 所示零件,尺寸 A_1 及 A_Σ 为设计尺寸。在加工过程中,因尺寸 A_Σ 不便直接测量,若以面 1 为测量基准,按容易测量的尺寸 A_2 加工,就能间接保证尺寸 A_Σ。这样相互联系的尺寸 $A_1 \rightarrow A_2 \rightarrow A_\Sigma$ 也同样构成一个工艺尺寸链,见图 3-23 (b)。

2. 工艺尺寸链的特征

通过以上分析可知,工艺尺寸链具有以下两个特征。

(1) 关联性。任何一个直接保证的尺寸及其精度的变化,必将影响间接保证的尺寸及其精度。如上例尺寸链中,尺寸 A_1 和 A_2 的变化都将引起尺寸 A_Σ 的变化。

(2) 封闭性。尺寸链中各个尺寸的排列呈封闭形式,如上例中的 $A_1 \rightarrow A_2 \rightarrow A_\Sigma$,首尾相接组成封闭的尺寸组合。

3. 工艺尺寸链的组成

把组成工艺尺寸链的每一个尺寸称为环。图 3-22 和图 3-23 中的尺寸 A_1、A_2、A_Σ 都是工艺尺寸链的环,它们可分为两种:封闭环和组成环。

(1) 封闭环。工艺尺寸链中间接得到、最后保证的尺寸,称为封闭环,随着其他环的变化而变化。封闭环用下标 "Σ" 表示。一个工艺尺寸链中只能有一个封闭环。图 3-22 和 3-23

中的尺寸 A_Σ 均为封闭环。

（2）组成环。工艺尺寸链中除封闭环以外的其他环称为组成环。组成环的尺寸是直接保证的，根据其对封闭环的影响不同，组成环又可分为增环和减环。

增环是当其他组成环不变，该环增大（或减小）使封闭环随之增大（或减小）的组成环。图 3-22 和图 3-23 中的尺寸 A_1 即为增环。

减环是当其他组成环不变，该环增大（或减小），使封闭环随之减小（或增大）的组成环。图 3-22 和图 3-23 中的尺寸 A_2 即为减环。

（3）组成环的判别。为了迅速判别增、减环，可采用下述方法：在工艺尺寸链图上，先给封闭环任意确定一个方向并画出箭头，然后沿此方向环绕尺寸链回路，依次给每一组成环画出箭头，凡箭头方向和封闭环的箭头方向相反的则为增环，相同的则为减环。需要注意的是，所建立的尺寸链，必须使组成环数最少，这样能更容易满足封闭环的精度或使各组成环的加工更容易、更经济。

4. 工艺尺寸链计算的基本公式

工艺尺寸链的计算，关键是正确地确定封闭环，否则计算结果是错的。封闭环的确定取决于加工方法和测量方法。

工艺尺寸链的计算方法有两种：极大极小法和概率法。生产中一般多采用极大极小法，其基本计算公式如下。

（1）封闭环的基本尺寸。封闭环的基本尺寸 A_Σ 等于所有增环的基本尺寸 A_i 之和减去所有减环的基本尺寸 A_j 之和，即

$$A_\Sigma = \sum_{i=1}^{m} A_i - \sum_{j=m+1}^{n-1} A_j \tag{3-12}$$

式中　m——增环的环数；

　　　n——包括封闭环在内的总环数。

（2）封闭环的极限尺寸。封闭环的最大极限尺寸 $A_{\Sigma\max}$ 等于所有增环的最大极限尺寸 $A_{i\max}$ 之和减去所有减环的最小极限尺寸 $A_{j\min}$ 之和，即

$$A_{\Sigma\max} = \sum_{i=1}^{m} A_{i\max} - \sum_{j=m+1}^{n-1} A_{j\min} \tag{3-13}$$

封闭环的最小极限尺寸 $A_{\Sigma\min}$ 等于所有增环的最小极限尺寸 $A_{i\min}$ 之和减去所有减环的最大极限尺寸 $A_{j\max}$ 之和，即

$$A_{\Sigma\min} = \sum_{i=1}^{m} A_{i\min} - \sum_{j=m+1}^{n-1} A_{j\max} \tag{3-14}$$

（3）封闭环的平均尺寸。封闭环的平均尺寸 $A_{\Sigma M}$ 等于所有增环的平均尺寸 A_{iM} 之和减去所有减环的平均尺寸 A_{jM} 之和，即

$$A_{\Sigma M} = \sum_{i=1}^{m} A_{iM} - \sum_{j=m+1}^{n-1} A_{jM} \tag{3-15}$$

（4）封闭环的上偏差 ES、下偏差 EI。封闭环的上偏差 ESA_Σ 等于所有增环的上偏差 ESA_i 之和减去所有的减环的下偏差 EIA_j 之和，即

$$ESA_\Sigma = \sum_{i=1}^{m} ESA_i - \sum_{j=m+1}^{n-1} EIA_j \tag{3-16}$$

封闭环的下偏差 EIA_Σ 等于所有增环的下偏差 EIA_i 之和减去所有减环的上偏差 ESA_j

之和，即

$$EIA_\Sigma = \sum_{i=1}^{m} EIA_i - \sum_{j=m+1}^{n-1} ESA_j \tag{3-17}$$

（5）封闭环的公差。封闭环的公差 TA_Σ 等于所有组成环的公差 TA_i 之和，即

$$TA_\Sigma = \sum_{i=1}^{n-1} TA_i \tag{3-18}$$

5. 工序尺寸及其公差的计算（工艺尺寸链的应用）

（1）测量基准与设计基准不重合时的工序尺寸计算。零件在加工时，会遇到一些表面加工后设计尺寸不便直接测量的情况。因此需要在零件上另选一个易于测量的表面作为测量基准进行测量，以间接检验设计尺寸。

【例 3-2】　如图 3-24 所示套筒零件，两端面已加工完毕，加工孔底面 C 时要保证尺寸 $16_{-0.35}^{0}$mm，因该尺寸不便测量，试标出测量尺寸。

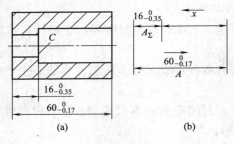

图 3-24　测量尺寸的换算

解： 由于孔的深度可用深度游标尺测量，因而尺寸 $16_{-0.35}^{0}$mm 可以通过尺寸 $60_{-0.17}^{0}$ mm 和孔深尺寸 x 间接计算出来。尺寸链如图 3-24（b）所示，尺寸 $16_{-0.35}^{0}$mm 显然是封闭环。

由式（3-12）得　　　$16 = 60 - x$　　　　　　　　　　$x = 44$mm

由式（3-16）得　　　$0 = 0 - EIx$　　　　　　　　　　$EIx = 0$mm

由式（3-17）得　　　$-0.35 = (-0.17) - ESx$　　　　$ESx = 0.18$mm

因此，得测量尺寸 x 及其公差为

$$x = 44_{0}^{+0.18}\text{mm}$$

通过分析以上计算结果，可以发现，由于基准不重合而进行尺寸换算，将带来两个问题。

① 提高了组成环尺寸的测量精度要求和加工精度要求。如果能按原设计尺寸进行测量，则测量和加工时的尺寸为 $x = 44_{-0.17}^{+0.35}$mm，而换算后的测量尺寸为 $x = 44_{0}^{+0.18}$mm，按此尺寸加工使加工公差减小了 (2×0.17)mm，从而增加了测量和加工的难度。

② 假废品问题。在测量零件尺寸 x 时，如 A 的尺寸在 $60_{-0.17}^{0}$mm 之间，x 尺寸在 $44_{0}^{+0.18}$mm 之间，则 A_Σ 必在 $16_{-0.35}^{0}$mm 之间，零件为合格品。但是，如果 x 的实测尺寸超出 $44_{0}^{+0.18}$mm 的范围，假设偏大或偏小 0.17mm，即为 44.35mm 或 43.83mm，从工序上看，此件应报废。但如将此零件的尺寸 A 再测量一下，只要尺寸 A 也相应为最大 60mm 或最小 59.83mm，则算得 A_Σ 的尺寸相应为 $60 - 44.35 = 15.65$（mm）和 $59.83 - 43.83 = 16$（mm），零件实际上仍为合格品，这就是工序上报废而产品仍合格的所谓"假废品"问题。

由此可见，只要实测尺寸的超差量小于另一组成环的公差值时，就有可能出现假废品。为了避免将实际合格的零件报废而造成浪费，对换算后的测量尺寸（或工序尺寸）超差的零件，只要它的超差量小于或等于另一组成环的公差，应对该零件进行复检，重新测量其他组成环的实际尺寸，再计算出封闭环的实际尺寸，以此判断是否为废品。

（2）定位基准与设计基准不重合时的工序尺寸计算。零件调整法加工时，如果加工表面的定位基准与设计基准不重合，就要进行尺寸换算，重新标注工序尺寸。

【例 3-3】 图 3-25（a）所示零件，镗削零件上的孔。孔的设计基准是 C 面，设计尺寸为（100 ± 0.15）mm。为装夹方便，以 A 面定位，按工序尺寸 L 调整机床。试标出工序尺寸。

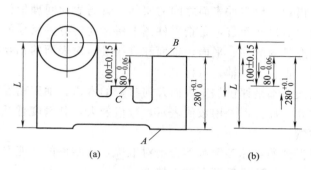

图 3-25　定位基准与设计基准不重合时的工序尺寸换算

解：工序尺寸 $280^{+0.1}_{0}$ mm、$80^{0}_{-0.06}$ mm 在前道工序中已经得到，在本道工序的尺寸链中为组成环，而当以 A 面定位，按工序尺寸 L 调整机床时镗削零件上的孔，设计尺寸（100 ± 0.15）mm 为本道工序间接得到的尺寸，为封闭环。尺寸链如图 3-25（b）所示，其中尺寸 $80^{0}_{-0.06}$ mm 和 L 为增环，尺寸 $280^{+0.1}_{0}$ mm 为减环。

由式（3-12）得　　　　　　　$100=L+80-280$　　　　　$L=300$mm

由式（3-16）得　　　　　　　$0.15=ESL+0-0$　　　　　　$ESL=0.15$mm

由式（3-17）得　　　　　　　$-0.15=EIL-0.06-0.1$　　　$EIL=0.01$mm

因此，得工序尺寸 L 及其公差为

$$L=300^{+0.15}_{+0.01}\text{mm}$$

与**【例 3-2】**一样，当定位基准与设计基准不重合进行尺寸换算时，也需要提高本工序的加工精度，使加工更加困难。同时，也会出现假废品问题。

在进行工艺尺寸链计算时，还有一种情况必须注意。当发现被换算的组成环公差过小或为零，甚至出现负值时，可采取以下措施：提高前道工序尺寸的精度；增大设计尺寸（封闭环）的公差；改变定位基准（采用基准重合原则）或加工方式。

（3）数控编程原点或设计基准不重合的工序尺寸计算。零件在设计时，从保证使用性能角度考虑，尺寸多采用局部分散标注，而在数控编程中，所有点、线、面的尺寸和位置都是以编程原点为基准的。当编程原点与设计基准不重合时，为方便编程，必须将分散标注的设计尺寸换算成以编程原点为基准的工序尺寸。

3.4.9　零件的加工质量

机械零件的加工质量直接影响到由其组成的机械产品的工作性能和使用寿命。因此，要想提高机械产品的使用性能，必须重视机械零件的加工质量。机械零件的加工质量常用机械加工精度和机械加工质量来衡量。

3.4.9.1　加工精度

1. 加工精度的概念

加工精度是指零件在加工后，其尺寸、形状和相互位置等参数的实际几何参数与理想几何参数的相符合程度。它们之间的差异称为加工误差。加工误差的大小反应了加工精度的高低。误差越大加工精度越低，误差越小加工精度越高。加工精度通常包括三个方面。

（1）尺寸精度　指加工后零件表面本身或表面之间的实际尺寸与理想尺寸之间的符合程度。

（2）形状精度　指加工后零件各表面的实际形状与理想形状之间的符合程度。

（3）位置精度　指加工后零件表面之间的实际位置与表面间理想位置的符合程度。

理想的几何参数，对尺寸而言，是指零件图上所标注的有关尺寸的平均值；对表面几何形状而言，就是绝对准确的圆柱、平面、锥面和直线等；对表面的相互位置而言，指绝对准确的表面之间的平行、垂直、同轴、对称等。

加工精度与加工误差都是评价加工表面几何参数的术语。加工精度用公差等级衡量，等级值越小，其精度越高；加工误差用数值表示，数值越大，其精度越低。加工精度高，就是加工误差小，反之亦然。

任何加工方法所得到的实际参数都不会绝对准确，从零件的功能看，只要加工误差在零件图要求的公差范围内，就认为保证了加工精度。

2. 加工精度的获取方法

在机械加工中，根据生产批量和生产条件的不同，可采用如下方法获得加工精度。

（1）尺寸精度的获取方法

① 试切法。在零件的加工过程中，不断对已加工表面进行测量，并相应调整刀具相对加工表面的位置进行试切，直到达到尺寸精度要求的加工方法，称为试切法。

该种方法是最早采用的也是目前常用的获得高精度零件尺寸的主要加工方法之一。影响试切法尺寸精度的因素有：试切尺寸的测量精度、刀具的调整精度、控制工件相对位置的微进给机构准确度以及刀刃的锐利程度等，此外，获得零件尺寸精度的高低与操作者的技术水平也有关。由于试切法费时、费事，因此，试切法一般仅用于单件小批量生产中。轴颈尺寸的在线测量磨削、箱体零件孔系的试镗加工及精密量块的手工研磨等，均属试切法加工。

② 调整法。预先调整好刀具和工件在机床上的相对位置，并保证此位置不变的条件下，对一批工件进行加工的加工方法称为调整法。

调整法比试切法加工精度稳定性好，并有较高的生产效率。这种方法广泛用于成批和大量生产中。在多刀车床或六角自动车床上加工轴类零件，在铣床上用夹具铣槽，在无心磨床上磨削外圆及在摇臂钻床上用钻床夹具加工出孔系等，均属调整法加工。

③ 定尺寸刀具法。在加工过程中采用具有一定尺寸的刀具（如麻花钻、铰刀、拉刀等），来保证被加工零件尺寸精度的加工方法称为定尺寸刀具法。此外，用组合铣刀铣工件两侧和槽面等也属于利用定尺寸刀具法进行加工。

④ 自动控制法。在加工过程中，利用尺寸测量装置、动力进给装置和控制机构等，组成一个自动加工的循环系统，使加工过程中的尺寸测量、刀具的补偿调整和切削加工等一系列工作自动完成，从而获得尺寸精度的一种加工方法，称为自动控制法。自动机和自动线的加工及数控加工均属于此种加工方法。

（2）获得位置精度的方法

① 成形运动法。成形运动法是指在加工过程中，以刀具（为提高生产效率，常采用成型刀具）的刀尖（或整个切削刃）作为一个点相对工件做有规律的切削成形运动，从而获得工件形状精度的加工方法。常见的零件表面形状如平面、圆柱面、圆锥面、球面、螺旋面等都可用成形法获得形状精度；此外，各种花键表面和齿形表面的加工，也常采用此种方法。

② 非成形运动法。在加工过程中，零件表面形状精度的获得不是靠刀具相对工件的准确成形运动，而是靠在加工过程中对加工表面形状的不断检验和工人对其进行精细修整加工的加工方法，称为非成形运动法。非成形运动是获得零件表面形状最原始的方法，到现在为止，在某些形状复杂且精度要求很高的表面加工中，仍采用此种加工方法。如具有较复杂空间型面锻模的精加工、高精度测量平台和平尺的精密刮研加工等均采用此种加工方法。

（3）位置精度的获得方法　零件表面相对位置精度主要由机床精度、夹具精度和工件的安装精度来保证。在机械加工中，获得零件表面相对位置精度的方法主要有两种。

① 一次装夹获得法。即零件有关表面间的位置是直接在工件的一次装夹中，由各刀具相对工件的成形运动中刀具和工件之间的位置关系来保证的。如轴类零件外圆与端面、轴肩的垂直度，箱体孔系加工中各孔之间的同轴度、平行度和垂直度等，均可采用一次装夹获得法。

② 多次装夹获得法。即零件有关表面间的位置精度是由刀具相对工件的成形运动与工件定位基准面（也是工件在前几次装夹时的加工面）之间的位置关系来保证的。如轴类零件上键槽对外圆表面的对称度，箱体表面与平面之间的平行度、垂直度，箱体孔与平面之间的平行度和垂直度等，均可采用多次装夹获得法。在多次装夹获得法中，又可根据工件的不同装夹方式划分为直接装夹法、划线找正装夹法和夹具装夹法。

直接装夹法：工件的定位是由操作工人利用千分表、划针等工具直接找正某些表面，以保证被加工表面的位置精度。直接找正装夹因其生产效率低，故一般多用于单件、小批量生产。定位精度与找正所用的工具精度有关，定位精度要求特别高时往往用精密量具来直接找正装夹。如图 3-26 所示为用千分表找正套筒零件的外圆，使被加工的内孔与外圆同心。

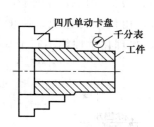
图 3-26　直接找正装夹

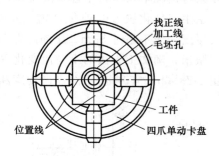
图 3-27　按划线找正装夹

划线找正装夹法：先在工件上画出将加工表面的位置，安装工件时按划线找正并夹紧。按划线找正装夹的生产效率低，定位精度也低，多用于单件、小批量生产。对尺寸和质量较大的铸件和锻件，使用夹具成本很高，可按划线找正装夹。对于精度较低的铸件或锻件毛坯，无法使用夹具，也可用划线方法。如图 3-27 所示是在一工件上镗孔，为了检查孔的位置，分清是划线工还是操作工的责任，在划线时画出检验线以备检验时用。一般加工线和检验线之间的距离为 5mm。

用夹具装夹：将工件直接装在夹具的定位元件上并夹紧，这种方法夹紧迅速方便，定位可靠，广泛应用于成批和大量生产。例如加工套筒类零件，就可以工件的外圆定位，用三爪定心卡盘夹紧来加工孔，由夹具就可保证工件的外圆和内孔同心。

3. 加工误差的来源

在机械加工过程中，工件和刀具分别安装在夹具和机床上，机床、夹具、刀具和工件构成一个完整的工艺系统，这个系统各个环节的误差都会影响加工误差。把由工艺系统本身的结构和状态以及加工过程中的物理现象（切削力、切削热、摩擦、变形等）而产生的误差，称为原始误差。原始误差在不同条件下会以不同的程度（扩大或缩小）反映到工件上，它们是造成加工误差的根源。

在工艺系统的原始误差中，一部分是与工艺系统初始状态有关的原始误差，包括工件相对于刀具处于静止状态下的理论误差、工件的安装误差、调整误差、夹具误差、刀具误差等，以及工件相对于刀具在运动状态下存在的机床误差等；另一部分是与工艺过程有关的原始误差，包括工艺系统受力变形、受热变形、加工过程中的磨损、测量误差及可能出现的内应力而引起的变形等。

3.4.9.2　表面质量

机械加工表面质量，是指零件在机械加工后表面层的微观几何形状误差和物理、化学及力学性能。产品的工作性能、可靠性和寿命在很大程度上取决于主要零件的表面质量。

机器零件的损坏，在多数情况下都是从表面开始的，这是由于表面是零件材料的边界，常常承受工作负荷所引起的最大应力和外界介质的侵蚀，表面上有着引起应力集中而导致破坏的根源，所以这些表面直接与零件的使用性能有关。在现代机器中，许多零件是在高速、高压、高温、高负荷下工作的，对零件的表面质量，提出了更高的要求。

1. 机械加工表面质量的含义

任何机械加工方法所获得的加工表面都不可能是绝对理想的表面，总存在着表面粗糙度、表面波度等微观几何形状误差。表面层的材料在加工时还会发生物理、力学性能变化，以及在某些情况下发生化学性质的变化。如图 3-28（a）所示加工表层深度方向的变化情况。在最外层生成氧化膜或其他化合物，并吸收、渗进了气体、液体和固体的粒子，称为吸附层，其厚度一般不超过 $8\mu m$。压缩层即为表面塑性变化区，由切削力造成，厚度约为几十至几百微米，随加工方法的不同而变化等。因此，表面层的物理化学性能不同于基体，产生了如图 3-28（b）、（c）所示的显微硬度和残余应力变化。

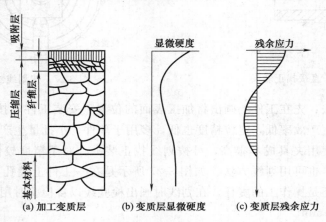

(a) 加工变质层　　(b) 变质层显微硬度　　(c) 变质层残余应力

图 3-28　加工表面层沿深度方向的变化情况

机械加工表面质量的含义有两方面的内容。

（1）表面的几何特性　如图 3-29 所示，加工表面的几何形状，总是以"峰"、"谷"形式交替出现，其偏差又有宏观、微观的差别。

① 表面粗糙度。它是指加工表面的微观几何形状误差，如图 3-29 所示，其波长 L_3 与波高 H_3 的比值一般小于 50，主要由刀具的形状以及切削过程中塑性变形和振动等因素决定。

② 表面波度。它是介于宏观几何形状误差（$L_1/H_1 > 1000$）与微观表面粗糙度（$L_3/H_3 < 50$）之间的周期性几何形状误差。它主要是由机械加工过程中工艺系统低频振动所引起的，如图 3-29 所示，其波长 L_2 与波高 H_2 的比值一般为 50～1000。一般以波高为波度的特征参数，用测量长度上五个最大的波幅的算术平均值 ω 表示，即

$$\omega = \frac{\omega_1 + \omega_2 + \omega_3 + \omega_4 + \omega_5}{5} \tag{3-19}$$

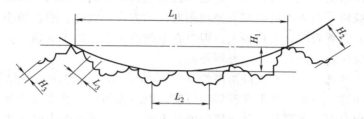

图 3-29　表面几何特性

③ 表面纹理方向。它是指表面刀纹的方向，取决于该表面所采用的机械加工方法及其主运动和进给运动的关系。一般对运动副或密封件有纹理方向的要求。

④ 伤痕。伤痕是在加工表面的个别位置上出现的缺陷。它们大多是随机分布的，例如砂眼、气孔、裂痕和划痕等。

（2）表面层物理、化学和力学性能　由于机械加工中切削力和切削热的综合作用，加工表面层金属的物理、化学和力学性能发生一定的变化，主要表现在以下三个方面。

① 表面层加工硬化（冷作硬化）。

② 表面层金相组织变化及由此引起的表层金属强度、硬度、塑性及耐腐蚀性的变化。

③ 表面层产生残余应力或造成原有残余应力的变化。

2. 加工表面质量对零件使用性能的影响

（1）表面质量对零件耐磨性的影响　零件的耐磨性与摩擦副的材料、润滑条件和零件的表面加工质量等因素有关。特别是在前面各条件已确定的前提下，零件的表面加工质量就起着决定性的作用。

零件的磨损可分为三个阶段，如图 3-30 所示。第 Ⅰ 阶段称初期磨损阶段，由于摩擦副开始工作时，两个零件表面互相接触，一开始只是在两表面波峰接触，实际的接触面积只是名义接触面积的一小部分。当零件受力时，波峰接触部分将产生很大的压强，因此磨损非常显著。经过初期磨损后，实际接触面积增大，磨损变缓，进入磨损的第 Ⅱ 阶段，即正常磨损阶段。这一阶段零件的耐磨损性最好，持续的时间也较长。最后，由于波峰被磨平，表面粗糙度值变得非常小，不利于润滑油的储存，且使接触表面之间的分子亲和力增大，甚至发生分子与分子的黏合，使摩擦阻力增大，从而进入磨损的第 Ⅲ 阶段，即急剧磨损阶段。

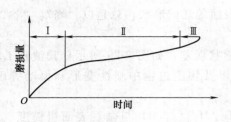

图 3-30　磨损过程的基本规律

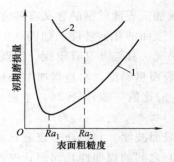

图 3-31　表面粗糙度与初期磨损量

表面粗糙度对摩擦副的初期磨损影响很大，但也不是表面粗糙度值越小越耐磨。如图 3-31 所示是表面粗糙度对初期磨损量影响的实验曲线。从图中看到，在一定工作条件下，摩擦副表面总是存在一个最佳表面粗糙度值，最佳表面粗糙度 Ra 值约为 $0.4\sim1.6\mu m$。

表面纹理方向对耐磨性也有影响，这是因为它能影响金属表面的实际接触面积和润滑液的存留情况。轻载时，两表面的纹理方向与相对运动方向一致时，磨损最小；当两表面纹理方向与相对运动方向垂直时，磨损最大。但是在重载情况下，由于压强、分子亲和力和润滑液储存等因素的变化，其规律与上述有所不同。

表面层的加工硬化，一般能提高耐磨性 $0.5\sim1$ 倍。这是因为加工硬化提高了表面层的强度，减少了表面进一步塑性变形和咬焊的可能。但过度的加工硬化会使金属组织疏松，甚至出现疲劳裂纹和产生剥落现象，从而使耐磨性下降。所以零件的表面硬化层必须控制在一定的范围之内。

（2）表面质量对零件疲劳强度的影响　零件在交变载荷的作用下，其表面微观不平的凹谷处和表面层的缺陷处容易引起应力集中而产生疲劳裂纹，造成零件的疲劳破坏。试验表明，减小零件表面粗糙度值可以使零件的疲劳强度提高。因此，对于一些承受交变载荷的重要零件，如曲轴的曲拐与轴颈交界处，精加工后常进行光整加工，以减小零件的表面粗糙度值，提高疲劳强度。

加工硬化对零件的疲劳强度影响也很大。表面层的适度硬化可以在零件表面形成一个硬化层，它能阻碍表面层疲劳裂纹的出现，从而使零件疲劳强度提高。但零件表面层硬化程度过大，反而易产生裂纹，故零件的硬化程度与硬化深度也应控制在一定的范围之内。

表面层的残余应力对零件疲劳强度也有很大的影响，当表面层为残余压应力时，能延缓疲劳裂纹的扩展，提高零件的疲劳强度；当表面层为残余拉应力时，容易使表面产生裂纹而降低其疲劳强度。

（3）表面质量对零件耐腐蚀性的影响　零件的表面粗糙度在一定程度上影响零件的耐腐蚀性。零件表面越粗糙，越容易积聚腐蚀性物质，凹谷越深，渗透与腐蚀作用越强烈。因此，减小零件表面粗糙度值，可以提高零件的耐腐蚀性能。

零件表面残余压应力使零件表面紧密，腐蚀性物质不易进入，可增强零件的耐腐蚀性，而表面残余拉应力则降低零件的耐腐蚀性。

（4）表面质量对配合性质及零件其他性能的影响　配合零件间的配合关系是用过盈量或间隙值来表示的。在间隙配合中，如果零件的配合表面粗糙，则会使配合件很快磨损而增大配合间隙，改变配合性质，降低配合精度；在过盈配合中，如果零件的配合表面粗糙，则装配后配合表面的凸峰被挤平，配合件间的有效过盈量减小，降低配合件间连接强度，影响配合的可靠性。因此对有配合要求的表面，必须限定较小的表面粗糙度值。

零件的表面质量对零件的使用性能还有其他方面的影响。例如，对于液压缸和滑阀，较大的表面粗糙度值会影响密封性；对于工作时滑动的零件，适当的表面粗糙度值能提高运动的灵活性，减少发热和功率损失；零件表面层的残余应力会使加工好的零件因应力重新分布而变形，从而影响其尺寸和形状精度等。

总之，提高加工表面质量，对保证零件的使用性能、提高零件的使用寿命是很重要的。

3. 加工表面粗糙度及其影响因素

加工表面几何特征包括表面粗糙度、表面波度、表面加工纹理几个方面。表面粗糙度是构成加工表面几何特征的基本单元。

用金属切削刀具加工工件时，表面粗糙度主要受几何因素、物理因素和机械加工工艺因素三方面的作用和影响。

（1）几何因素　从几何的角度考虑，刀具的形状和几何角度，特别是刀尖圆弧半径、主偏角、副偏角和切削用量中的进给量等对表面粗糙度影响较大。

（2）物理因素　从切削过程的物理实质考虑，刀具的刃口圆角及后面的挤压与摩擦使金属材料发生塑性变形，严重恶化了表面粗糙度。在加工塑性材料而形成带状切屑时，在前刀面上容易形成硬度很高的积屑瘤。它可以代替前刀面和切削刃进行切削，使刀具的几何角度、背吃刀量发生变化。积屑瘤的轮廓很不规则，因而使工件表面上出现深浅和宽窄都不断变化的刀痕。有些积屑瘤嵌入工件表面，更增加了表面粗糙度。切削加工时的振动，使工件表面粗糙度值增大。

（3）工艺因素　从工艺的角度考虑对工件表面粗糙度的影响，主要是与切削刀具有关的因素、与工件材质有关的因素和与加工条件有关的因素等。

习　题

3-1　什么叫生产过程和工艺过程？
3-2　什么叫工序和工步？构成工序和工步的生产要素各有哪些？
3-3　什么叫生产纲领？单件生产和大量生产各有哪些主要特点？

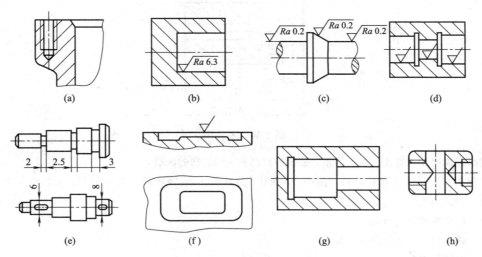

图 3-32　结构工艺性方面存在的问题

3-4　应从哪些方面入手对零件图进行审查？

3-5　试指出图 3-32 中各图在结构工艺性方面存在的问题，并提出改进意见。

3-6　毛坯的种类有哪些？各适用于什么场合？

3-7　什么叫粗基准和精基准？试述它们的选择原则。

3-8　如图 3-33 所示零件，A、B、C 面、ϕ10H7 及 ϕ30H7 孔均已加工。试分析加工 ϕ12H7 孔时，选用哪些表面定位最为合理？为什么？

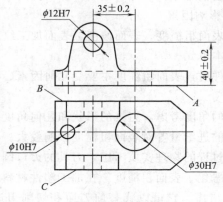

图 3-33　零件图

3-9　何谓"工序集中"和"工序分散"？什么情况下按"工序集中"划分工序？什么情况下按"工序分散"划分工序？数控加工工序如何划分？

3-10　制订工艺规程时，为什么要划分加工阶段？

3-11　试述机械加工过程中安排热处理工序的目的及其安排顺序。

3-12　加工余量如何确定？影响加工余量的因素有哪些？举例说明是否在任何情况下都要考虑这些因素？

3-13　如图 3-34 所示零件，$A_1 = 70^{-0.02}_{-0.07}$ mm，$A_2 = 60^{0}_{-0.04}$ mm，$A_3 = 20^{+0.19}_{0}$ mm。因 A_3 不便测量，试重新标出测量尺寸 A_4 及其公差。

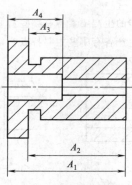

图 3-34　零件图

3-14　试举例说明加工精度、加工误差、公差的概念及它们之间的区别。

3-15　如图 3-35 所示为车床传动轴。图中 $2 \times \phi$24k7 为支承轴颈，ϕ35h7 为配合轴颈。工作中承受中等载荷，冲击力较小，为小批量生产。要求：

（1）确定零件材料和毛坯；

（2）选择加工方案和定位基准；

（3）安排加工顺序。

（4）制订该传动轴的加工工艺过程。

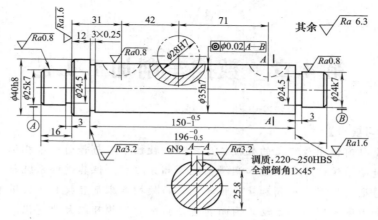

图 3-35　车床传动轴

3-16　试指明下列工艺过程中的工序、安装、工位及工步。小轴（坯料为棒料）如图 3-36 所示，加工顺序如下：

（1）在卧式车床上车左端面，钻中心孔；

（2）在卧式车床上夹右端，定左端中心孔，粗车左端台阶；

（3）调头，在卧式车床上车右端面，钻中心孔；

（4）在卧式车床上夹左端，顶右端中心孔，粗车右端台阶；

（5）在卧式车床上用两顶尖，精车各台阶。

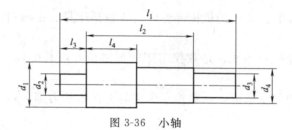

图 3-36　小轴

3-17　按图 3-37 所示零件的尺寸要求，其加工过程为：

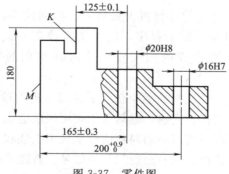

图 3-37　零件图

（1）在铣床上铣底面；

（2）在另一铣床上铣 K 面；

（3）在钻床上钻、扩、铰 ϕ20H8 孔，保证尺寸（125±0.1）mm；

（4）在铣床上加工 M 面，保证尺寸（165±0.3）mm。

试求以 K 面定位加工 ϕ16H7 孔的工序尺寸，分析以 K 面定位的优缺点。

第4章 数控车削加工工艺

【内容提要及学习要求】

数控车床是目前使用最广泛的数控机床之一。数控车床与普通车床相似，即由床身、主轴箱、刀架、进给系统、冷却系统和润滑系统等部分组成。但其进给系统与普通机床有本质区别，传统的普通机床有进给箱和交换齿轮架，而数控车床是直接利用伺服电动机通过滚珠丝杠驱动溜板和刀架实现进给运动，因而其进给系统的结构可以大为简化。

工艺分析是数控车削加工的前期工艺准备工作。工艺制订的合理与否，对程序编制、机床的加工效率和零件的加工精度都有重要的影响。因此，应遵循一般的工艺原则并结合数控车床的特点，认真而详细地制订好零件的数控加工工艺。

4.1 数控车床概述

4.1.1 数控车床简介

数控车床大致由五个部分组成。

（1）车床主机。即数控车床的机械部件，主要包括床身、主轴箱、刀架、尾座、进给传动机构等。

（2）数控系统。即控制系统，是数控车床的控制核心，其中包括 CPU、存储器、CRT 等部分。

（3）驱动系统。即伺服系统，是数控车床切削工作的动力部分，主要实现主运动和进给运动。

（4）辅助装置。是为加工服务的配套部分，如液压、气动装置，冷却、照明、润滑、防护和排屑装置。

（5）机外编程器。是在普通的计算机上安装一套编程软件，使用这套编程软件以及相应的后置处理软件，就可以生成加工程序。通过车床控制系统上的通信接口或其他存储介质（如软盘、光盘等），把生成的加工程序输入到车床的控制系统中，完成零件的加工。

总体上，数控车床实现了计算机数字控制。主运动与进给运动是由不同的电机来驱动，主轴采用变频无级调速的方式进行变速。驱动系统采用伺服电机（小功率的车床采用步进电机）驱动。数控车床主运动和进给运动的同步信号来自于安装在主轴上的脉冲编码器。当主轴旋转时，脉冲编码器便向数控系统发出检测脉冲信号。数控系统对脉冲编码器的检测信号进行处理后传给伺服系统中的伺服控制器，伺服控制器再去驱动伺服电机移动，从而使主运动与刀架的切削进给保持同步。

4.1.2 数控车床分类

数控车床品种繁多，规格不一，可按如下方法进行分类。

1. 按车床主轴分类

（1）立式数控车床 简称数控立车，其车床主轴垂直于水平面，有一个直径很大的工作台，用来装夹工件。这类机床主要用于加工径向尺寸大、轴向尺寸相对较小的大型复杂零件。

（2）卧式数控车床　又有水平导轨和倾斜导轨两种。倾斜导轨结构可以使车床具有更大的刚性，并易于排除切屑，因此档次较高的数控车床一般采用倾斜导轨。如图 4-1 所示为 TND360 卧式数控车床。

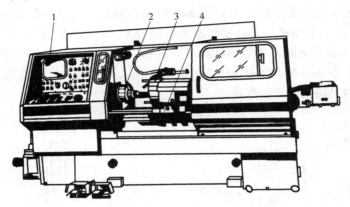

图 4-1　TND360 卧式数控车床
1—显示器；2—主轴；3—尾座；4—导轨

2. 按加工零件的基本类型分类

（1）卡盘式数控车床　这类车床没有尾座，适合车削盘类零件（含短轴类）。夹紧方式多为电动或液动控制，卡盘式结构多具有可调卡爪或者不淬火的卡爪（软卡爪）。

（2）顶尖式数控车床　这类车床配有普通尾座或数控尾座，适合车削较长的零件及直径不太大的轴类零件。

3. 按刀架数量分类

（1）单刀架数控车床　一般配置有各种形式的单刀架，如四工位卧式可转位刀架或多工位转塔式自动转位刀架。单刀架数控车床可以进行两坐标控制。

（2）双刀架数控车床　双刀架一般配置平行分布，也可以互相垂直分布。双刀架数控车床可以进行四坐标控制，多数采用倾斜导轨。

4. 按功能分类

（1）经济型数控车床　经济型数控车床是在普通数控车床基础上改造而来的。一般采用步进电动机开环控制系统，其控制部分通常采用单板机或单片机来实现。此类机床结构简单，价格低廉，但缺少一些诸如刀尖圆弧半径自动补偿和恒表面线速度切削等功能。一般只能进行两个平动坐标（刀架的移动）的控制和联动。自动化程度和功能都较差，车削加工精度也不高，适用于要求不高的回转类零件的车削加工。

（2）全功能型数控车床　全功能型数控车床就是日常所说的"数控车床"。它的控制系统是全功能的，带有高分辨率的 CRT，带有各种显示、图形仿真、刀具和位置补偿功能，带有通信或网络接口；采用闭环或半闭环控制的伺服系统，可以进行多个坐标轴的控制；具有高刚度、高精度和高效率等特点。如配有日本 FANUC-OTE、德国 SIEMENS-810T 系统的数控车床都是全功能型的。自动化程度和加工精度比较高，适用于一般回转体零件的车削加工。这种数控车床可同时控制两个坐标轴，即 X 轴和 Z 轴。

（3）车削加工中心　车削中心是在全功能型数控车床基础上发展起来的一种复合加工机床，配备刀库、自动换刀器、分度装置、铣削动力头和机械手等部件，能实现多工序复合加工。工件在一次装夹后，它不但能完成数控车床对回转型面的加工，还能完成回转零件上各个表面加工，如圆柱面或端面上铣槽或平面等（如图4-2所示）。这就要求主轴除了能承受切削力的作用和实现自动变速控制外，主轴还要能绕Z轴旋转作插补运动或分度运动，车削中心主轴的这种功能称为C轴功能，增加了C轴和动力头。更高级的数控车床带有刀库，可控制X、Z、C三个坐标轴，联动控制轴可以是（X、Z）、（X、C）、（Z、C）。由于增加了C轴和动力头，加工功能大大增强，除可以进行一般车削外，还可以进行径向和轴向铣削、曲面铣削、中心线不在零件回转中心的孔和径向孔的钻削加工。车削中心的功能全面，加工质量和速度都很高，但价格也较高。

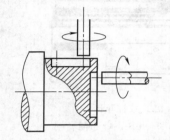

(a) C轴定向时，在圆柱面和端面上铣槽

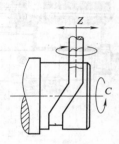

(b) C轴、Z轴联动进给插补，铣直线和平面

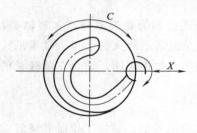

(c) C轴、X轴联动进给插补，在端面上铣螺旋槽

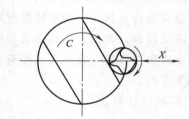

(d) C轴、X轴联动进给插补，铣直线和平面

图4-2　车削中心主轴的C轴功能

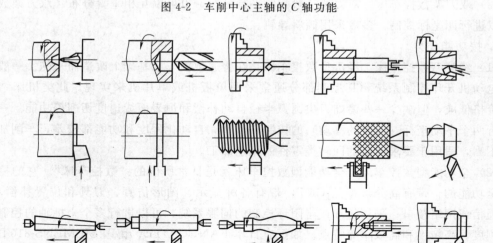

图4-3　数控车床加工的典型表面

4.1.3 数控车床的用途

数控车床主要用于加工轴类、盘类等回转体零件。通过数控加工程序的运行，可自动完成内外圆柱面、圆锥面、成形表面、螺纹和端面等工序的切削加工，并能进行车槽、钻孔、扩孔、铰孔等工作（如图 4-3 所示）。除此之外，数控车床还特别适合加工形状复杂、精度要求高的轴类或盘类零件。

数控车床具有加工灵活，通用性强，能适应产品的品种和规格频繁变化的特点，能够满足新产品的开发和多品种、小批量、生产自动化的要求，因此被广泛应用于机械制造业，例如汽车制造厂、发动机制造厂、机床制造业等。

4.2 数控车床的主要加工对象

数控车床是数控加工中用得最多的加工方法之一。由于数控车床具有加工精度高、能作直线和圆弧插补以及在加工过程中能自动变速的特点，因此，其工艺范围较普通机床宽得多。凡是能在数控车床上装夹的回转体零件都能在数控车床上加工。针对数控车床的特点，下列几种零件最适合数控车床加工。

1. 精度要求高的回转体零件

因数控车床刚性好，制造精度、对刀精度、重复定位精度高，具有刀具补偿功能，使其可加工尺寸精度要求高的零件。在有些场合可以以车代磨。数控车床的刀具运动通过高精度插补运算和伺服驱动实现，再加上机床的刚性好和制造精度高，所以可加工对母线直线度、圆度、圆柱度等形状精度要求高的零件。对于圆弧以及其他曲线轮廓，加工出的形状与图纸上所要求的几何形状的接近程度比用仿形车床要高得多。数控车削工件一次装夹可完成多道工序的加工，因而对提高加工工件的位置精度特别有效。不少位置精度要求高的零件用普通车床车削时，因机床制造精度低，工件装夹次数多，而达不到要求，只能在车削后用磨削或其他方法弥补。例如，图 4-4 所示的轴承内圈，原采用三台液压半自动车床和一台液压仿形车床加工，需多次装夹，因而造成较大的壁厚差，达不到图纸要求，后改用数控车床加工，一次装夹即可完成滚道和内孔的车削，壁厚差大为减少，且加工质量稳定。

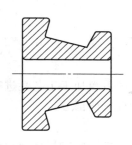

图 4-4 轴承内圈示意图

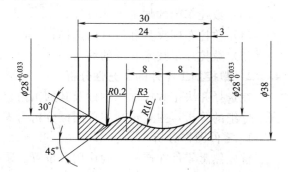

图 4-5 成形内腔零件

2. 表面粗糙度要求高的回转体

数控车床具有恒线速度切削功能，能加工出表面粗糙度值小而均匀的零件。在材质、精车余量和刀具已定的情况下，表面粗糙度取决于进给量和切削速度。在普通车床上车削锥面和端面时，由于转速恒定不变，致使车削后的表面粗糙度不一致，只有某一直径处的粗糙度值小。使用数控车床的恒线速切削功能，就可选用最佳线速度来切削锥面和端面，使切削后的表面粗糙度值既小又一致。数控车削还适合车削各部分表面要求不同的零件,粗糙度值要求大的部位选用大的进给量,要求小的部位选用小的进给量。

3. 轮廓形状复杂的回转体零件

数控车床具有直线和圆弧插补功能,可车削任意直线和曲线组成的形状复杂的回转体零件。例如图 4-5 所示的壳体零件封闭内腔的成形面,在普通车床上是无法加工的,而在数控车床上则很容易加工出来。

组成零件轮廓的曲线可以是数学方程式描述的曲线,也可以是列表曲线。对于直线或圆弧组成的轮廓,直接利用机床的直线或圆弧插补功能,若所选机床没有非圆曲线插补功能,则应先用直线或圆弧去逼近,然后再用直线或圆弧插补功能进行插补切削。

4. 带特殊螺纹的回转体零件

普通车床所能车削的螺纹相当有限,它只能车等导程的直、锥面公、英制螺纹,而且一台车床只能限定加工若干种导程。数控车床具有加工各类螺纹的功能,不但能车削任何等导程的直、锥和端面螺纹,而且能车增导程、减导程,以及要求等导程与变导程之间平滑过渡的螺纹,还可以车高精度的模数螺旋零件(如圆柱、圆弧涡轮)和端面(盘形)螺旋零件等。由于数控车床可以配备精密螺纹切削功能,再加上一般采用硬质合金成形刀具以及较高的转速,所以车削出来的螺纹精度高,表面粗糙度值小。

4.3　数控车床加工零件的工艺制订

数控工艺的设计是进行数控加工的前期准备工作,是程序编制的依据。制订工艺时,应遵循一般工艺原则,并结合数控车床的特点制订。制订数控工艺时,必须考虑周全,否则可能事倍功半,并造成不必要的损失。

4.3.1　数控车削内容的选择

数控车削工艺的主要内容有:

(1) 选择并确定零件的数控加工内容;

(2) 零件图纸的分析;

(3) 数控车削的加工工艺设计;

(4) 数控车削夹具和刀具的选择;

(5) 数控加工技术文件的编写。

4.3.2　数控加工零件的工艺性分析

在选择并决定数控加工零件及其加工内容后,应对零件的数控加工工艺性进行全面、认真、仔细的分析,主要包括零件图样分析与零件结构工艺性分析两部分。

1. 零件图样分析

首先熟悉零件在产品中的作用、位置、装配关系和工作关系,搞清楚各项技术要求对零件装配质量和使用性能的影响,找出主要的、关键的技术要求,然后对零件图样进行分析。

(1) 尺寸标注方法分析　对于数控加工来说,零件图上应以统一基准引注尺寸或直接给出坐标尺寸。这就是坐标标注法。这种尺寸标注法既便于编程,也便于尺寸之间的相互协调,又利于设计基准、工艺基准、测量基准与编程原点设置的统一。零件设计人员在标注尺寸时,一般总是较多地考虑装配等使用特性方面的要求,因而常采用局部分散的标注方法,这样会给工序安排与数控加工带来诸多不便。实际上,由于数控加工精度及重复定位精度都很高,不会因产生较大的积累误差而破坏使用特性,因而可将局部的尺寸分散标注法改为坐标式标注法。

如图 4-6 所示为将零件设计时采用的局部分散标注（图上部的轴向尺寸）换算为以编程原点为基准的坐标标注尺寸（图下部的尺寸）示例。

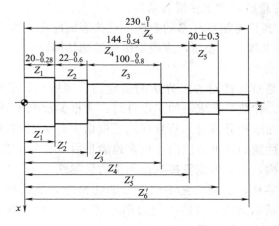

图 4-6　局部分散标注与坐标式标注

（2）零件轮廓的几何要素分析　　在手工编程时要计算构成零件轮廓的每一个节点坐标，在自动编程时要对构成零件轮廓的所有几何元素进行定义，如直线与圆弧、圆弧与圆弧的连接状态是否成立，因此在分析零件图时，要分析几何元素的给定条件是否充分、正确。由于设计等多方面的原因，可能在图样上出现构成加工轮廓的条件不充分，尺寸模糊不清及多余等缺陷，有时所给条件又过于"苛刻"或自相矛盾，增加了编程工作的难度，有的甚至无法编程。

如图 4-7（a）所示的圆弧与斜线的关系要求为相切，但经计算后却为相交关系，而非相切。又如图 4-7（b）所示，图样上给定的几何条件自相矛盾，其给出的各段长度之和不等于其总长。

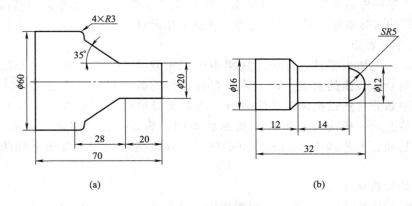

(a)　　　　　　　　　　　　　　　(b)

图 4-7　几何要素缺陷示例

（3）精度及技术要求分析　　对被加工零件的精度及技术要求进行分析，是零件上工艺分析的重要内容，只有在分析零件精度和表面粗糙度的基础上，才能对加工方法、装夹方法、进给路线、刀具及切削用量等进行正确而合理的选择。精度及技术要求分析的主要内容如下。

① 分析精度及各项技术要求是否齐全，是否合理。对采用数控加工的表面，其精度要求尽量一致，以便最后能一刀连续加工。

② 分析本工序的数控车削加工精度能否达到图纸要求，若达不到，需采用其他措施（如磨削）弥补的话，注意给后续工序留有余量。

③ 找出图纸上有较高位置精度要求的表面，这些表面应在一次安装下完成。

④ 对表面粗糙度要求较高的表面，应确定用恒线速切削。

2. 零件结构工艺性分析

零件的结构工艺性是指零件对加工方法的适应性，即所设计的零件结构应便于加工成形，且成本低，效率高。在数控车床上加工零件时，应根据数控车削加工的特点，审查与分析零件结构的合理性。在结构分析时，若发现问题应向设计人员或有关部门提出修改意见，力图在不损害零件使用性能的许可范围内，更多地满足数控加工工艺的各种要求，并尽可能采用适合数控加工的结构，也尽可能发挥数控加工的优越性。

如图 4-8（a）所示零件，需用三把不同宽度的切槽刀，如无特殊需要，显然是不合适的，若改成图 4-8（b）所示结构，只需一把刀即可切出三个槽。既减少了刀具数量，少占了刀架刀位，又节省了换刀时间，提高了生产效率。

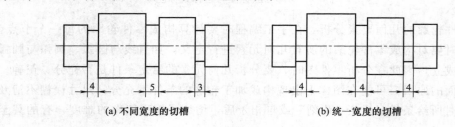

(a) 不同宽度的切槽　　　　　　　　　　　(b) 统一宽度的切槽

图 4-8　结构工艺性示例

4.3.3　数控车床加工工艺路线的设计

车削加工工艺路线的主要内容包括：选择各个表面的加工方法、划分加工阶段、划分工序以及安排工序的先后顺序等。设计者应根据从生产实践中总结出来的一些综合性工艺原则，结合本厂的实际条件，提出几种方案，选择其中最佳方案。

4.3.3.1　工序的划分

在数控机床上加工零件，应按工序集中的原则划分工序，应在一次安装下尽可能完成大部分甚至全部表面的加工。对于需要多台不同的数控机床、多道工序才能完成加工的零件，工序划分自然以机床为单位进行。而对于需要很少的数控机床就能加工完零件全部内容的情况，一般应根据零件结构形状不同，选择外圆、端面或内孔、端面装夹，并力求设计基准、工艺基准和编程原点的统一。在批量生产中，常用下列两种方法进行工序的划分。

1. 按安装次数划分工序

每一次装夹完成的那一部分工艺过程作为一道工序。此种划分工序的方法可将位置精度要求较高的表面安排在一次安装下完成，以免多次安装所产生的安装误差影响位置精度。这种工序划分方法适用于加工内容不多的零件。如图 4-9 所示的轴承内圈，其内孔对小端面的垂直度、滚道和大挡边对内孔回转中心的角度差以及滚道与内孔间的壁厚差均有严格的要求，精加工时划分成两道工序，用两台数控车床完成。第一道工序采用图 4-9（a）所示的以大端面和大外径定位装夹的方案，将滚道、小端面及内孔安排在一次安装中车出，容易保证位置精度。第二道工序采用图 4-9（b）所示的内孔和小端面装夹方案，车削大外圆和大端面及倒角。

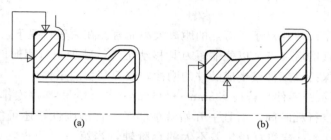

图 4-9　轴承内圈精车加工方案

2. 按粗、精加工划分

对于毛坯余量较大和加工精度较高的零件，应将粗车和精车分开，划分为两道或更多的工序。将粗车安排在精度较低、功率较大的数控车床上，将精车安排在精度较高的数控车床上。对于容易发生加工变形的零件，通常粗加工后需要进行矫形，这时粗加工和精加工作为两道工序，可以采用不同的刀具或不同的数控车床加工。这种划分方法适用于零件加工后易变形或精度要求较高的零件。

【例 4-1】 加工如图 4-10（a）所示手柄零件，该零件加工所用坯料为 $\phi 32\text{mm}$，批量生产，加工时用一台数控车床。工序的划分及装夹方式如下。

工序 1：如图 4-10（b）所示将一批工件全部车出，包括切断，夹棒料外圆柱面，工序内容有车出 $\phi 12\text{mm}$ 和 $\phi 20\text{mm}$ 两圆柱面→圆锥面（粗车 $R42$ 圆弧的部分余量）→换刀切断。

工序 2：如图 4-10（c）半精车、精车圆弧部分，装夹 $\phi 12\text{mm}$ 外圆和 $\phi 20\text{mm}$ 端面，工序内容有车削包络面 $SR7\text{mm}$ 球面的 30°圆锥面→对全部圆弧表面半精车→精车。

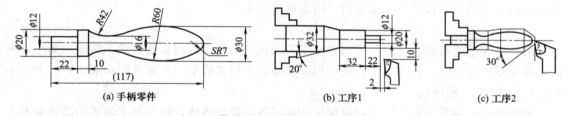

(a) 手柄零件　　　　　　　(b) 工序1　　　　　　　(c) 工序2

图 4-10　手柄加工示意图

工序的划分要根据零件的结构和工艺性、零件的批量、机床的功能、加工内容的多少、程序的大小、安装次数及本单位生产组织状况灵活掌握。

4.3.3.2　加工顺序的确定

在数控车床加工过程中，由于加工对象复杂多样，特别是轮廓曲线的形状及位置千变万化，加上材料、批量不同等多方面的影响，具体在确定加工顺序时应根据零件的结构和毛坯，结合定位及夹紧需要一起考虑，重点保证工件的刚度不被破坏，尽量减少变形。制订工件的车削加工顺序一般遵循下列原则。

1. 先粗后精

为了提高生产效率并保证零件的加工质量，在切削加工时，应先安排粗加工工序，在较短时间内将精加工前大量的加工余量（如图 4-11 中的双点画线内所示部分）去掉，一方面提高金属切除率，另一方面满足精车的余量均匀性要求。当粗加工后所留余量的均匀性满足不了精加工的要求时，则可安排半精加工作为过渡性工步，以便使精加工余量小而均匀。精加工时，零件的轮廓应一刀连续加工而成，以保证加工精度要求。

2. 先近后远

远与近指按加工部位相对于对刀点的距离大小而言。在一般情况下，离对刀点近的部位先加工，离对刀点远的后加工，以便缩短刀具移动距离，减少空行程时间。对于车削加工，先近后远还有利于保持毛坯件或半成品件的刚性，改善其切削条件。

例如图 4-12 所示的零件，若按 $\phi38mm \rightarrow \phi36mm \rightarrow \phi34mm$ 的次序安排车削，不仅会增加刀具返回对刀点的空行程时间，而且一开始就削弱了工件的刚性，还可能使台阶的外直角处产生毛刺（飞边）。对这类直径相差不大的台阶轴，当第一刀的背吃刀量（图中最大背吃刀量可为 3mm 左右）未超限时，应该按 $\phi34mm \rightarrow \phi36mm \rightarrow \phi38mm$ 的次序先近后远安排车削。

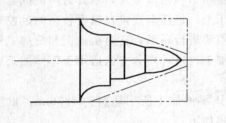

图 4-11 先粗后精

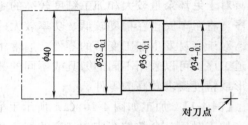

图 4-12 先近后远

3. 内外交叉

对既有内表面（内型腔），又有外表面需加工的回转体零件，安排加工顺序时，应先进行外、内表面粗加工，后进行外、内表面的精加工。不可将零件的一部分表面（外表面或内表面）加工完毕后，再加工其他表面（内表面或外表面）。

4. 基面先行

用作精基准的表面应优先加工出来，因为定位基准的表面越精确，装夹误差就越小。例如，轴类零件加工时，先加工中心孔，再以中心孔为精基准加工外圆表面和端面。

4.3.3.3 进给路线的确定

进给路线的确定主要在于确定粗加工及空行程的进给路线，因精加工的进给路线基本上都是沿零件轮廓进行的。在保证加工质量的前提下，尽量使加工程序具有最短的进给路线，不仅可以节省整个加工过程的执行时间，还能减少一些不必要的刀具消耗及机床进给机构滑动部件的磨损等。

1. 最短的空行程路线

（1）合理确定工步起点　图 4-13（a）为采用矩形循环方式进行粗车的一般情况。对刀点 A 的设定是考虑到精车等加工过程中需要方便换刀，所以设在离坯料较远的位置处，同时将起刀点与对刀点重合在一起，按三刀粗车的进给路线安排。

第一刀：$A \rightarrow B \rightarrow C \rightarrow D \rightarrow A$

第二刀：$A \rightarrow E \rightarrow F \rightarrow G \rightarrow A$

第三刀：$A \rightarrow H \rightarrow I \rightarrow J \rightarrow A$

图 4-13（b）是巧妙的将对刀点和换刀点分离，并设于 B 点处，仍按相同的切削用量进行三刀粗车，进给路线安排如下。

第一刀：$B \rightarrow C \rightarrow D \rightarrow E \rightarrow B$
第二刀：$B \rightarrow F \rightarrow G \rightarrow H \rightarrow B$
第三刀：$B \rightarrow I \rightarrow J \rightarrow K \rightarrow B$
显然，是第二种路线最短。

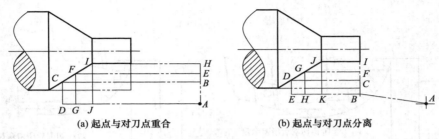

(a) 起点与对刀点重合　　　　　　　　(b) 起点与对刀点分离

图 4-13　合理确定工步起点

（2）合理确定换刀点　在换刀时，为方便和安全起见，通常将换刀点放在对刀点或机床第二参考点，但这会增加空行程的距离。如果在起刀点附近换刀是安全的话，可考虑将换刀点放在起刀点。这对于快速运动速度还是很高的数控机床来说，可显著减小空行程时间。

（3）合理安排"回零"路线　回零指本工步加工完成后让刀具返回对刀点。在手工编制较复杂轮廓的加工程序时，每一工步完成后，进行"回零"，可使计算简化，不易出错且便于校核，但会增加空行程。因此应尽可能少的进行"回零"，在上一工步完成后，刀具直接定位到下一工步起刀点，有利于缩短空行程。

2．最短的切削进给路线

切削进给路线最短可提高生产效率，降低刀具损耗。在安排粗加工、半精加工的切削进给路线时，应兼顾工件的刚性和加工工艺性要求。

常见的切削进给路线有如下三种（如图 4-14 所示）。

（1）"矩形"进给路线：利用数控系统具有的矩形循环功能而安排的"矩形"循环进给路线。适用于棒料毛坯，进给路线较短。可用内外径粗车复合循环、端面粗车复合循环、单一固定循环实现。

（2）"三角形"进给路线：利用数控系统具有的三角形循环功能而安排的"三角形"循环进给路线。适用于棒料毛坯，进给路线较长。可用程序循环或单一固定循环实现。

（3）"仿形"进给路线：利用数控系统具有的封闭式复合循环功能控制车刀沿工件轮廓等距线循环的进给路线。用于铸、锻件毛坯时进给路线较短。可用仿形（封闭）粗车复合循环实现。

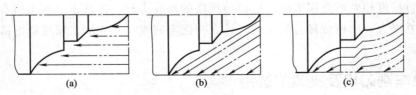

(a)　　　　　　　　(b)　　　　　　　　(c)

图 4-14　常用的切削进给路线

经分析和判断后可知矩形循环进给路线的进给长度总和最短。在同等条件下，其切削所需的时间（不含空行程）最短，刀具的损耗最少。但粗车后的精车余量不够均匀，一般需安排半精加工。

3. 大余量毛坯的切削进给路线

（1）阶梯切削进给路线　如图 4-15 所示为车削大余量工件的两种加工路线，图 4-15（a）是错误的阶梯切削路线，图 4-15（b）按 1～5 顺序切削，每次切削所留的余量相等，是正确的阶梯切削路线。同样背吃刀量的条件下，按图 4-15（a）的方式加工所剩的余量太多。

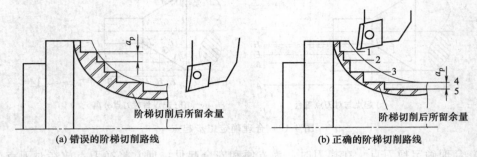

图 4-15　大余量毛坯的阶梯切削进给路线

（2）双向进刀切削进给路线　数控车削加工还可以改用轴向和径向联动双向进刀，顺工件毛坯轮廓进给的路线，如图 4-16 所示。

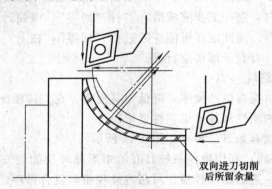

图 4-16　顺工件轮廓双向进给路线

4. 精加工轮廓的进给切削路线

在精加工工序中，零件的最终轮廓应在一次连续走刀中完成。此时，刀具的进、退刀位置要考虑妥当，尽量不要在连续的轮廓中安排切入、切出或换刀及停顿，以免因切削力的突然变化而破坏工艺系统的平衡状态，使工件产生表面划伤、形状突变或滞留刀痕等缺陷。

若各部位精度相差不是很大时，应以最严格的精度为准，连续走刀加工所有部位；若各部位精度相差很大，则精度接近的表面安排在一把刀完成，并先加工精度低的部位，最后加工精度高的部位。

4.4　数控车削刀具及夹具的选用

4.4.1　夹具的选择

数控车床夹具除了通用的三爪自定心卡盘、四爪卡盘和大批量生产使用的自动控制的液压、电动及气动夹具外，还有多种相应的实用夹具，它们主要分为两大类，即轴类零件用的夹具和盘类零件用夹具。下面介绍夹具的典型结构。

1. 外圆定位夹具

（1）三爪自定心卡盘　如图 4-17 所示为三爪自定心卡盘示意图，是最常用的车床通用夹具，其三个卡爪是同步运动的，能自动定心（定心误差在 0.05mm 以内），夹持范围大，一般不需找正，装夹速度较快。但夹紧力小，卡盘磨损后会降低定心精度。用三爪自定心卡盘装夹精加工过的表面应包一层铜皮，以免夹伤工件表面。

三爪卡盘常见的有机械式和液压式两种。液压卡盘装夹迅速、方便，但夹持范围变化小，尺寸变化大时需要重新调整卡爪位置。数控车床常用液压卡盘，液压卡盘还特别适用于批量加工。

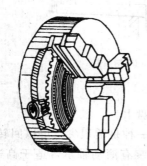

图 4-17　三爪卡盘示意图

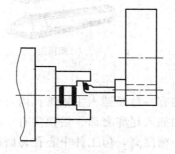

图 4-18　加工软爪

（2）软爪　软爪是一种具有切削性能的夹爪。当成批加工某一工件时，为了提高三爪自定心卡盘的定心精度，可以采用软爪结构。即将黄铜或软钢焊在三个卡爪上，然后根据工件形状和其直径把三个软爪的夹持部分直接在车床上车出来（定心精度只有 0.01～0.02mm），即软爪是在使用前配合被加工工件特别制造的（如图 4-18 所示），如加工成圆弧面、圆锥面或螺纹等形式，可获得理想的夹持精度。

（3）弹簧夹套　弹簧夹套定心精度高，装夹工件快捷方便，常用于精加工的外圆表面定位。弹簧夹套特别适用于尺寸精度较高、表面质量较好的冷拨圆棒料，若配以自动送料器，可实现自动上料。弹簧夹套夹持工件的内孔是标准系列，并非任意直径。

（4）四爪单动卡盘　四爪单动卡盘如图 4-19 所示，它的四个对称分布夹爪各自独立运动，调整工件夹持部位在主轴上的位置，使工件加工面的回转中心与车床主轴的回转中心重合。但找正比较费时，只能用于单件小批量生产。夹紧力大，可以用于大型或形状不规则的工件。

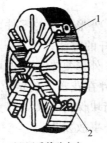

(a) 四爪单动卡盘

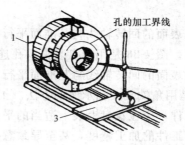

(b) 四爪单动卡盘装夹工件

图 4-19　四爪单动卡盘

1—卡爪；2—螺杆；3—木板

2. 中心孔定位夹具

（1）两顶尖拨盘　轴类零件的加工，坯料装夹在主轴顶尖和尾座顶尖之间，工件由主轴上的拨盘带动旋转。这类夹具在粗车时可以传递足够大的转矩，以适应主轴高速旋转切削。两顶尖装夹工件方便，不需找正，装夹精度高。该装夹方式适用于长度尺寸较大或加工工序较多的轴类工件的精加工，顶尖分前顶尖和后顶尖，如图 4-20 所示。

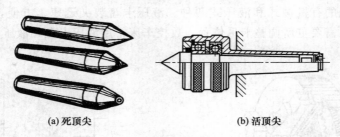

(a) 死顶尖　　　　　　　　(b) 活顶尖

图 4-20　顶尖

前顶尖有一种是插入主轴锥孔内，另一种是夹在卡盘上。

后顶尖插入尾座套筒。后顶尖有一种是死顶尖，另一种是活顶尖，可以回转。死顶尖刚性大，定心精度高，但工件中心孔易磨损。活顶尖内部装有滚动轴承，适于高速切削使用，但定心精度不如死顶尖高。

（2）拨动顶尖　常用的拨动顶尖有内、外拨动顶尖和端面顶尖两种。内、外拨动顶尖如图 4-21 所示，这种顶尖的锥面带齿，能嵌入工件，拨动工件旋转。端面拨动顶尖如图 4-22 所示，这种顶尖利用端面拨爪带动工件旋转，适合装夹工件的直径在 $\phi50\text{mm} \sim \phi150\text{mm}$ 之间。

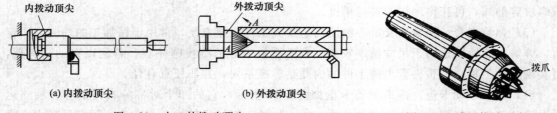

(a) 内拨动顶尖　　　　　　　(b) 外拨动顶尖

图 4-21　内、外拨动顶尖　　　　　　　图 4-22　端面拨动顶尖

3. 复杂、异形工件的装夹

有些形状复杂和不规则的异形工件，不能用三爪卡盘或四爪卡盘装夹，需要借助花盘、角铁等其他工装夹具。

（1）花盘　加工表面的回转轴线与基准面平行、外形复杂的零件可以直接将工件安装在花盘的工作面上加工。图 4-23 是用花盘装夹双孔连杆的方法。

（2）角铁　加工表面的回转轴线与基准面平行、外形复杂的零件可以安装在花盘的角铁上加工。如图 4-24 是用角铁装夹轴承座的方法。工件在花盘上的定位要用划针盘等找正。

对于不规则的工件，应在花盘上装上适当的平衡块保持平衡，以免因花盘重心与机床回转中心不重合而影响工件的加工精度，甚至导致意外事故发生。

4.4.2　数控车刀的类型

数控车床对刀具提出了更高的要求，不仅要求精度高、刚性好、装夹调整方便，而且要求切削性能强、耐用度高。刀具选择的合理与否影响机床的加工效率和加工质量。

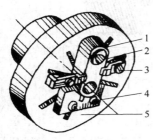

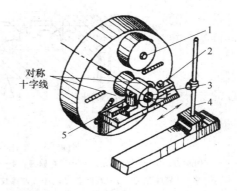

图 4-23　花盘上装夹双孔连杆　　　　　图 4-24　角铁上装夹和找正轴承座

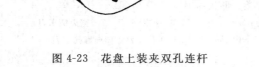

1—连杆；2—圆形压板；3—压板；4—V形架；5—花盘　　　1—平衡铁；2—轴承座；3—角铁；4—划针盘；5—压板

1. 常用车刀种类和用途

数控车削常用的刀具一般分为三类，即尖形车刀、圆弧形车刀和成形车刀。

（1）尖形刀具　以直线形切削刃为特征的车刀一般称为尖形车刀。这类车刀的刀尖（同时也是刀位点）由直线形的主、副切削刃构成，如 90°内外圆车刀、左右端面车刀、切断（切槽）车刀以及刀尖倒棱很小的各种外圆和内孔车刀。

主要适用于零件轮廓由一个独立的刀尖或直线形主切削刃位移后得到。

（2）圆弧形车刀　圆弧形车刀是较为特殊的数控加工用车刀（如图 4-25 所示）。其特征是构成主切削刃的刀刃形状为一圆度误差或线轮廓误差很小的圆弧，该圆弧刃每一点都是圆弧形车刀的刀尖。因此，刀位点不在圆弧上，而在该圆弧的圆心上。

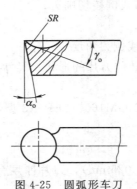

图 4-25　圆弧形车刀

圆弧形车刀可以用于车削内、外表面，特别适宜于车削各种光滑连接（凹形）的成形面。

（3）成形车刀　成形车刀俗称样板车刀，其加工零件的轮廓形状完全由车刀刀刃的形状和尺寸决定。常见的车削成形刀具有小半径圆弧车刀、非矩形切槽刀和螺纹车刀等。在数控加工中，尽量不用成形车刀，当确有必要选用时，在工艺文件或加工程序上进行详细说明。

图 4-26 给出了常用车刀的种类、形状和用途。

2. 可转位刀片的标记

数控机床用的刀具材料主要是硬质合金，必须了解硬质合金可转位刀片的运用。

硬质合金可转位刀片的型号，按国际标准 ISO 1832—1985，是由 10 位字符串组成的，

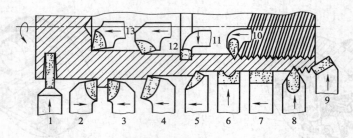

图 4-26　常用车刀的种类、形状和用途

1—切断刀；2—90°左偏刀；3—90°右偏刀；4—弯头车刀；5—直头车刀；6—成形车刀；7—宽刃精车刀；

8—外螺纹车刀；9—端面车刀；10—内螺纹车刀；11—内槽车刀；12—通孔车刀；13—盲孔车刀

其排列如下：

1　2　3　4　5　6　7　8—9　10

以上型号中每一位字符串代表刀片某种参数的意义如下：

1——刀片的几何形状及其夹角；

2——刀片主切削刃后角（法后角）；

3——公差，表示刀片内接圆 d 与厚度 s 的精度级别；

4——刀片形状、固定方式或断屑槽；

5——刀片边长、切削刃长；

6——刀片厚度；

7——修光刃，刀尖圆角半径或主偏角 κ_r 或修光刃后角 α_n；

8——切削刃状态，尖角切削刃或倒棱切削刃；

9——进刀方向或刀刃宽度；

10——各刀具公司的补充符号或倒刃角度。

GB 2076—1987 规定了我国可转位刀片的形状、尺寸、精度、结构特点等，其标记如表 4-1 所示。

【例 4-2】　车刀可转位刀片：SNGM160612ER-A3 型号表示的含义。

S——四方形刀片；

N——法后角为 0°；

G——刀尖位置尺寸公差（±0.025mm），刀片厚度允差（±0.13mm），内接圆公称直径允差（±0.025mm）；

M——一面有断屑槽，有中心定位孔；

16——切削刃长；

06——刀片厚度；

12——刀尖圆角半径 1.2mm；

E——倒圆刀刃；

R——右手刀；

A3——A 型断屑槽，断屑槽宽 3.2～3.5mm。

3. 机夹可转位车刀的选用

数控车床一般选用机夹式车刀，把经过研磨的多边形可转位刀片用夹紧组件夹在刀杆上，其夹紧方式如图 4-27 所示。车刀刀片每边都有切削刃，当某切削刃磨损钝化后，只需松

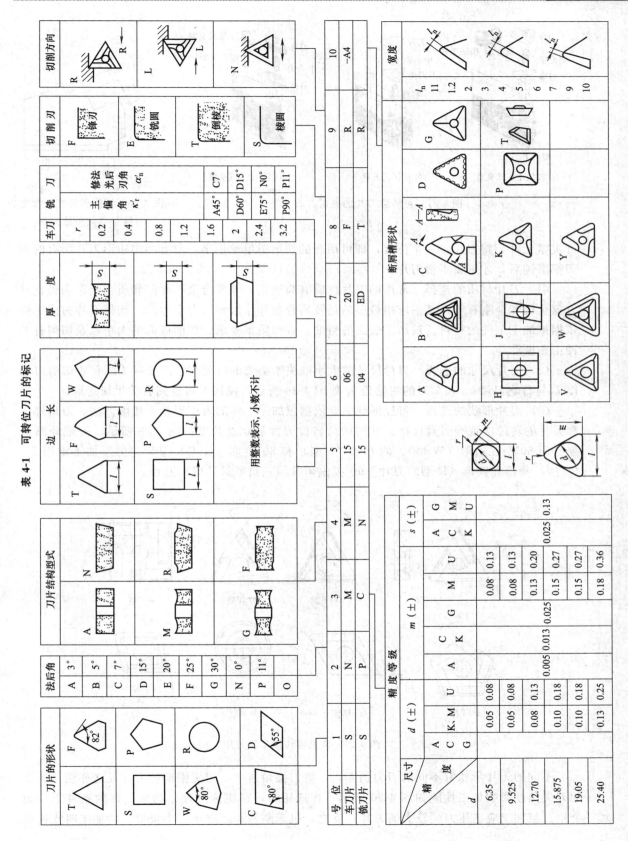

表 4-1　可转位刀片的标记

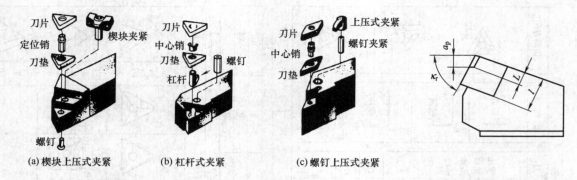

图 4-27　可转位刀片的夹紧方式

图 4-28　切削刃长度、背吃
刀量与主偏角的关系

开夹紧元件，将刀片转一个位置，即可用新的切削刃继续切削，只有当多边形刀片所有的刀刃都磨钝后，才需要更换刀片。

(1) 刀片材质的选择　常用的刀片材质有高速钢、硬质合金、涂层硬质合金、陶瓷、立方氮化硼和金刚石等，其中应用最多的是硬质合金和涂层硬质合金刀片。选择刀片材质主要依据被加工工件的材料、被加工表面的精度、表面质量要求、切削载荷的大小以及切削有无冲击和振动等。

(2) 刀片尺寸的选择　刀片尺寸的大小取决于必要的有效切削刃长度 L。有效切削刃长度 L 与背吃刀量 a_p 和车刀的主偏角 κ_r 如图 4-28 所示，使用时可查阅有关手册选取。

(3) 刀片形状的选择　刀片形状主要依据被加工工件的表面形状、切削方法、刀具寿命和刀片的转位次数等因素选择。常用的可转位刀片形状及角度如图 4-29 所示。一般外圆车削常用 80°凸三边形（W 型）、四方形（S 型）和 80°菱形（C 型）刀片。仿形加工常用 55°（D 型）菱形和圆形（R 型）刀片。90°主偏角常用三角形（T 型）刀片。

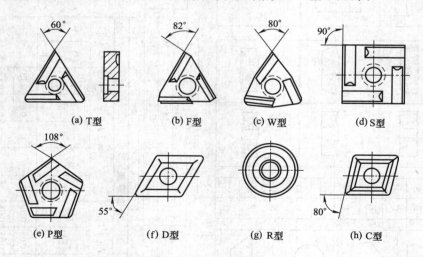

(a) T 型　　(b) F 型　　(c) W 型　　(d) S 型

(e) P 型　　(f) D 型　　(g) R 型　　(h) C 型

图 4-29　常见可转位车刀刀片

不同的刀片形状有不同的刀尖强度，一般刀尖角越大，刀尖强度越大，反之亦然。通常的刀尖角度影响加工性能如图 4-30 所示。在选用时，在机床刚性、功率允许的条件下，大余量、粗加工应选用刀尖较大的刀片；反之，机床刚性和功率小、小余量、精加工时宜选用

切削刃强度增强,振动加大

通用必增强,所需功率减小

图 4-30　刀片形状、刀尖角度与性能关系

较小刀尖的刀片。

（4）刀尖圆弧半径的选择　刀尖圆弧半径的大小直接影响刀尖的强度及被加工零件的表面粗糙度。刀尖圆弧半径大，表面粗糙度增大，切削力增大且易产生振动，切削性能变坏，但刀刃强度增加，刀具前后面磨损减少。通常在切深较小的精加工、细长轴加工、机床刚度较差情况下，选用刀尖圆弧半径较小些；而在需要刀刃强度高、工件直径大的粗加工中，选用刀尖圆弧半径大些，一般选进给量的 2～3 倍。

（5）刀杆头部形式的选择　刀杆头部形式按主偏角和直头、弯头分为 15～18 种。有直角台阶的工件，可选主偏角大于或等于 90°的刀杆。一般粗车可选主偏角 45°到 107.5°的刀杆；工艺系统刚性好时可选较小值，工艺系统刚性差时可选较大值。当刀杆为弯头结构时，则既可加工外圆，又可加工端面。如图 4-31 所示为几种不同主偏角车刀车削加工的示意图，图中箭头表示车削时车刀的进给方向。

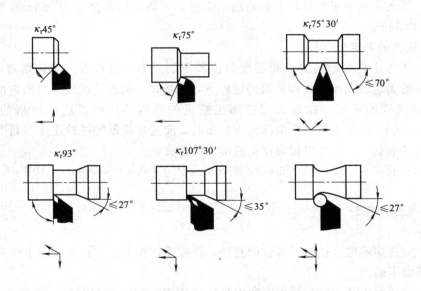

图 4-31　不同主偏角车刀车削加工的示意图

（6）断屑槽的选择　断屑槽的参数直接影响着切屑的卷曲和折断，目前刀片的断屑槽形式较多，各种断屑槽刀片使用情况不同。槽形根据加工类型和加工对象的材料来确定，各供应商表示方法不一样，但思路都一样：基本槽形按加工类型有精加工（代码 F）、普通加工（代码 M）和粗加工（代码 R）；加工材料按国际标准有加工钢的 P 类，不锈钢、合金钢的M 类和铸铁的 K 类。比如 FP 就指用于钢的精加工槽形，MK 是用于铸铁普通加工的槽形等。如果加工向两方向扩展，如材料扩展有耐热合金、铝合金、有色金属等，加工类型扩展就有超精加工、重型粗加工等的补充槽形，选择时可以查阅具体的产品样本。

4.5　切削用量的选择

数控车床加工中的切削用量包括：背吃刀量 a_p、进给速度 v_f，进给量 f、主轴转速 n 或切削速度 v_c（用于恒线速切削）。其确定原则与普通机床相似，具体数据应在数控机床说明书给定的允许的范围内选取，或根据金属切削原理中规定的方法及原则选取：粗车时，首先考虑选择一个尽可能大的背吃刀量 a_p，其次选择一个较大的进给量 f，最后确定一个合适的切削速度 v_c。增大背吃刀量 a_p 可使走刀次数减少，增大进给量 f 有利于断屑，因此根据以上原则选择粗车切削用量对于提高生产效率，减少刀具消耗，降低加工成本是有利的。

精车时，加工精度和表面粗糙度要求较高，加工余量不大且较均匀，因此选择精车切削用量时，应着重考虑如何保证加工质量，并在此基础上尽量提高生产率。因此精车时应选用较小（但不太小）的背吃刀量 a_p 和进给量 f，并选用切削性能高的刀具材料和合理的几何参数，以尽可能提高切削速度 v_c。

4.5.1　背吃刀量 a_p 的确定

背吃刀量 a_p 主要根据机床、夹具、刀具和工件所组成的加工工艺系统的刚性来确定。在系统刚性允许的情况下，a_p 相当于加工余量，应以最少的进给次数切除这一加工余量，最好一次切净余量，以提高生产效率。为了保证加工精度和表面粗糙度，一般都留有一定的精加工余量，其大小可小于普通加工的精加工余量，一般半精车余量为 0.5mm 左右，精车余量为 0.1～0.5mm。

4.5.2　进给量 f 的确定

进给量 f 的大小直接影响表面粗糙度的值和车削效率，有些数控机床用进给速度 v_f，因此进给速度的确定应在保证表面质量的前提下，选择较高的进给速度。进给速度包括纵向进给速度和横向进给速度。在保证工件加工质量的前提下，可以选择较高的进给速度（2000mm/min 以下）。在切断、车削深孔或精车时，应选择较低的进给速度。当刀具空行程特别是远距离"卡盘"时，可以设定尽量高的进给速度。

粗车时，一般取 $f=0.3～0.8$mm/r，精车时常取 $f=0.1～0.3$mm/r，切断时 $f=0.05～0.2$mm/r。

4.5.3　主轴转速的确定

1. 主轴转速

主轴转速应根据零件上被加工部位的直径，并按零件和刀具材料以及加工性质等条件所允许的切削速度来确定。

切削速度是切削用量中对切削加工影响最大的因素。增大切削速度，可提高切削效率，减小表面粗糙度值，但却使刀具耐用度降低。因此，要综合考虑切削条件和要求，选择适当的切削速度。切削速度除了计算和查表选取外，还可以根据实践经验确定。需要注意的是，交流变频调速的数控车床低速输出力矩小，因而切削速度不能太低。

切削速度确定后，用下列计算公式计算主轴转速 n(r/min)

$$n=\frac{1000v_c}{\pi d} \tag{4-1}$$

式中　n——工件或刀具的转速，r/min；

　　　v_c——切削速度，m/min；

d——切削刃选定点处所对应的工件或刀具的回转直径，mm。

表 4-2 为硬质合金外圆车刀切削速度的参考值。

如何确定加工时的切削速度，除了可参考表 4-2 列出的数值外，主要根据实践经验进行确定。

表 4-2　硬质合金外圆车刀切削速度的参考值

工件材料	热处理状态	a_p/mm		
		(0.3,2)	(2,6)	(6,10)
		f/(mm/r)		
		(0.08,0.3)	(0.3,0.6)	(0.6,1)
		v_c/(m/min)		
低碳钢、易切钢	热轧	140～180	100～120	70～90
中碳钢	热轧	130～160	90～110	60～80
	调质	100～130	70～90	50～70
合金结构钢	热轧	100～130	70～90	50～70
	调质	80～110	50～70	40～60
工具钢	退火	90～120	60～80	50～70
灰铸铁	HBS<190	90～120	60～80	50～70
	HBS=190～225	80～110	50～70	40～60
高锰钢			10～20	
铜及铜合金		200～250	120～180	90～120
铝及铝合金		300～600	200～400	150～200
铸铝合金(w_{si}13%)		100～180	80～150	60～100

2. 车螺纹时主轴的转速

在车削螺纹时，车床的主轴转速将受到螺纹的螺距 P（或导程）大小、驱动电机的升降频特性以及螺纹插补运算速度等多种因素影响，故对于不同的数控系统，推荐不同的主轴转速选择范围。如大多数经济型数控车床推荐车螺纹时的主轴转速 n 为

$$n \leqslant \frac{1200}{P} - k \tag{4-2}$$

式中　n——主轴转速，r/min；

P——被加工螺纹螺距，mm；

k——保险系数，一般取为 80。

4.6　典型零件的数控车削工艺

1. 实例一：轴类零件的数控车削工艺

典型轴类零件如图 4-32 所示，零件材料为 45 钢，无热处理和硬度要求，试对该零件进行数控车削工艺分析。

（1）零件图工艺分析　该零件表面由圆柱、圆锥、顺时针圆弧、逆时针圆弧及螺纹等表面组成。其中多个直径尺寸有较严的尺寸精度要求，但表面粗糙度要求一般。图样给出几何条件较为充分，尺寸标注完整，轮廓描述清楚，可直接作为编程数值直接采用。零件材料为

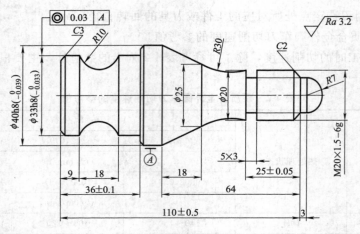

图 4-32　典型轴类零件

45 钢，无热处理和硬度要求。

通过上述分析，可采用以下几点工艺措施。

① 对图样上给定的几个精度要求较高的尺寸，因其公差数值较小，故编程时不必取平均值，而全部取其基本尺寸即可。

② 左右端面均为多个尺寸的设计基准，相应工序加工前，应该先将左右端面车削完毕。

③ 左右两端面加工时需掉头装夹，而且掉头装夹必须先车左端面并保证工件同轴度。

（2）选择设备　根据被加工零件的外形和材料等条件，选用 BEIJING-FANUC 0i mate 数控车床。

（3）确定零件的定位基准和装夹方式

① 定位基准。此零件加工需分两道工序，首先确定坯料轴线和右端面毛坯（设计基准）为定位基准，粗精车左侧轮廓；再以左端面和 φ33h8 外圆为定位基准精车右侧轮廓。

② 装夹方法。左右端采用三爪自定心卡盘定心夹紧。

（4）确定加工顺序　加工顺序按先加工右端面作为精基准，再由粗到精车削左端（图4-33）、再车削右端（图4-34）的原则，最后车削螺纹的加工顺序。

BEIJING-FANUC 0i mate 数控车床具有粗精车循环和车螺纹循环功能，只要正确使用编程指令，机床数控系统就会自动确定其进给路线。

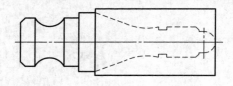

图 4-33　粗精车左端

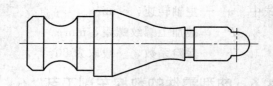

图 4-34　粗精车右端

（5）刀具选择

① 选用 90°硬质合金刀粗车左右两端。

② 选用 75°硬质合金刀，粗精加工左端 R10 圆弧。为防止副后刀面与工件轮廓干涉（可用作图法检验），副偏角不宜太小，

③ 精车选用 90°硬质合金刀，车螺纹选用硬质合金 60°外螺纹车刀，刀尖圆弧半径应小

于轮廓最小圆角半径，取 $r_\varepsilon = 0.15 \sim 0.2$mm。

　　将所选定的刀具参数填入数控加工刀具卡片中，见表 4-3，以便编程和操作管理。

表 4-3　数控加工刀具卡片

产品名称或代号		×××		零件名称	典型轴	零件图号	×××
序号	刀具号	刀具规格名称	数量		加工表面		备注
1	T01	硬质合金 90°外圆车刀	1		车端面及粗车轮廓		
2	T02	硬质合金 75°外圆车刀	1		粗精加工左端 $R10$ 圆弧		右偏刀
3	T03	硬质合金 90°外圆车刀	1		精车轮廓		右偏刀
4	T04	硬质合金 60°外螺纹车刀	1		车螺纹		
编制	×××	审核	×××	批准	×××	共　页	第　页

　　(6) 切削用量选择

　　① 背吃刀量的选择。轮廓粗车循环时选 $a_p = 2$mm，精车 $a_p = 0.25$mm；螺纹粗车时选 $a_p = 0.4$mm，逐刀减少，精车 $a_p = 0.1$mm。

　　② 主轴转速的选择。车直线和圆弧时，查表 4-2 选粗车切削速度 $v_c = 90$m/min、精车切削速度 $v_c = 120$m/min，然后利用式（4-1）计算主轴转速 n（粗车直径 $d = 60$mm，精车工件直径取平均值）：粗车 750r/min、精车 1200r/min。车螺纹时，参照式（4-2）计算主轴转速 $n = 500$r/min。

　　③ 进给速度的选择。选择粗车、精车每转进给量，再根据加工的实际情况确定粗车每转进给量为 0.4mm/r，精车每转进给量为 0.1mm/r，最后根据公式 $v_f = nf$ 计算粗车、精车进给速度分别为 200mm/min 和 100mm/min。

　　综合前面分析的各项内容，并将其填入表 4-4 所示的数控加工工艺卡片。此表是编制加工程序的主要依据和操作人员配合数控程序进行数控加工的指导性文件。主要内容包括：工步顺序、工步内容、各工步所用的刀具及切削用量等。

表 4-4　典型轴类零件数控加工工艺卡片

单位名称	×××	产品名称或代号			零件名称		零件图号	
		×××			典型轴		×××	
工序号	程序编号	夹具名称			使用设备		车间	
001	×××	三爪卡盘和活动顶尖			CKA6150 数控车床		数控中心	
工步号	工步内容	刀具号	刀具规格 /mm×mm	主轴转速 /(r/min)	进给速度 /(mm/min)	背吃刀量 /mm	备注	
1	平端面	T01	20×20	750	1200		手动	
2	粗车左端轮廓	T01	20×20	750	200	2	自动	
3	精车左端轮廓	T02	20×20	1200	100	0.25	自动	
4	粗车左端 R10	T03	20×20	750	100	1	自动	
5	精车左端 R10	T03	20×20	1200	80	0.2	自动	
6	粗车右端轮廓	T01	20×20	750	200	2	自动	
7	精车右端轮廓	T02	20×20	1200	100	0.25	自动	
8	粗车螺纹	T04	20×20	500	1000	0.4	自动	
9	精车螺纹	T04	20×20	500	1000	0.1	自动	
编制	×××	审核	×××	批准	×××	年　月　日	共　页	第　页

2. 实例二：套类零件的数控车削工艺

如图 4-35 所示为典型轴套类零件，该零件材料为 45 钢，无热处理和硬度要求，试对该零件进行数控车削工艺分析（单件小批量生产）。

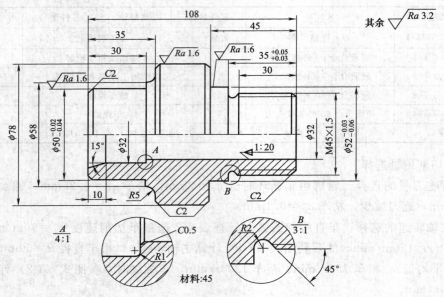

图 4-35 轴承套零件

（1）零件图工艺分析 该零件表面由内外圆柱面、内圆锥面、顺圆弧、逆圆弧及螺纹等表面组成，其中多个直径尺寸与轴向尺寸有较高的尺寸精度、表面粗糙度和形位公差要求。零件图尺寸标注完整，符合数控加工尺寸标注要求；轮廓描述清楚完整；零件材料为 45 钢，加工切削性能较好，无热处理和硬度要求。

通过上述分析，采用以下几点工艺措施。

① 对图样上带公差的尺寸，因公差值较小，故编程时不必取平均值，而取基本尺寸即可。

② 左右端面均为多个尺寸的设计基准，相应工序加工前，应该先将左右端面车出来。

③ 内孔尺寸较小，镗 1∶20 锥孔与镗 ϕ32 孔及 15°锥面时需掉头装夹。

（2）选择设备 根据被加工零件的外形和材料等条件，选用 CJK6240 数控车床。

（3）确定零件的定位基准和装夹方式

① 内孔加工。

定位基准：内孔加工时以外圆定位。

装夹方式：用三爪自动定心卡盘夹紧。

② 外轮廓加工。

定位基准：确定零件轴线为定位基准。

装夹方式：加工外轮廓时，为保证一次安装加工出全部外轮廓，需要设一圆锥心轴装置（见图 4-36 双点画线部分），用三爪卡盘夹持心轴左端，心轴右端留有中心孔并用尾座顶尖顶紧以提高工艺系统的刚性。

（4）确定加工顺序及进给路线 加工顺序的确定按由内到外、由粗到精、由近到远的原则确定，在一次装夹中尽可能加工出较多的工件表面。结合本零件的结构特征，可先加工内孔各表面，然后加工外轮廓表面。由于该零件为单件小批量生产，走刀路线设计不必考虑最短进给路线或最短空行程路线，外轮廓表面车削走刀路线可沿零件轮廓顺序进行（见图 4-37）。

（5）刀具选择　将所选定的刀具参数填入表 4-5 轴承套数控加工刀具卡片中，以便于编程和操作管理。注意：车削外轮廓时，为防止副后刀面与工件表面发生干涉，应选择较大的副偏角，必要时可作图检验。本例中选 $\kappa_r' = 55°$。

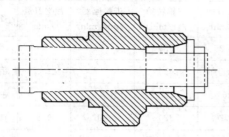

图 4-36　外轮廓车削装夹方案

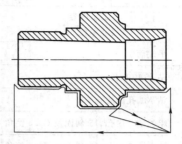

图 4-37　外轮廓加工走刀路线

表 4-5　轴承套数控加工刀具卡片

产品名称或代号		×××		零件名称	轴承套	零件图号	×××
序号	刀具号	刀具规格名称		数量	加工表面		备注
1	T01	45°硬质合金端面车刀		1	车端面		
2	T02	ϕ5mm 中心钻		1	钻 ϕ5mm 中心孔		
3	T03	ϕ26mm 钻头		1	钻底孔		
4	T04	镗刀		1	镗内孔各表面		
5	T05	93°右手偏刀		1	从右至左车外表面		
6	T06	93°左手偏刀		1	从左至右车外表面		
7	T07	60°外螺纹车刀		1	车 M45 螺纹		
编制	×××	审核	×××	批准	×××	年 月 日	共　页　　第　页

（6）切削用量选择　根据被加工表面质量要求、刀具材料和工件材料，参考切削用量手册或有关资料选取切削速度与每转进给量，然后利用公式 $v_c = \pi dn/1000$ 和 $v_f = nf$，计算主轴转速与进给速度（计算过程略），计算结果填入表 4-6 工序卡中。

背吃刀量的选择因粗、精加工而有所不同。粗加工时，在工艺系统刚性和机床功率允许的情况下，尽可能取较大的背吃刀量，以减少进给次数；精加工时，为保证零件表面粗糙度要求，背吃刀量一般取 0.1～0.4mm 较为合适。

（7）数控加工工艺卡片拟订　将前面分析的各项内容综合成表 4-6 所示的数控加工工艺卡片。

车削用量的选择原则是：粗车时，首先考虑选择一个尽可能大的背吃刀量，其次选择一个较大的进给量，最后确定一个合适的切削速度。精车时，加工精度和表面粗糙度要求较高，加工余量不大且较均匀，因此选择精车切削用量时，应着重考虑如何保证加工质量，并在此基础上尽量提高生产率。

通过本章对数控车削加工工艺的制订方法和轴类、套类等典型零件的数控工艺分析的学习，希望能掌握如何编制中等复杂程度零件的数控车削与数控车削中心加工工艺。

表 4-6 轴承套数控加工工艺卡片

单位名称	×××	产品名称或代号			零件名称		零件图号
		×××			轴承套		×××
工序号	程序编号	夹具名称			使用设备		车间
001	×××	三爪卡盘和自制心轴			CJK6240 数控车床		数控中心
工步号	工步内容 （尺寸单位 mm）		刀具号	刀具、刀柄 规格/mm	主轴转速 /(r/min)	进给速度 /(mm/min)	背吃刀量 /mm	备注
---	---	---	---	---	---	---	---	---
1	平端面		T01	25×25	320		1	手动
2	钻 $\phi5$ 中心孔		T02	$\phi5$	950		2.5	手动
3	钻 $\phi32$ 孔的底孔 $\phi26$		T03	$\phi26$	200		13	手动
4	粗镗 $\phi32$ 内孔、15°斜面及 $C0.5$ 倒角		T04	20×20	320	40	0.8	自动
5	精镗 $\phi32$ 内孔、15°斜面及 $C0.5$ 倒角		T04	20×20	400	25	0.2	自动
6	掉头装夹粗镗 1∶20 锥孔		T04	20×20	320	40	0.8	自动
7	精镗 1∶20 锥孔		T04	20×20	400	20	0.2	自动
8	心轴装夹从右至左粗车外轮廓		T05	25×25	320	40	1	自动
9	从左至右粗车外轮廓		T06	25×25	320	40	1	自动
10	从右至左精车外轮廓		T05	25×25	400	20	0.1	自动
11	从左至右精车外轮廓		T06	25×25	400	20	0.1	自动
12	卸心轴，改为三爪装夹，粗车 M45 螺纹		T07	25×25	320	1.5mm/r	0.4	自动
13	精车 M45 螺纹		T07	25×25	320	1.5mm/ r	0.1	自动
编制	×××	审核	×××	批准	×××	年 月 日	共 页	第 页

习 题

4-1 数控车削的主要加工对象有哪些？

4-2 数控车削对刀具有哪些要求？如何合理选择数控车床刀具？

4-3 在数控车床上加工零件，分析零件图样主要考虑哪些方面？

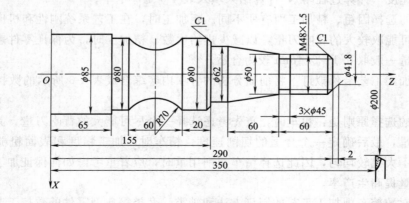

图 4-38 车削轴类零件

4-4　如何确定数控车削的加工顺序？

4-5　在数控车床上加工时，选择粗车、精车切削用量的原则是什么？

4-6　加工轴类零件如图 4-38，毛坯为 $\phi85mm \times 340mm$ 棒材，零件材料为 45 钢，无热处理和硬度要求，图中 $\phi85mm$ 外圆不加工。对该零件进行精加工。根据图纸要求和毛坯情况，编制该零件数控车削工艺。

第 5 章 数控铣削及加工中心加工工艺

【内容提要及学习要求】

数控铣床是以铣削为主要加工方式的数控机床，数控铣床是最早出现的一种数控机床。加工中心是将数控铣床、数控镗床、数控钻床的功能集于一体，并装有刀库和自动换刀装置的数控镗铣床。数控铣床和加工中心在汽车、航空航天、模具等行业得到了广泛的应用。

本章主要介绍数控铣床和加工中心的结构，加工范围以及制订数控铣削加工工艺的方法，并通过实例对数控铣削加工工艺设计进行了详细的阐述。通过本章内容的学习，加深对数控铣削加工工艺的理解，掌握编制零件的数控铣削加工工艺的方法。

5.1 数控铣床和加工中心概述

数控铣床是最早产生的一种数控机床，以主轴位于垂直方向的立式铣床居多，主轴上安装刀具，刀具旋转运动为主运动，工件装于工作台上，工作台作进给运动。在数控铣床上可以完成各类复杂平面、曲面和壳体类零件的加工，如各种模具、样板、凸轮、箱体等。

为了进一步提高数控机床的自动化程度，人们在数控机床上增加刀库和换刀机械手，统称为自动换刀装置（ATC），构成加工中心（Machining Center，简称 MC）。目前加工中心多以铣、钻、镗功能复合型为主，有立式和卧式之分。工件一次装夹后能完成铣、钻、镗、攻丝等多道工序加工；如果带有分度工作台，则在一次安装后还能完成多个侧面的加工，实现了工序高度集中；如果配置数控转台，还能在圆柱表面上铣削出凸轮曲线槽。加工中心的精度高、自动化程度高、生产率也高，所以在现代化生产中得到了广泛的应用。

5.1.1 数控铣床

数控铣床是以铣削为加工方式的数控机床，世界上第一台数控机床就是数控铣床。由于数控铣削工艺最为复杂，因此人们把铣削加工作为研究和开发数控系统的重点，现在应用广泛的加工中心就是在数控铣床的基础上发展起来的。数控铣床在汽车、航空航天、模具等行业得到了广泛的应用。一般的数控铣床是指规格较小的升降台式数控铣床，其工作台宽度在400mm 以下，规格较大的数控铣床（如工作台宽度在 500mm 以上的），其功能已向加工中心靠近，进而演变成柔性加工单元。

数控铣床主要有立式铣床、卧式铣床和立、卧两用数控铣床。

1. 数控立式铣床

其主轴垂直于水平面。数控立式铣床是数控铣床中数量最多的一种，应用范围也最为广泛。小型数控铣床一般采用工作台移动、升降即主轴不动方式，与普通立式升降台铣床结构相似；中型数控立式铣床一般采用纵向和横向工作台移动方式，且主轴沿垂直溜板上下运动；如图 5-1 所示。大型数控立式铣床，因要考虑到扩大行程、缩小占地面积及提高刚性等技术要求，往往采用龙门架移动式，其主轴可以在龙门架的横梁和垂直溜板上运动，而龙门架则沿铣床床身做纵向移动，这类结构又称之为龙门数控铣床，如图 5-2 所示。

从机床数控系统控制的坐标数量来看，目前三坐标数控立式铣床占大多数，一般可进行三坐标联动加工，但也有部分机床只能进行三坐标中的任意两个坐标的联动加工（常称为 $2\frac{1}{2}$ 坐标加工）。此外，还有机床主轴可以绕 X、Y、Z 坐标中的一个或两个轴做数控摆动的四坐标或五坐标数控立式铣床，图 5-2 所示为五坐标龙门数控铣床。

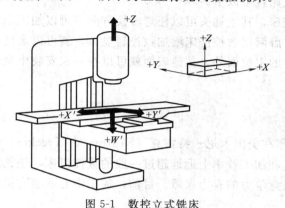

图 5-1　数控立式铣床

一般来说，机床控制的坐标轴越多，特别是要求联动的坐标轴越多，机床的功能、加工范围及可选择的加工对象就越多。但随之带来的是机床的结构更加复杂，对数控系统的要求更高，编程难度更大，设备的价格也更高。

2. 卧式数控铣床

其主轴平行于水平面。为了扩大加工范围和扩充功能，卧式数控铣床通常采用增加数控转盘或万能数控转盘来实现 4 坐标或 5 坐标加工，如图 5-3 所示。这样，不但工件侧面上的连续回转轮廓可以加工出来，而且可以在一次安装中，通过转盘改变工位，进行"四面加工"。尤其是万能数控转盘可以把工件上各种不同角度或空间角度的加工面摆成水平来加工，可以省去许多专用夹具或成形铣刀。对箱体类零件或需要在一次安装中改变工位的工件来说，选择带数控转盘的数控卧式铣床进行加工是非常合适的。

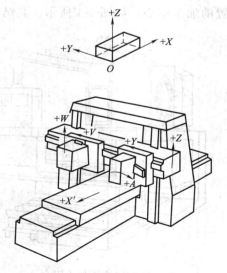

图 5-2　龙门式数控铣床

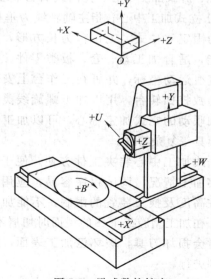

图 5-3　卧式数控铣床

3. 立、卧两用数控铣床

这类铣床目前正在逐渐增多，它的主轴方向可以转换，使得在一台机床上既可以进行立式加工，又可以进行卧式加工，其使用范围更广，功能更全，选择的加工对象和余地更大，给用户带来很多方便，特别是当生产批量小，品种较多，又需要立、卧两种方式加工时，用户只需要一台这样的机床就可以了。

立、卧两用数控铣床，其主轴头可以任意转换方向，可以加工出与水平面呈各种不同角度的工件表面。当立、卧两用数控铣床增加数控转盘后，就可以实现对工件的"五面加工"，即除了工件与转盘贴合的定位面外，其他表面就可以在一次安装中全部加工。因此，其加工性能非常优越。

5.1.2　加工中心

1. 加工中心简介

加工中心自1958年在美国卡尼—特雷克（Kearney & Trecker）公司问世，由于它在加工的柔性、自动化程度和加工效率上远远超过一般的数控机床，使其成为各国争先发展的对象，也是企业具有较强竞争力的有力保障。目前，加工中心的拥有量已成为判断企业技术能力和工艺水平的标志之一。

加工中心是为了更加适应制造业的柔性化生产，而在一般数控机床上发展起来的工序更加集中、具有刀库和自动换刀机械手且配备各种类型和不同规格的刀具和检具的数控机床。在加工中心上工件一次装夹后可自动连续地对工件加工表面完成铣削、钻削、镗削、攻丝等多种工艺内容。区别加工中心和单独的数控机床（CNC）的两个特征就是多功能组合和自动换刀的能力。

2. 加工中心的分类

目前使用最多的有车削加工中心和镗铣加工中心。车削加工中心与一般数控车床的主要区别就在于车削加工中心上有多种自驱动刀具（如铣削头，钻削头等）并能对主轴进行伺服控制。通常说的加工中心实际上就是指镗铣类和钻铣类加工中心。

（1）按主轴在空间所处状态分类　按机床主轴在空间所处状态可将加工中心分为立式加工中心、卧式加工中心、龙门式加工中心和复合加工中心三大类。

① 立式加工中心。指主轴轴线为垂直状态设置的加工中心，如图5-4所示。其结构形式多为固定立柱式，工作台为长方形，无分度回转功能，适合加工盘、套、板类零件。一般具有三个直线运动坐标，并可在工作台上安装一个水平轴的数控回转台，用以加工螺旋线类零件。对于五轴联动的立式加工中心，可以加工汽轮机叶片、模具等复杂零件。

立式加工中心装夹工件方便，便于操作，易于观察加工情况，调试程序容易，应用广泛。但受立柱高度及换刀装置的限制，不能加工太高的零件。在加工型腔或下凹的型面时切屑不易排出，严重时会损坏刀具，破坏已加工表面，影响加工的顺利进行。

立式加工中心的结构简单，占地面积小，价

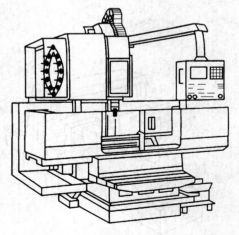

图5-4　立式加工中心

格相对较低。

② 卧式加工中心。指主轴轴心线为水平状态的加工中心，如图 5-5 所示。通常都带有可进行分度回转运动的正方形分度工作台。卧式加工中心一般具有 3～5 个运动坐标，常见的是三个直线运动坐标（沿 X、Y、Z 轴方向）加一个回转运动坐标（回转工作台），它能够使工件在一次装夹后完成除安装面和顶面以外的其余四个面的加工，最适合加工复杂的箱体类零件。

卧式加工中心有多种形式，如固定立柱式或固定工作台式。固定立柱式的卧式加工中心的立柱固定不动，主轴箱沿立柱做上下运动，而工作台可在水平面内做前后、左右两个方向的移动；固定工作台式的卧式加工中心，安装工件的工作台是固定不动的（不作直线运动），沿坐标轴三个方向的直线运动由主轴箱和立柱移动来实现。

卧式加工中心调试程序及试切时不易观察，加工时不易监视，零件装夹和测量不方便。但加工时排屑容易，对加工有利。同立式加工中心相比，卧式加工中心的结构复杂，占地面积大，价格也较高。

③ 龙门式加工中心。如图 5-6 所示，龙门式加工中心的形状与龙门铣床相似，主轴多为垂直设置，除自动换刀装置以外，还带有可更换的主轴头附件，数控装置的软件功能也较齐全，能够一机多用，尤其适用于大型或形状复杂的工件，如飞机上的梁、框、壁板等。

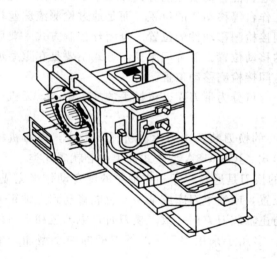

图 5-5　卧式加工中心

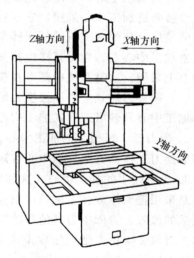

图 5-6　龙门式加工中心

④ 复合加工中心。这类加工中心指立、卧两用加工中心，它既具有立式加工中心的功能，又具有卧式加工中心的功能，工件一次安装后能完成除安装面外的所有侧面和顶面等五个面的加工，又称立卧式加工中心、万能加工中心或五面加工中心。常见的复合加工中心有两种形式，一种是主轴可以旋转 90°作垂直和水平转换，可以进行立式和卧式加工；另一种是主轴不改变方向，而由工作台带着工件旋转 90°，完成对工件五个表面的加工，如图 5-7 所示。

复合加工中心控制系统先进，其加工方式可以使工件的形位误差降到最低，省去了二次装夹的工装，从而提高生产效率，降低加工成本。但是由于五面加工中心存在着结构复杂、造价高、占地面积大等缺点，所以它的使用远不如其他类型的加工中心。

（2）按加工中心数控系统种类分类　按加工中心数字控制伺服系统的控制方式分为半闭

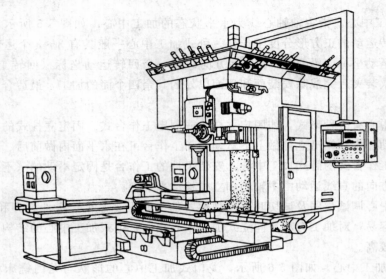

图 5-7　复合加工中心

环控制方式加工中心、全闭环控制方式加工中心、混合伺服控制方式加工中心。半闭环控制方式常被普通加工中心采用，它不直接检测工作台等移动件的位置，而是通过检测滚珠丝杠的回转角度（或伺服电机轴的回转角度）来间接检测移动件的位置。全闭环控制方式主要用在精密加工中心上，它是直接检测移动部件的移动位置。混合伺服控制方式主要是在重型加工中心上采用，这时系统中既有直接检测也有间接检测移动位置。

（3）按换刀形式分类　按换刀形式加工中心可分为带刀库、机械手的加工中心，无机械手的加工中心和转塔刀库式加工中心。

① 带刀库、机械手的加工中心。加工中心的换刀装置由刀库和机械手组成，换刀机械手完成换刀工作。这是加工中心普遍采用的形式。JCS-018A 型立式加工中心就属此类。

② 无机械手的加工中心。这种加工中心的换刀是通过刀库和主轴箱的配合动作来完成。一般是采用把刀库放在主轴箱可以运动到的位置，或整个刀库或某一刀位能移动到主轴箱可以到达的位置。刀库中刀具的存放位置方向与主轴装刀方向一致。换刀时，主轴运动到刀位上的换刀位置，由主轴直接取走或放回刀具。多用于采用 BT40 以下刀柄的中小型加工中心。如 XH754 型卧式加工中心。

③ 转塔刀库加工中心。一般在小型立式加工中心上采用转塔刀库形式，直接由转塔刀库旋转完成换刀。这类加工中心主要以孔加工为主。ZH5120 型立式钻削加工中心就是转塔刀库式加工中心。

无论哪种换刀形式，在进行工艺设计和刀具轨迹设计时，都需要考虑换刀时的动作空间大小，并避免相关部件发生干涉。

（4）按加工精度分类

① 普通加工中心。这类加工中心分辨率为 $1\mu m$，最大进给速度为 $15\sim25m/min$，定位精度为 $10\mu m$ 左右。

② 高精度加工中心。这类加工中心分辨率为 $0.1\mu m$。最大进给速度为 $15\sim100m/min$，定位精度为 $2\mu m$ 左右。

③ 精密加工中心。指定位精度介于 $2\sim10\mu m$ 之间的加工中心。

对于不同加工精度要求的工件，应选用与之相适应的加工中心。考虑机床加工精度的预留量，零件实际加工出的精度数值一般为机床定位精度的 1.5～2 倍。

3. 加工中心的结构特点

为保证加工中心具有高效率、高质量、高稳定性等特性，加工中心在结构上采取了许多措施，与普通数控机床在结构上有以下不同的特点。

（1）机床的刚度好，抗振性好。

（2）机床的传动系统结构简单、传动精度高、灵敏度高。

（3）主轴系统结构简单，无齿轮箱变速系统（特殊的也只保留 1～2 级齿轮传动）。

（4）加工中心导轨都采用了耐磨损材料和新结构，在高速重载切削下，保证运动部件不振动，低速进给时不爬行及运动中的高灵敏度。

（5）设置有刀库和换刀机构。加工中心是在数控镗床或数控铣削的基础上增加了存放不同数量的各种刀具或检具的刀库和自动换刀装置，在加工过程中能够由程序或手动控制自动选择和更换刀具，工件在一次装夹中，可以连续进行钻孔、扩孔、铰孔、镗孔、攻螺纹以及铣削等多种工步的加工，工序高度集中。如图 5-8 所示为常见刀库的种类。

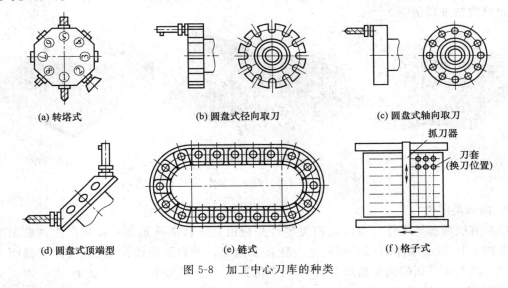

| (a) 转塔式 | (b) 圆盘式径向取刀 | (c) 圆盘式轴向取刀 |

| (d) 圆盘式顶端型 | (e) 链式 | (f) 格子式 |

图 5-8　加工中心刀库的种类

（6）控制系统功能较全，且智能化程度越来越高。加工中心通常具有多个进给轴（三轴以上），甚至多个主轴，联动的轴数也较多，最少可实现三轴联动控制，实现刀具运动的直线插补和圆弧插补，多的可实现五轴联动、六轴联动、七轴联动以及螺旋线插补，因此可使工件在一次装夹后，自动完成多个平面和多个角度位置的多工序加工，实现复杂零件的高精度定位和精确加工。

（7）加工中心上如果带有自动交换工作台，一个工件在工作位置的工作台上进行加工的同时，另一个工件在装卸位置的工作台进行装卸，可大大缩短辅助时间，提高加工效率。

5.2　数控铣削及加工中心加工工艺分析

5.2.1　数控铣床及加工中心的加工范围

数控铣削是机械加工中最常用和最主要的数控加工方法之一，它能铣削普通铣床所能铣削的各种表面，主要包括平面铣削和轮廓铣削，也可以对零件进行钻孔、扩孔、铰孔、镗孔、锪平面及螺纹切削，还能铣削普通铣床不能铣削的需 2～5 个坐标联动的各种平面轮廓和立体轮廓。加工中心适合加工形状复杂、加工工序多、精度要求高、需要用多种类型的普通机床和众多的工艺设备，且需经多次装夹和调整才能完成加工的零件。

数控铣床及加工中心主要可以用来加工下列几类零件。

1. 平面类零件

平面类零件是指加工面平行或垂直于水平面，以及加工面与水平面的夹角为一定值的零件，这类加工面可展开为平面。平面类零件的特点是：各个加工单元是平面，或可以展开成平面。如各种盖板、凸轮以及飞机整体结构中的框、肋等。平面类零件是数控铣削加工中最简单的一类零件，一般只需两到三坐标联动就可以加工出来。目前在数控铣床上加工的绝大多数零件属于平面类零件。

如图 5-9 所示的三个零件均为平面类零件。其中，曲线轮廓面 A 垂直于水平面，可采用圆柱立铣刀加工。凸台侧面 B 与水平面成一定角度，这类加工面可以采用专用的角度成形铣刀来加工。对于斜面 C，当工件尺寸不大时，可用斜板垫平后加工；当工件尺寸很大，斜面坡度又较小时，也常用行切加工法加工，这时会在加工面上留下进刀时的刀锋残留痕迹，要用钳修方法加以清除。

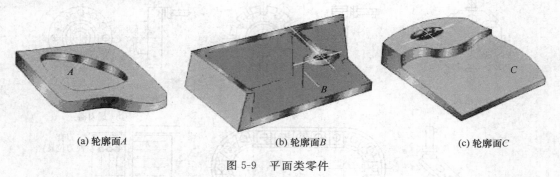

(a) 轮廓面 A 　　　　　(b) 轮廓面 B 　　　　　(c) 轮廓面 C

图 5-9　平面类零件

2. 曲面类零件

（1）直纹曲面类零件　直纹曲面类零件是指由直线依某种规律移动所产生的曲面类零件。如图 5-10 所示零件的加工面就是一种直纹曲面，当直纹曲面从截面（1）至截面（2）变化时，其与水平面间的夹角从 $3°10'$ 均匀变化为 $2°32'$，从截面（2）到截面（3）时，又均匀变化为 $1°20'$，最后到截面（4），斜角均匀变化为 $0°$。直纹曲面类零件的加工面不能展开为平面。当采用四坐标或五坐标数控铣床加工直纹曲面类零件时，加工面与铣刀圆周接触的瞬间为一条直线。此类零件最好采用四坐标或五坐标数控铣摆角加工，也可在三坐标数控铣床上进行 $2\frac{1}{2}$ 坐标，采用行切加工法实现近似加工。

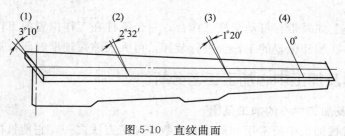

(1) $3°10'$　　　(2) $2°32'$　　　(3) $1°20'$　　　(4) $0°$

图 5-10　直纹曲面

（2）立体曲面类零件　加工面为空间曲面的零件称为立体曲面类零件，如模具、叶片、螺旋桨等。这类零件的加工面不能展开成平面，一般使用球头铣刀切削，加工面与铣刀始终为点接触，若采用其他刀具加工，易产生干涉而铣伤邻近表面。加工立体曲面类零件一般使用三坐标数控铣床，采用以下两种加工方法。

① 行切加工法。前面讲的行切法是以切平底内轮廓为例，只需 X、Y 联动，Z 坐标为常值，这里需三坐标联动或 $2\frac{1}{2}$ 轴联动，如图 5-11 所示。

② 三坐标联动加工。采用三坐标数控铣床三轴联动加工，即进行空间直线插补。如半球形，可用行切加工法加工，也可用三坐标联动的方法加工。这时，数控铣床用 X、Y、Z 三坐标联动的空间直线插补，实现球面加工，如图 5-12 所示。

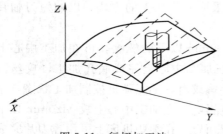

图 5-11　行切加工法

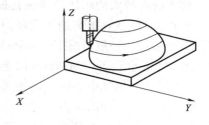

图 5-12　三坐标联动加工

3. 既有平面又有孔系的零件

加工中心具有自动换刀装置，在一次安装中，可以完成零件上平面的铣削、孔系的钻削、镗削、铰削及螺纹切削等多道工序。加工部位可以在一个平面上，也可以在不同的平面上。因此，既有平面又有孔系的零件是加工中心的首选加工对象，常见的这类零件有箱体和盘、套、板类零件。

（1）箱体类零件　箱体类零件一般是指具有一个以上孔系，内部有一定型腔或空腔，在长、宽、高方向有一定比例的零件。图 5-13 是常见的几种箱体类零件。箱体类零件一般都要进行多工位孔系及平面加工，精度要求较高，特别是形状精度和位置精度要求较严格，通常要经过铣、钻、扩、镗、铰、锪、攻螺纹等工步，需要刀具较多，在普通机床上加工难度大，工装套数多，费用高，加工周期长，需多次装夹、找正，手工测量次数多，加工时必须频繁地更换刀具，工艺难以制订，精度不易保证。在加工中心上一次安装可完成普通机床的60%～95%的工序内容，零件各项精度一致性好，质量稳定，生产周期短。

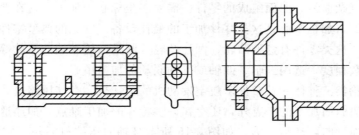

图 5-13　几种常见箱体类零件

箱体类零件的加工方法，主要有以下几种。

① 当既有面又有孔时，应先铣面，后加工孔。

② 所有孔系都先完成粗加工，再进行精加工。

③ 一般情况下，直径＞ϕ30mm 的孔都应铸造出毛坯孔。在普通机床上先完成毛坯的粗加工，给加工中心加工工序的余量为 4～6mm（直径），再上加工中心进行面和孔的粗、精加工。通常分"粗镗—半精镗—孔端倒角—精镗"四个工步完成。

④ 直径＜ϕ30mm 的孔可以不铸出毛坯孔，孔和孔的端面全部加工都在加工中心上完成。可分为"锪平端面—（打中心孔）—钻—扩—孔端倒角—铰"等工步。有同轴度要求的小孔（直径＜ϕ30mm），须采用"锪平端面—（打中心孔）—钻—半精镗—孔端倒角—精镗（或铰）"工步来完成，其中打中心孔需视具体情况而定。

⑤ 在孔系加工中，先加工大孔，再加工小孔，特别是在大小孔相距很近的情况下，更要采取这一措施。

⑥ 对于跨距较大的箱体的同轴孔加工，尽量采取调头加工的方法，以缩短刀辅具的长径比，增加刀具刚性，提高加工质量。

⑦ 螺纹加工，一般情况下，M6mm 以上，M20mm 以下的螺纹孔可在加工中心上完成螺纹攻丝。M6mm 以下，M20mm 以上的螺纹可在加工中心上完成底孔加工，攻丝可通过其他手段加工。因加工中心的自动加工方式在攻小螺纹时，不能随机控制加工状态，小丝锥容易折断，从而产生废品。由于刀具、辅具等因素影响，在加工中心上攻 M20mm 以上大螺纹有一定困难。但这也不是绝对的，可视具体情况而定，在某些机床上可用镗刀片完成螺纹切削（使用螺旋插补功能）。

（2）盘、套、板类零件　这类零件端面上有平面、曲面和孔系，径向也常分布一些径向孔，如图 5-14 所示，加工部位集中在单一端面上的盘、套、板类零件宜选择立式加工中心，加工部位不是位于同一方位表面上的零件宜选择卧式加工中心。

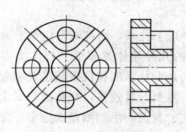
　　　　图 5-14　盘类零件

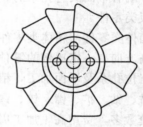
图 5-15　整体叶轮

4. 结构形状复杂、普通机床难加工的零件

主要表面由复杂曲线、曲面组成的零件，需要多坐标联动加工，这在普通机床上是较难甚至是无法实现的，加工中心是这类零件加工的最佳设备。常见的典型零件有以下几类。

（1）凸轮类。这类零件有盘形凸轮、圆柱凸轮、圆锥凸轮和端面凸轮等，加工时，可根据凸轮表面的复杂程度，选用三轴、四轴或五轴联动的加工中心。

（2）整体叶轮类。整体叶轮常见于航空发动机的压气机、空气压缩机、船舶水下推进器等，它除具有一般曲面加工的特点外，还存在许多特殊的加工难点，如通道狭窄，刀具很容易与加工表面和临近曲面产生干涉。如图 5-15 所示是轴向压缩机涡轮，它的叶面是一个典型的三维空间曲面，加工这样的型面，可采用四轴以上联动的加工中心。

（3）模具类。常见的模具有锻压模具、铸造模具、注塑模具及橡胶模具等。如图 5-16 所示的是连杆锻压模具。采用加工中心加工，由于工序高度集中，动模、静模等关键件的精加工基本上是在一次安装中完成全部加工内容，尺寸累积误差及修配工作量小。同时，模具的可修复性强，互换性好。

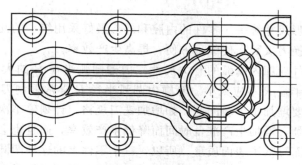

图 5-16　连杆锻压模

5. 外形不规则的异形零件

异形零件指支架、拨叉等外形不规则的零件，大多要求点、线、面多工位混合加工。由于外形不规则，在普通机床上只能采取工序分散的原则加工，需用工装较多，周期较长。利用加工中心多工位点、线、面混合加工的特点，可以完成大部分甚至全部工序内容。

6. 周期性投产的零件

用加工中心加工零件时，所需工时主要包括基本时间和准备时间，其中，准备时间占很大比例。例如工艺准备、程序编制、零件首件试切等，这些时间往往是单件基本时间的几十倍。采用加工中心可以将这些准备时间的内容储存起来，供以后反复使用。这样，对周期性投产的零件，生产周期就可以大大缩短。

7. 加工精度要求较高的中小批零件

针对加工精度高、尺寸稳定的特点，对精度要求较高的中小批量零件，选择加工中心加工，容易获得所要求的尺寸精度和形状位置精度，并可得到很好的互换性。

8. 新产品试制的零件

在新产品定型之前，需经反复试验和改进。选择加工中心试制，可省去许多通用机床加工所需的试制工装。当零件被修改时，只需修改相应的程序及适当地调整夹具、刀具即可，节省了费用，缩短了试制周期。

5.2.2　数控铣削加工零件的工艺性

关于数控加工的零件图和结构工艺性分析，在前面已作过介绍，下面结合数控铣削加工的特点做进一步说明。

针对数控铣削加工的特点，下面列举一些经常遇到的工艺性问题作为对零件图进行工艺性分析的要点来分析与考虑。

（1）零件图的正确标注　构成零件轮廓的几何元素（点、线、面）的相互关系（如相切、相交、垂直和平行等），是数控编程的重要依据。因此，在分析零件图样时，要分析各种几何元素的条件是否充ූ？各几何元素的相互关系是否明确？有无引起矛盾的多余尺寸或影响工序安排的封闭尺寸？发现问题及时与设计人员协商解决。

（2）保证获得要求的加工精度　检查零件的加工要求，如尺寸精度、形位公差及表面粗糙度在现有的加工条件下是否可以保证，不要以为数控机床加工精度高而放弃这种分析。特别要注意过薄的腹板与缘板的厚度公差，"铣工怕铣薄"，数控铣削也是一样，因为加工时产生的切削拉力及薄板的弹性退让极易产生切削面的振动，使薄板厚度尺寸公差难以保证，其表面粗糙度也将恶化或变坏。根据实践经验，当面积较大的薄板厚度小于 3mm 时就应充分重视这一问题。

（3）零件内腔外形尺寸统一　零件的内腔和外形最好采用统一的几何类型和尺寸，这样可以减少刀具规格和换刀次数，使编程方便，提高生产效率。

（4）尽量统一零件轮廓内圆弧的有关尺寸　内槽圆弧半径 R 的大小决定着刀具直径的大小，所以内槽圆弧半径 R 不应太小。轮廓内圆弧半径 R 常常限制刀具的直径。因为在数控铣床上多换一次刀要增加不少新问题，如增加铣刀规格，计划停车次数和对刀次数等，不但给编程带来许多麻烦，增加生产准备时间而降低生产效率，而且也会因频繁换刀增加了工件加工面上的接刀痕而降低了表面质量。所以，一个零件上的这种凹圆弧半径在数值上的一致性问题对数控铣削的工艺性显得相当重要。一般来说，即使不能寻求完全统一，也要力求将数值相近的圆弧半径分组靠拢，达到局部统一，以尽量减少铣刀规格与换刀次数。

（5）保证基准统一　对于零件加工中使用的工艺基准应当着重考虑，它不仅决定了各个加工工序的前后顺序，还将对各个工序加工后各个加工表面之间的位置精度产生直接的影响。有些工件需要在铣完一面后重新安装再铣削另一面，如图 5-17 所示。由于数控铣削不

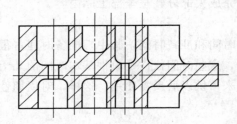

图 5-17　必须两次安装加工的零件

能使用通用铣床加工时常用的试削方法来接刀，往往会因为工件的重新安装而接不好刀（即与上道工序加工的面接不齐或造成本来要求一致的两对应面上的轮廓错位）。这时，最好采用统一基准定位，因此零件上最好有合适的孔作为定位基准孔。如果零件上没有基准孔，也可以专门设置工艺孔作为定位基准（如在毛坯上增加工艺凸耳或在后续工序要铣去的余量上设基准孔）。如实在无法制出基准孔，

起码也要用经过精加工的面作为统一基准，以减少二次装夹产生的误差。

（6）分析零件的变形情况　零件在数控铣削加工时的变形，不但影响加工的质量，而且当变形较大时，将使加工不能继续进行。这时就应当考虑采取一些必要的工艺措施进行预防，如对钢件进行调质处理，对铸铝件进行退火处理，对不能用热处理方法解决的，也可考虑粗、精加工及对称去余量等常规方法。此外，还要分析加工后的变形问题，采取什么工艺措施来解决。

5.3　数控铣削及加工中心的刀具及其选用

为了保证数控机床的加工精度、提高生产率、降低刀具的消耗，在选用数控机床所用刀具时对刀具提出更高的要求，如可靠的断屑、高的耐用度、快速调整与更换等。

5.3.1　数控铣削及加工中心对刀具的基本要求

1. 适应高速切削要求，具有良好的切削性能

为提高生产效率和加工高硬度材料的要求，数控机床向着高速度、大进给、高刚性和大功率发展。中等规格的加工中心，其主轴最高转速一般为 3000～5000r/min，进给速度由 0～5m/min 提高到 0～15m/min。

适应高硬度工件材料（如淬火模具钢）的加工。数控机床所用刀具必须有承受高速切削和较大进给量的性能，而且要求刀具有较高的耐用度。新型刀具材料如涂层硬质合金、陶瓷

和超硬材料（如聚晶金刚石和立方氮化硼）的使用，更能发挥数控机床的优势。

2. 高的可靠性

数控机床加工的基本前提之一是刀具的可靠性，加工中不会发生意外的损坏。刀具的性能一定要稳定可靠，同一批刀具的切削性能和耐用度不得有较大差异。

3. 较高的刀具耐用度

刀具在切削过程中不断地被磨损而造成工件尺寸的变化，从而影响加工精度。在数控机床加工过程中，提高刀具耐用度非常重要。

4. 高精度

为了适应数控机床的高精度加工，刀具及其装夹机构必须具有很高的精度，以保证它在机床上的安装精度（通常在 0.005mm 以内）和重复定位精度。

5. 可靠的断屑及排屑措施

切屑的处理对保证数控机床正常工作有着特别重要的意义。在数控机床加工中，紊乱的带状切屑会给加工过程带来很多危害，在可靠卷屑的基础上，还需要畅通无阻地排屑。对于孔加工刀具尤其重要。

6. 精确迅速的调整

数控机床及加工中心所用刀具一般带有调整装置，这样就能够补偿由于刀具磨损而造成的工件尺寸的变化。

7. 自动快速的换刀

数控机床一般采用机外预调尺寸的刀具，而且换刀是在加工的自动循环过程中实现的，即自动换刀。这就要求刀具与机床快速、准确地接合和脱开，并适应机械手或机器人的操作。所以连接刀具的刀柄、刀杆、接杆和装夹刀头的刀夹，已发展成各种适应自动化加工要求的结构，而成为包括刀具在内的数控工具系统。

8. 刀具标准化、模块化、通用化及复合化

数控机床所用刀具的标准化，可使刀具品种规格减少，成本降低。数控工具系统模块化、通用化，可使刀具适用于不同的数控机床，从而提高生产率，保证加工精度。

总之，根据被加工工件材料的热处理状态、切削性能及加工余量，选择刚性好、耐用度高、精度高的加工中心刀具，是充分发挥加工中心的生产效率和获得满意加工质量的前提。

5.3.2　常用铣削刀具及孔加工刀具

1. 铣刀

数控铣床上所采用的刀具要根据被加工零件的材料、几何形状、表面质量要求、热处理状态、切削性能及加工余量等，选择刚性好、耐用度高的刀具。应用于数控铣削加工的刀具主要有平底立铣刀、面铣刀、球头刀、环形刀、鼓形刀和锥形刀等。常用刀具见图 5-18、图 5-19。

（1）圆柱铣刀　圆柱铣刀主要用于卧式铣床加工平面。结构一般为整体式，材料为高速钢，主切削刃分布在圆柱上，无副切削刃，如图 5-20 所示。该铣刀有粗齿和细齿之分。粗齿铣刀，齿数少，刀齿强度大，容屑空间大，重磨次数多，适用于粗加工；细齿铣刀，齿数多，工作较平稳，适用于精加工。圆柱铣刀直径范围 $d = 50 \sim 100mm$，齿数 $z = 6 \sim 14$ 个，螺旋角 $\beta = 30° \sim 45°$。

（2）面铣刀　面铣刀主要用于立式铣床上加工平面、台阶面等，常用于端铣较大的平面。面铣刀的主切削刃分布在铣刀的圆柱面上或圆锥面上，副切削刃分布在铣刀的端面上，如图 5-21 所示。面铣刀按结构可以分为整体式面铣刀、硬质合金整体焊接式面铣刀、硬质合金机夹焊接式面铣刀、硬质合金可转位式面铣刀等形式。

图 5-18 常用数控铣削加工刀具

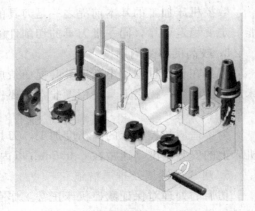

图 5-19 数控铣刀的工艺用途

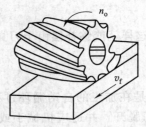

图 5-20 圆柱铣刀加工

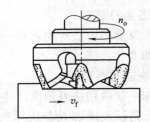

图 5-21 面铣刀加工

（3）立铣刀 立铣刀主要用于立式铣床上加工凹槽、台阶面、成形面（利用靠模）等，是数控铣削中最常用的一种铣刀，高速钢立铣刀如图 5-22 所示。该立铣刀的主切削刃分布在铣刀的圆柱面上，副切削刃分布在铣刀的端面上。由于端面中心处无切削刃，因此，铣削时只能沿铣刀径向作进给运动，而不能沿轴向运动。为了改善切屑卷曲情况，增大容屑空间，防止切屑堵塞，立铣刀齿数比较少，粗齿齿数 3～6 个，适用于粗加工；细齿齿数 5～8 个，适用于半精加工。立铣刀的直径范围是 2～80mm，柄部有直柄、莫氏锥柄、7∶24 锥柄等多种形式。高速钢立铣刀应用较广，但切削效率较低。硬质合金可转位式立铣刀基本结构与高速钢立铣刀相似，但切削效率是高速钢立铣刀的 2～4 倍，且适合于数控铣床、加工中心上的切削加工，如图 5-23 所示。

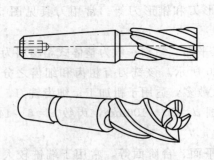

图 5-22 高速钢立铣刀

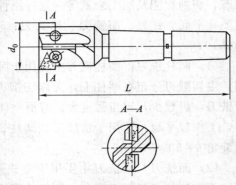

图 5-23 硬质合金可转位式立铣刀

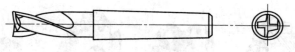

图 5-24   键槽铣刀

（4）键槽铣刀   键槽铣刀主要用于立式铣床上加工长圆槽等。键槽铣刀圆柱面和端面都有切削刃，端面刃延伸至轴心，螺旋角较小，使端面刀齿强度得到了增强，外形既像立铣刀，又像钻头，如图 5-24 所示。端面刀齿上的切削刃为主切削刃，圆柱面上的切削刃为副切削刃。加工键槽时，每次先沿铣刀轴向进给较小的量，然后再沿径向进给，这样反复多次，可完成键槽的加工。国家标准规定，直柄键槽铣刀直径 $d = 2 \sim 22$mm，锥柄键槽精铣刀直径 $d = 14 \sim 50$mm。键槽铣刀直径的偏差有 e8 和 d8 两种。键槽铣刀的圆周切削刃仅在靠近端面的一小段长度内发生磨损，重磨时只需刃磨端面切削刃，因此重磨后铣刀直径不变。键槽铣刀的直径范围为 2~63mm，柄部有直柄和莫氏锥柄。

（5）模具铣刀   模具铣刀主要用于立式铣床上加工模具型腔、空间曲面等。模具铣刀按工作部分形状不同，可分为圆锥形球头铣刀（如图 5-25 所示）、圆柱形球头铣刀（如图 5-26 所示）和圆锥形立铣刀 3 种形式。圆柱形球头铣刀与圆锥形球头铣刀的圆柱面、圆锥面和球面上的切削刃均为主切削刃，铣削时不仅能沿铣刀轴向作进给运动，还能沿铣刀径向作进给运动。此外，球头与工件接触往往为一点，该铣刀在数控铣床的控制下，就能加工出各种复杂的成形表面。圆锥形立铣刀的圆锥半角有 3°、5°、7°、10°几种，由于本身是圆锥体，加工模具型腔的起模角具有很高的效率。模具铣刀柄部有直柄、削平型直柄和莫氏锥柄等形式，国标规定直径范围为 $d = 4 \sim 63$mm。

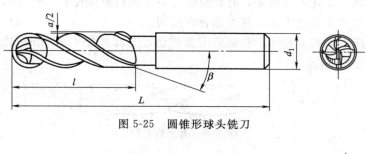

图 5-25   圆锥形球头铣刀

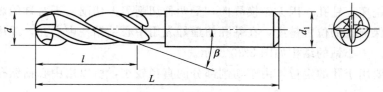

图 5-26   圆柱形球头铣刀

（6）鼓形铣刀   鼓形铣刀主要用于对变斜角类零件的变斜角面的近似加工。鼓形铣刀的切削刃分布在半径为 R 的圆弧面上，端面无切削刃。

（7）成形铣刀   成形铣刀主要是为特定的工件或者某加工内容专门设计制造的，如角度面、凹槽、特形孔或台等。如图 5-27 是铣成形曲面用的铣刀，如图 5-28 所示是铣削成形沟槽用的铣刀。

2. 孔加工的刀具

孔的加工在金属切削中占有很大的比重。在数控铣床上加工孔的方法很多，根据孔的尺

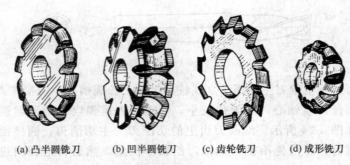

(a) 凸半圆铣刀　　(b) 凹半圆铣刀　　(c) 齿轮铣刀　　(d) 成形铣刀

图 5-27　铣成形面用铣刀

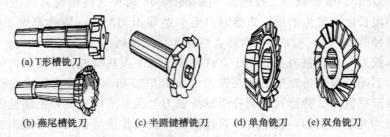

(a) T形槽铣刀

(b) 燕尾槽铣刀　　(c) 半圆键槽铣刀　　(d) 单角铣刀　　(e) 双角铣刀

图 5-28　铣成形沟槽用铣刀

寸精度、位置精度及表面粗糙度等要求，一般有钻孔、扩孔、锪孔、铰孔、镗孔及铣孔等方法。

（1）钻孔刀具　钻孔刀具较多，有普通麻花钻、可转位浅孔钻、喷吸钻及扁钻等。应根据工件材料、加工尺寸及加工质量要求等合理选用。

在数控镗铣床上钻孔，普通麻花钻应用最广泛，尤其是加工 ϕ30mm 以下的孔时，以麻花钻为主，如图 5-29 所示。

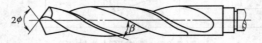

图 5-29　普通麻花钻

在数控镗铣床上钻孔，因无钻模导向，受两种切削刃上切削力不对称的影响，容易引起钻孔偏斜。为保证孔的位置精度，在钻孔前最好先用中心钻钻一中心孔，或用一刚性较好的短钻头钻一窝。中心钻的结构如图 5-30 所示。

中心钻主要用于孔的定位，由于切削部分的直径较小，所以用中心钻钻孔时，应选取较高的转速。

对深径比大于 5 而小于 100 的深孔由于加工中散热差，排屑困难，钻杆刚性差，易使刀具损坏和引起孔的轴线偏斜，影响加工精度和生产率，故应选用深孔刀具加工。

（2）扩孔刀具　扩孔多采用扩孔钻，也有用立铣刀或镗刀扩孔。扩孔钻可用来扩大孔径，提高孔加工精度。用扩孔钻扩孔精度可达 IT11～IT10，表面粗糙度值可达 Ra6.3～3.2μm。扩孔钻与麻花钻相似，但齿数较多，一般为 3～4 个齿。扩孔钻加工余量小，主切削刃较短，无需延伸到中心，无横刃，加之齿数较多，可选择较大的切削用量。如图 5-31 所示为整体式扩孔钻和套式扩孔钻。

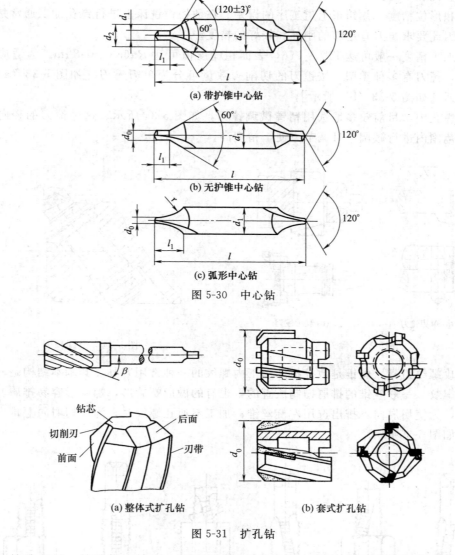

图 5-30   中心钻

图 5-31   扩孔钻

（3）铰孔刀具   铰孔加工精度一般可达 IT9～IT8 级，孔的表面粗糙度值可达 $Ra1.6$～$0.8\mu m$，可用于孔的精加工，也可用于磨孔或研孔前的预加工。铰刀可以加工圆柱形孔，锥度铰刀可以加工锥度孔。铰孔只能提高孔的尺寸精度、形状精度和减小表面粗糙度值，而不能提高孔的位置精度。因此，对于精度要求高的孔，在铰削前应先进行减少和消除位置误差的预加工，才能保证铰孔质量。

如图 5-32 所示为直柄机用铰刀和套式机用铰刀。

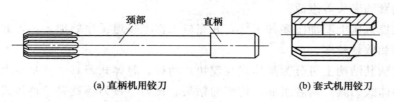

图 5-32   铰刀

（4）镗孔加工刀具　镗孔是数控镗铣床上的主要加工内容之一，它能精确地保证孔系的尺寸精度和形位精度，并纠正上道工序的误差。在数控镗铣床上进行镗孔加工通常是采用悬臂方式，因此要求镗刀有足够的刚性和较好的精度。

镗孔加工精度一般可达 IT7～IT6，表面粗糙度值可达 $Ra6.3～0.8\mu m$。为适应不同的切削条件，镗刀有多种类型。按镗刀的切削刃数量可分为单刃镗刀［如图 5-33（a）所示］和双刃镗刀［如图 5-33（b）所示］。

在精镗孔中，目前较多地选用精镗微调镗刀，如图 5-34 所示。这种镗刀的径向尺寸可以在一定范围内进行微调，且调节方便，精度高。

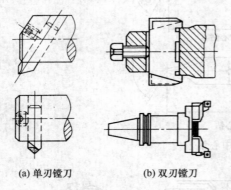
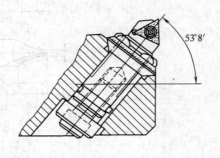

(a) 单刃镗刀　　(b) 双刃镗刀

图 5-33　镗刀　　　　　　　　　图 5-34　微调镗刀

（5）攻螺纹刀具　丝锥是数控机床加工内螺纹的一种常用刀具，其基本结构是一个轴向开槽的外螺纹。一般丝锥的排屑槽制成直的，也有的做成螺旋形，螺旋形容易排屑。加工通孔螺纹时，为使切屑向下排出选用左旋丝锥；加工不通孔螺纹时，为使切屑向上排出选用右旋丝锥，如图 5-35 所示。

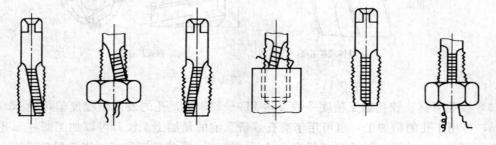

图 5-35　丝锥

5.3.3　数控铣削及加工中心的标准刀具系统

数控机床工具系统（简称数控工具系统）是指连接机床和刀具的一系列工具，由刀柄、连接杆、连接套和夹头等组成。

由于在数控机床上要加工多种工件，并完成工件上多道工序的加工，因此需要使用的刀具品种、规格和数量较多。

刀具系统从其结构上可分为整体式与模块式两种。整体式刀具系统基本上由整体柄部和整体刃部（整体式刀具）两者组成，传统的钻头、铣刀、铰刀等就属于整体式刀具。整体式刀具由于不同品种和规格的刃部都必须和对应的柄部相连接，致使刀具的品种、规格繁多，给生产、使用和管理带来诸多不便，有些使用频率极低但又需用的刀具也不得不备置，这相当于闲置大量资金。为了克服整体式刀具系统的这些弱点，各国相继开发了各式各样的高性能模块式刀具系统。模块式刀具系统是把整体式刀具系统按功能进行分割，做成系列化的标准模块（如刀柄、刀杆、接长杆、接长套、刀夹、刀体、刀头、刀刃等），再根据需要快速组装成不同用途的刀具，当某些模块损坏时可部分更换。

1. 数控铣削及加工中心标准刀柄

数控加工系统是高柔性化的加工系统，刀具数量多，要求更换迅速。因此，刀辅具的标准化和系列化十分重要。发达国家对刀辅具的标准化和系列化都十分重视，不少国家不仅有国家的标准，而且一些大的公司也都制订了自己的标准和系列。切削刀具通过刀柄与数控铣床主轴连接，其强度、刚性、耐磨性、制造精度及夹紧力等对加工有直接的影响，进行高速铣削的刀柄还有动平衡、减震等要求。数控铣床刀柄一般采用 7∶24 锥面与主轴锥孔配合定位，刀柄及其尾部供主轴内拉刀机构使用的拉钉也已实现标准化，应根据使用的数控铣床的具体要求来配备。在满足加工要求的前提下，刀柄的长度尽量选择短一些，以提高刀具加工的刚性。

我国为满足工业发展的需要，制订了"镗铣类整体数控工具系统"标准（按汉语拼音，简称为 TSG 工具系统）和"镗铣类模块式数控工具系统"标准（简称为 TMG 工具系统），它们都采用 GB 10944—1989（JT 系列刀柄）为标准刀柄。考虑到事实上使用日本的 MAS/BT 403 刀柄的机床目前在我国数量较多，TSG 及 TMG 也将 BT 系列作为非标准刀柄首位推荐，也即 TSG、TMG 系统也可按 BT 系列刀柄制作。

常见刀柄有国际标准的 JT 刀柄、美国标准的 CAT 刀柄、日本标准的 BT 刀柄、HSK高速刀柄、热装刀柄等。

2. 数控铣削及加工中心用工具系统

数控镗铣类工具系统一般由与机床连接的锥柄、延伸部分的连杆和工作部分的刀具组成。它们经组合后可以完成钻孔、扩孔、铰孔、镗孔、攻螺纹等加工工艺。镗铣类工具系统分为整体式结构和模块式结构两大类。

（1）整体式结构 我国 TSG 工具系统就属于整体式结构的工具系统。它的特点是将锥柄和接杆连成一体，不同品种和规格的工作部分都必须带有与机床相连的柄部。其优点是结构简单，使用方便、可靠，更换迅速等。缺点是锥柄的品种和数量较多。如图 5-36 所示是 TSG 82工具系统，选用时一定要按图示进行配置。表 5-1 是 TSG 82 工具系统的代码和意义。

表 5-1　TSG82 工具系统的代码和意义

代码	代码的意义	代码	代码的意义	代码	代码的意义
J	装接长刀杆用锥柄	KJ	用于装扩、铰刀	TF	浮动镗刀
Q	弹簧夹头	BS	倍速夹头	TK	可调镗刀
KH	7∶24 锥柄快换夹头	H	倒锪端面刀	X	用于装铣削刀具
Z(J)	用于装钻夹头(莫氏锥度注 J)	T	镗孔刀具	XS	装三面刃铣刀
MW	装无扁尾莫氏锥柄刀具	TZ	直角镗刀	XM	装面铣刀
M	装有扁尾莫氏锥柄刀具	TQW	倾斜式微调镗刀	XDZ	装直角端铣刀
G	攻螺纹夹头	TQC	倾斜式粗镗刀	XD	装端铣刀
C	切内槽工具	TZC	直角形粗镗刀		
规格	用数字表示工具的规格,其含义随工具不同而异。有些工具该数字为轮廓尺寸 D-L;有些工具该数字表示应用范围。还有表示其他参数值的,如锥度号等				

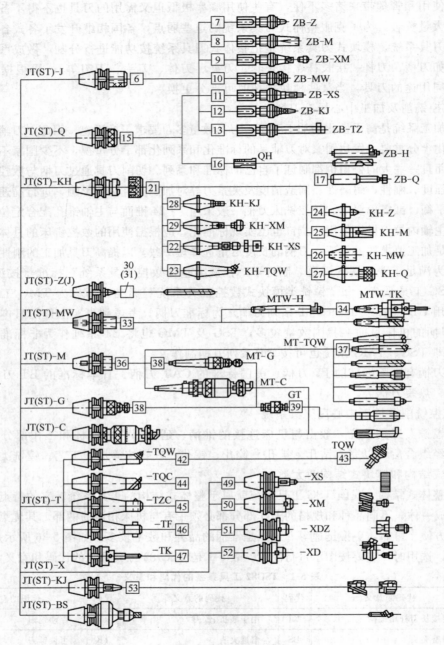

图 5-36　TSG82 工具系统

目前常用的刀柄按其夹持形式及用途可分为钻夹头刀柄、侧固式刀柄、面铣刀刀柄、莫氏锥度刀柄、弹簧夹头刀柄、强力夹头刀柄、特殊刀柄等。刀柄的用途和特点见表 5-2。

（2）模块式结构　模块式结构把工具的柄部和工作部分分开，制成系统化的主柄模块、中间模块和工作模块，每类模块中又分为若干小类和规格，然后用不同规格的中间模块组装成不同用途、不同规格的模块式刀具，这样就方便了制造、使用和保管，减少了工具的规格、品种和数量的储备。目前，模块式工具系统已成为数控加工刀具发展的方向，如图5-37所示为模块式工具系统结构。国外有许多应用比较成熟和广泛的模块式工具系统。例如

表 5-2　各种刀柄的用途和特点

名　　称	用　　途	特　　点
钻夹头刀柄	主要用于夹持直径 13mm 以下的直柄钻头、中心钻或铰刀等，而 13mm 以上的钻头或铰刀多使用莫氏锥度刀柄	刀柄与钻夹头连接为一体，因此在强负载运作时不会出现夹头脱落的现象。能长久保持高精度
侧固式刀柄	可夹持单一直径的直柄刀具进行铣削加工，适用于数控机床的粗加工	结构简单，夹持力强，但因为使用单面的螺钉来压紧，造成同心度稍差
面铣刀刀柄	用于较高速度的平面切削	以刀柄端部的锥度部分与铣刀的锥孔进行配合，通常用于较大直径的面铣刀。刀柄短，扭矩大
莫氏锥柄刀柄	钻、铰切削加工	刀柄可与莫氏锥柄类刀具配合进行。通常还可分为带扁尾莫氏圆锥孔刀柄和不带扁尾莫氏圆锥孔刀柄
弹簧夹头刀柄	铣、铰、切削加工，通常用来夹持端铣刀或直柄钻头，也可再夹持一支筒夹加长杆来将刀具加长，避免干涉	刀柄具有精度高，夹持适应性好，配不同系列的双锥形式的弹性夹套，可夹持各类直柄
强力夹头刀柄	强力切削的较为理想的工具	使用一种直筒筒夹，有更大的夹紧力，精度高、夹持力矩大、稳定性强、连接系统范围广，价格及其筒夹的价格相对较高
特殊形式刀柄	用于某些特殊目的制作的刀柄	如有些轴向浮动的刀柄，还有角度头刀柄、多轴钻刀柄、增速刀柄等

瑞士的山特维克（SANDVIK）公司有比较完善的模块式工具系统，在我国的许多企业得到了很好的应用。国内的 TMG10 和 TMG21 工具系统就属于这一类。

　　3. 高速加工工具系统

　　高速加工是集材料科学、工程力学、机械动力学和制造科学于一体的高新加工技术，在汽车制造、航空航天和机械加工多个行业得到了越来越广泛的应用。高速加工工具系统是高速加工机床的重要组成部分，其性能直接影响到加工质量和加工效率。

　　半个多世纪以来，传统的 BT（7：24 锥度）工具系统在机械加工中发挥了重要作用。但是，在高速加工中，主轴工作转速达到每分钟数万转，在离心力作用下，主轴孔的膨胀量比实心的刀柄大，使锥柄与主轴的接触面积减少，导致 BT 工具系统的径向刚度、定位精度下降；在夹紧机构拉力的作用下，BT 刀柄的轴向位置发生变化，轴向精度下降，从而影响加工精度；机床停车时，刀柄内陷于主轴孔内将很难拆卸。另外，由于 BT 工具系统仅使用锥面定位、夹紧，还存在换刀重复精度低、连接刚度低、传递扭矩能力差、尺寸大、重量大、换刀时间长等缺点。为解决上述问题，美国、德国、日本等工业发达国家相继开发出若干新型工具系统，以满足现代机械加工生产的要求。

5.3.4　铣刀及孔加工刀具的选用

　　数控铣床上所采用的刀具要根据被加工零件的材料、几何形状、表面质量要求、热处理状态、切削性能及加工余量等，选择刚性好、耐用度高的刀具。应用于数控铣削加工的刀具主要有平底立铣刀、面铣刀、球头刀、环形刀、鼓形刀和锥形刀等。

　　为了适应数控机床对刀具寿命、稳定、易调、可换等的要求，近几年机夹式可转位刀具得到广泛的应用，在数量上达到整个数控刀具的 30%～40%。特别是可转位铣刀已广泛应用于各行业的高效、高精度铣削加工，其种类已基本覆盖了现有的全部铣刀类型。可转位刀

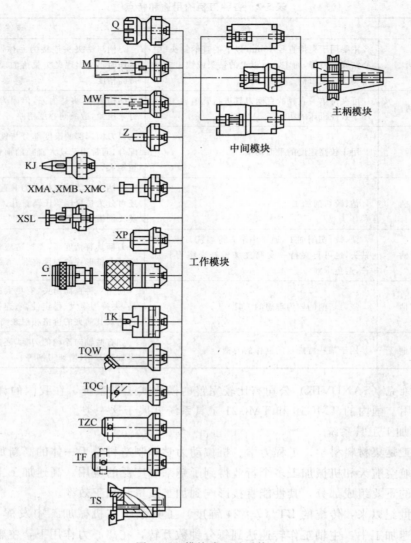

图 5-37　模块式工具系统

具的优点有切削效率高，辅助时间少，能极大提高生产效率；刀体可重复使用，可节约钢材和制造费用，经济性好；大多可以进行干切削，能节省切削液的费用，并可保持机床整洁，减少辅助时间；同时可转位刀体的系列化、标准化又使其具有广泛的适用性，因此在数控加工中被最广泛地应用。

1. 铣刀类型选择

被加工零件的几何形状是选择刀具类型的主要依据。

（1）平面铣削应选用不重磨硬质合金端铣刀、立铣刀或可转位面铣刀。一般采用二次走刀，一次粗铣、一次精铣。选好每次走刀的宽度和铣刀的直径，使接痕不影响精铣精度。加工余量大又不均匀时，铣刀直径要选小些以避免粗加工时因接刀刀痕过深而影响加工质量；精加工时，铣刀直径要选大些，最好能够包容加工面的整个宽度。表面要求高时，还可以选择使用具有修光效果的刀片。平面的精加工，一般用可转位密齿面铣刀，可以达到理想的表面加工质量，甚至可以实现以铣代磨。密布的刀齿使进给速度大大提高，从而提高切削效率。精铣平面时，可以选择 6～8 个刀齿，直径大的刀具甚至可以有 10 个以上的刀齿。

（2）加工空间曲面和变斜角轮廓外形时，由于球头刀具的球面端部切削速度为零，而且在走刀时，每两行刀位之间，加工表面不可能重叠，总存在没有被加工去除的部分，每两行刀位之间的距离越大，没有被加工去除的部分越多，其高度（通常称为"残余高度"）越高，加工出来的表面与理论表面的误差越大，表面质量也越差。加工精度要求越高，走刀步长和切削行距越小，切削效率越低。所以，应在满足加工精度要求的前提下，尽量加大走刀步长和行距，以提高编程和加工效率。而在两轴及两轴半加工中，为提高效率，应尽量采用端铣刀，由于相同的加工参数，利用球头刀加工会留下较大的残留高度。因此，在保证不发生干涉和工件不被过切的前提下，无论是曲面的粗加工还是精加工，都应优先选择平头刀或带圆角的立铣刀；当曲面形状复杂时，为了避免干涉，需要使用球头刀，调整好加工参数也可以获得较高的加工效率。

（3）镶硬质合金刀片的端铣刀和立铣刀主要用于加工凸台、凹槽和箱口平面。为了提高槽宽的加工精度，减少铣刀的种类，加工时采用直径比槽宽小的铣刀，先铣槽的中间部分，然后利用刀具的半径补偿功能铣削槽的两边，直到达到精度要求为止。

（4）加工余量较小，并且要求表面粗糙度值较低时，应采用立方氮化硼（CBN）刀片端铣刀或陶瓷刀片端铣刀。

（5）对于要求较高的细小部位的加工，可以使用整体式硬质合金刀。整体式硬质合金刀可以取得较高的加工精度，但刀具悬升不能太大，否则不但让刀量大，易磨损，而且会有折断的危险。

（6）铣削盘类零件的周边轮廓一般采用立铣刀。所用的立铣刀的刀具半径一定要小于零件内轮廓的最小曲率半径，一般取最小曲率半径的 0.8～0.9 即可。零件的加工高度（Z 方向的背吃刀量）最好不要超过刀具的半径。

（7）铣毛坯面时，最好选用硬质合金波纹立铣刀。硬质合金波纹立铣刀在机床、刀具、工件系统允许的情况下，可以进行强力切削。

2. 铣刀结构选择

铣刀一般由刀片、定位元件、夹紧元件和刀体组成。由于刀片在刀体上有多种定位与夹紧方式，刀片定位元件的结构又有不同类型，因此铣刀的结构形式有多种，分类方法也较多。选用时，主要可根据刀片排列方式。刀片排列方式可分为平装结构和立装结构两大类。

（1）平装结构（刀片径向排列）   平装结构铣刀（如图 5-38 所示）的刀体结构工艺性好，容易加工，并可采用无孔刀片（刀片价格较低，可重磨）。由于需要夹紧元件，刀片的一部分被覆盖，容屑空间较小，且在切削力方向上的硬质合金截面较小，故平装结构的铣刀一般用于轻型和中量型的铣削加工。

（2）立装结构（刀片切向排列）   立装结构铣刀（如图 5-39 所示）的刀片只用一个螺钉固定在刀槽上，结构简单，转位方便。虽然刀具零件较少，但刀体的加工难度较大，一般需用五坐标加工中心进行加工。由于刀片采用切削力夹紧，夹紧力随切削力的增大而增大，因此可省去夹紧元件，增大了容屑空间。由于刀片切向安装，在切削力方向的硬质合金截面较大，因而可进行大切深、大走刀量切削，这种铣刀适用于重型和中量型的铣削加工。

3. 铣刀角度的选择

铣刀的角度有前角、后角、主偏角、副偏角、刃倾角等。为满足不同的加工需要，有多种角度组合形式。各种角度中最主要的是主偏角和前角（制造厂的产品样本中对刀具的主偏角和前角一般都有明确说明）。

（1）主偏角 κ_r　如图 5-40 所示铣刀的主偏角位置。铣刀的主偏角有 90°、88°、75°、70°、60°、45°等几种。

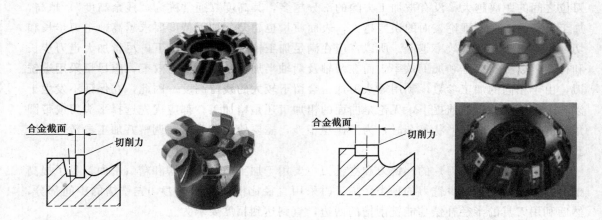

图 5-38　平装结构面铣刀　　　　　　　　图 5-39　立装结构面铣刀

主偏角对径向切削力和切削深度影响很大。径向切削力的大小直接影响切削功率和刀具的抗振性能。铣刀的主偏角越小，其径向切削力越小，抗振性也越好，但切削深度也随之减小。

90°主偏角，铣削带凸肩的平面时选用，一般不用于单纯的平面加工。该类刀具通用性好（既可加工台阶面，又可加工平面），在单件、小批量加工中选用。由于该类刀具的径向切削力等于切削力，进给抗力大，易振动，因而要求机床具有较大功率和足够的刚性。在加工带凸肩的平面时，也可选用 88°主偏角的铣刀，与 90°主偏角铣刀相比，其切削性能有一定改善。

60°～75°主偏角，适用于平面铣削的粗加工。由于径向切削力明显减小（特别是 60°时），其抗振性有较大改善，切削平稳、轻快，在平面加工中应优先选用。75°主偏角铣刀为通用型刀具，适用范围较广；60°主偏角铣刀主要用于镗铣床、加工中心上的粗铣和半精铣加工。

45°主偏角，此类铣刀的径向切削力大幅度减小，约等于轴向切削力，切削载荷分布在较长的切削刃上，具有很好的抗振性，适用于镗铣床主轴悬伸较长的加工场合。用该类刀具加工平面时，刀片破损率低，耐用度高；在加工铸铁件时，工件边缘不易产生崩刃。

（2）前角 γ　铣刀的前角可分解为径向前角 γ_f ［如图 5-41（a）所示］和轴向前角 γ_p ［如图 5-41（b）所示］，径向前角 γ_f 主要影响切削功率；轴向前角 γ_p 则影响切屑的形成和轴向力的方向，当 γ_p 为正值时切屑飞离加工表面。

径向前角 γ_f 和轴向前角 γ_p 正负的判别如图 5-41 所示。

4. 铣刀的齿数（齿距）选择

铣刀齿数多，可提高生产效率，但受容屑空间、刀齿强度、机床功率及刚性等的限制，不同直径铣刀的齿数均有相应规定。为满足不同用户的需要，同一直径的铣刀一般有粗齿、中齿、密齿三种类型。

粗齿铣刀：适用于普通机床的大余量粗加工和软材料或切削宽度较大的铣削加工；当机床功率较小时，为使切削稳定，也常选用粗齿铣刀。

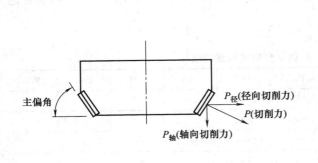

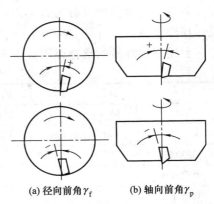

(a) 径向前角 γ_f (b) 轴向前角 γ_p

图 5-40   面铣刀的主偏角   图 5-41   面铣刀的前角

中齿铣刀：是通用系列，使用范围广泛，具有较高的金属切除率和切削稳定性。

密齿铣刀：主要用于铸铁、铝合金和有色金属的大进给速度切削加工。在专业化生产（如流水线加工）中，为充分利用设备功率和满足生产节奏要求，也常选用密齿铣刀（此时多为专用非标铣刀）。

为防止工艺系统出现共振，使切削平稳，还有一种不等分齿距铣刀。如 WALTER 公司的 NOVEX 系列铣刀均采用了不等分齿距技术。在铸钢、铸铁件的大余量粗加工中建议优先选用不等分齿距的铣刀。

5. 铣刀直径的选择

铣刀直径的选用视产品及生产批量的不同差异较大，刀具直径的选用主要取决于设备的规格和工件的加工尺寸。

（1）平面铣刀　选择平面铣刀直径，主要需考虑刀具所需功率应在机床功率范围之内，也可将机床主轴直径作为选取的依据。平面铣刀直径可按 $D=1.5d$（d 为主轴直径）选取。在批量生产时，也可按工件切削宽度的 1.6 倍选择刀具直径。

（2）立铣刀　立铣刀直径的选择主要应考虑工件加工尺寸的要求，并保证刀具所需功率在机床额定功率范围内。如果是小直径立铣刀，则应主要考虑机床的最高转数能否达到刀具的最低切削速度（60m/min）。

（3）槽铣刀　槽铣刀的直径和宽度应根据加工工件尺寸选择，并保证其切削功率在机床允许的功率范围内。

6. 铣刀的最大背吃刀量

不同系列的可转位面铣刀有不同的最大背吃刀量。最大背吃刀量大的刀具所用刀片的尺寸越大，价格也越高，因此从节约费用、降低成本的角度考虑，选择刀具时一般应按加工的最大余量和刀具的最大背吃刀量选择合适的规格。当然，还需要考虑机床的额定功率和刚性应能满足刀具使用最大背吃刀量时的需要。

7. 刀片牌号的选择

合理选择硬质合金刀片牌号的主要依据是被加工材料的性能和硬质合金的性能。一般选用铣刀时，可按刀具制造厂提供加工的材料及加工条件来配备相应牌号的硬质合金刀片。

由于各厂生产的同类用途硬质合金的成分及性能各不相同，硬质合金牌号的表示方法也不同，为方便用户，国际标准化组织规定，切削加工用硬质合金按其排屑类型和被加工材料分为三大类：P 类、M 类和 K 类，在 1.2.2 中已有详细的叙述。根据被加工材料及适用的加工条件，每大类中又分为若干组，用两位阿拉伯数字表示，每类中数字越大，其耐磨性越低、韧性越高。

上述三类牌号的选择原则如表 5-3 所示。

表 5-3　P、M、K 类合金切削用量的选择

	P01	P05	P10	P15	P20	P25	P30	P40	P50
	M10	M20	M30	M40					
	K01	K10	K20	K30	K40				
进给量				→					
背吃刀量				→					
切削速度				→					

各厂生产的硬质合金虽然有各自编制的牌号，但都有对应国际标准的分类号，选用十分方便。

5.3.5　数控铣削刀具的对刀

对刀点和换刀点的选择主要根据加工操作的实际情况，考虑如何在保证加工精度的同时，使操作简便。

1. 对刀点的选择

在加工时，工件在机床加工尺寸范围内的安装位置是任意的，要正确执行加工程序，必须确定工件在机床坐标系中的确切位置。对刀点是工件在机床上定位装夹后，设置在工件坐标系中，用于确定工件坐标系与机床坐标系空间位置关系的参考点。在工艺设计和程序编制时，应合理设置对刀点，以操作简单、对刀误差小为原则。

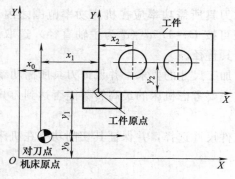

图 5-42　对刀点的选择

对刀点可以设置在工件上，也可以设置在夹具上，但都必须在编程坐标系中有确定的位置，如图 5-42 中的 x_1 和 y_1。对刀点既可以与编程原点重合，也可以不重合，这主要取决于加工精度和对刀的方便性。当对刀点与编程原点重合时，$x_1=0$，$y_1=0$。

为了保证零件的加工精度要求，对刀点应尽可能选在零件的设计基准或工艺基准上。如以零件上孔的中心点或两条相互垂直的轮廓面的交点作为对刀点较为合适，但应根据加工精度对这些孔或轮廓面提出相应的精度要求，并在对刀之前准备好。有时零件上没有合适的部位，也可以加工出工艺孔用来对刀。

确定对刀点在机床坐标系中位置的操作称为对刀。对刀的准确程度将直接影响零件加工的位置精度，因此，对刀是数控机床操作中的一项重要且关键的工作。对刀操作一定要仔细，对刀方法一定要与零件的加工精度要求相适应，生产中常使用百分表、中心规及寻边器等工具。

无论采用哪种工具，都是使数控铣床主轴中心与对刀点重合，利用机床的坐标显示确定对刀点在机床坐标系中的位置，从而确定工件坐标系在机床坐标系中的位置。简单地说，对刀就是告诉机床工件装夹在机床工作台的什么地方。

2. 对刀方法

对刀过程的操作方法如下（XK5025/4 数控铣床，FANUC 0MD 系统），如图 5-43 所示。

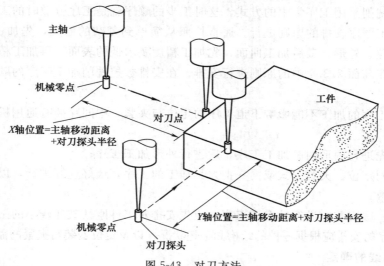

主轴

机械零点

工件

对刀点

X 轴位置=主轴移动距离+对刀探头半径

Y 轴位置=主轴移动距离+对刀探头半径

机械零点

对刀探头

图 5-43　对刀方法

（1）方式选择开关置"回零"位置；

（2）手动按"＋Z"键，Z 轴回零；

（3）手动按"＋X"键，X 轴回零；

（4）手动按"＋Y"键，Y 轴回零；

此时，CRT 上显示各轴坐标均为 0。

（5）X 轴对刀，记录机械坐标 X 的显示值（假设为−220.000）；

（6）Y 轴对刀，记录机械坐标 Y 的显示值（假设为−120.000）；

（7）Z 轴对刀，记录机械坐标 Z 的显示值（假设为−50.000）；

（8）根据所用刀具的尺寸（假定为 f20）及上述对刀数据，建立工件坐标系，有两种方法：

① 执行 G92 X−210 Y−110 Z−50 指令，建立工件坐标系；

② 将工件坐标系的原点坐标（−210，−110，−50）输入到 G54 寄存器，然后在 MDI 方式下执行 G54 指令。工件坐标系的显示画面如图 5-44 所示。

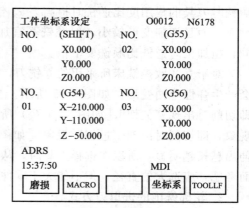

工件坐标系设定			O0012　N6178
NO.	(SHIFT)	NO.	(G55)
00	X0.000	02	X0.000
	Y0.000		Y0.000
	Z0.000		Z0.000
NO.	(G54)	NO.	(G56)
01	X−210.000	03	X0.000
	Y−110.000		Y0.000
	Z−50.000		Z0.000
ADRS			
15:37:50			MDI
磨损	MACRO		坐标系　TOOLLF

图 5-44　工件坐标系显示画面

3. 换刀点的选择

由于数控铣床采用手动换刀，换刀时操作人员的主动性较高，换刀点只要设在零件外面，不发生换刀阻碍即可。

5.4　数控铣床及加工中心加工工艺设计

5.4.1　加工顺序的确定

在确定了某个工序的加工内容后，要进行详细的工步设计，即安排这些工序内容的加工顺序，同时考虑程序编制时刀具运动轨迹的设计。一般将一个工步编制为一个加工程序，因此，工步顺序实际上也就是加工程序的执行顺序。

一般数控铣削采用工序集中的方式，这时工步的顺序就是工序分散时的工序顺序，可以按一般切削加工顺序安排的原则进行。通常按照从简单到复杂的原则，先加工平面、沟槽、孔，再加工内腔、外形，最后加工曲面，先加工精度要求低的表面，再加工精度要求高的部位等。可以参照前面 3.3.4 中的原则进行安排。在安排数控铣削加工工序的顺序时还应注意以下问题：

（1）上道工序的加工不能影响下道工序的定位与夹紧，中间穿插有通用机床加工工序的也要综合考虑；

（2）一般先进行内形内腔加工工序，后进行外形加工工序；

（3）以相同定位、夹紧方式或同一把刀具加工的工序，最好连续进行，以减少重复定位次数与换刀次数；

（4）在同一次安装中进行的多道工序，应先安排对工件刚性破坏较小的工序。

总之，顺序的安排应根据零件的结构和毛坯状况，以及定位安装与夹紧的需要综合考虑。

5.4.2　走刀路线的确定

合理地选择进给路线不但可以提高切削效率，还可以提高零件的表面精度，在确定进给路线时，首先应遵循 3.4.4 所要求的原则。对于数控铣床，还应重点考虑几个方面：能保证零件的加工精度和表面粗糙度的要求；使走刀路线最短，既可简化程序段，又可减少刀具空行程时间，提高加工效率；应使数值计算简单，程序段数量少，以减少编程工作量。

1. 顺铣与逆铣

铣削加工分为逆铣与顺铣，当铣刀的旋转方向和工件的进给方向相同时称为顺铣，相反时称为逆铣，如图 5-45 所示。

逆铣时刀齿开始切削工件时的切削厚度比较小，导致刀具易磨损，并影响已加工表面。顺铣时刀具的耐用度比逆铣时提高 2～3 倍，刀齿的切削路径较短，比逆铣时的平均切削厚度大，而且切削变形较小，但顺铣不宜加工带硬皮的工件。由于工件所受的切削力方向不同，粗加工时逆铣比顺铣要平稳。

对于立式数控铣床所采用的立铣刀，装在主轴上相当于悬臂梁结构，在切削加工时刀具会产生弹性弯曲变形，如图 5-45 所示。当用铣刀顺铣时，刀具在切削时会产生让刀现象，即切削时出现"欠切"［如图 5-45（a）所示］；而用铣刀逆铣时，刀具在切削时会产生啃刀现象，即切削时出现"过切"现象［如图 5-45（b）所示］。这种现象刀具直径越小、刀杆伸出越长越明显，所以在选择刀具时，从提高生产率、减小刀具弹性弯曲变形的影响这些方面考虑，应选大的直径，但不能大于零件凹圆弧的半径；在装刀时刀杆尽量伸出短些。

2. 轮廓铣削的进退刀方式

铣削平面类零件外轮廓时，刀具沿 X、Y 平面的进退刀方式通常有三种。

（1）垂直方向进、退刀　如图 5-46 所示，刀具沿 Z 向下刀后，垂直接近工件表面，这种方法进给路线短，但工件表面有接刀痕。

（2）直线切向进、退刀　如图 5-47 所示，刀具沿 Z 向下刀后，从工件外直线切向进刀，切削工件时不会产生接刀痕。

（3）圆弧切向进、退刀　如图 5-48 所示，刀具沿圆弧切向切入、切出工件，工件表面也没有接刀痕。

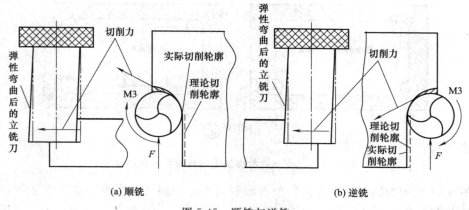

(a) 顺铣   (b) 逆铣

图 5-45   顺铣与逆铣

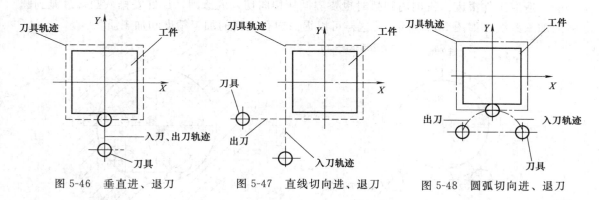

图 5-46   垂直进、退刀   图 5-47   直线切向进、退刀   图 5-48   圆弧切向进、退刀

3. 铣削平面类零件的进给路线

铣削平面类零件外轮廓时，一般采用立铣刀侧刃进行切削。为减少接刀痕迹，保证零件表面质量，对刀具的切入和切出程序必须精心设计。

铣削外表面轮廓时，铣刀的切入和切出点应沿零件轮廓曲线的延长线切入和切出，而不应沿法向直接切入零件，以避免加工表面产生划痕，保证零件轮廓光滑。

铣削封闭的内轮廓表面时，若内轮廓曲线允许外延，则应沿切线方向切入切出。若内轮廓曲线不允许外延（见图 5-49），则刀具只能沿内轮廓曲线的法向切入切出，并将其切入、切出点选在零件轮廓两几何元素的交点处。当内部几何元素相切无交点时（见图 5-50），为防止刀补取消时在轮廓拐角处留下凹口［见图 5-50（a）］，刀具切入切出点应远离拐角［见图 5-50（b）］。

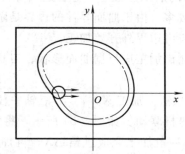

图 5-49   内轮廓加工刀具的切入和切出

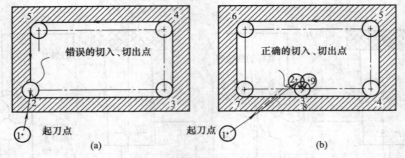

图 5-50　无交点内轮廓加工刀具的切入和切出

如图 5-51 所示为圆弧插补方式铣削外整圆时的走刀路线。当整圆加工完毕时，不要在切点 2 处退刀，而应让刀具沿切线方向多运动一段距离，以免取消刀补时，刀具与工件表面相碰，造成工件报废。铣削内圆弧时也要遵循从切向切入的原则，最好安排从圆弧过渡到圆弧的加工路线（如图 5-52 所示），这样可以提高内孔表面的加工精度和加工质量。

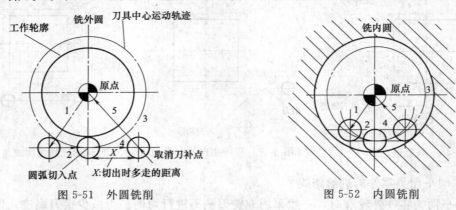

图 5-51　外圆铣削　　　　　　　　　图 5-52　内圆铣削

4. 铣削曲面类零件的加工路线

在机械加工中，常会遇到各种曲面类零件，如模具、叶片螺旋桨等。由于这类零件型面复杂，需用多坐标联动加工，因此多采用数控铣床、数控加工中心进行加工。

（1）直纹曲面加工　对于边界敞开的直纹曲面，加工时常采用球头刀进行"行切法"加工，即刀具与零件轮廓的切点轨迹是一行一行的，行间距按零件加工精度要求而确定，如图 5-53 所示的发动机大叶片，可采用两种加工路线。采用图 5-53（a）的加工方案时，每次沿直线加工，刀位点计算简单，程序少，加工过程符合直纹面的形成，可以准确保证母线的直线度。当采用图 5-53（b）所示的加工方案时，符合这类零件数据给出情况，便于加工后检验，叶形的准确度高，但程序较多。由于曲面零件的边界是敞开的，没有其他表面限制，所以曲面边界可以延伸，球头刀应由边界外开始加工。

（2）曲面轮廓加工　立体曲面加工应根据曲面形状、刀具形状以及精度要求采用不同的铣削方法。

① 两坐标联动的三坐标行切法。加工 X、Y、Z 三轴中任意二轴作联动插补，第三轴做单独的周期进刀，称为二轴半坐标联动。如图 5-54 所示，将 X 向分成若干段，圆头铣刀沿 YZ 面所截的曲线进行铣削，每一段加工完成进给 ΔX，再加工另一相邻曲线，如此依次切削即可加工整个曲面。在行切法中，要根据轮廓表面粗糙度的要求及刀头不干涉相邻表面的

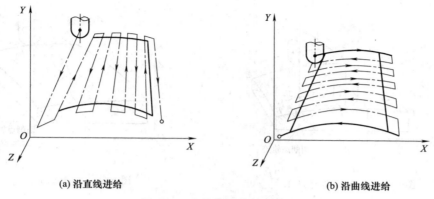

| (a) 沿直线进给 | (b) 沿曲线进给 |

图 5-53　直纹曲面的加工路线

原则选取 ΔX。行切法加工中通常采用球头铣刀。球头铣刀的刀头半径应选得大些，有利于散热，但刀头半径不应大于曲面的最小曲率半径。

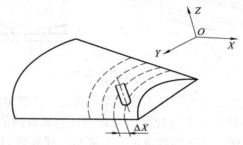

图 5-54　曲面行切法

用球头铣刀加工曲面时，总是用刀心轨迹的数据进行编程。图 5-55 为二轴半坐标加工的刀心轨迹与切削点轨迹示意图。$ABCD$ 为被加工曲面，P_{YZ} 平面为平行于 YZ 坐标面的一个行切面，其刀心轨迹 O_1O_2 为曲面 $ABCD$ 的等距面 $IJKL$ 与平面 P_{YZ} 的交线，显然 O_1O_2 是一条平面曲线。在此情况下，曲面的曲率变化会导致球头刀与曲面切削点的位置改变，因此切削点的连线 ab 是一条空间曲线，从而在曲面上形成扭曲的残留沟纹。

由于二轴半坐标加工的刀心轨迹为平面曲线，故编程计算比较简单，数控逻辑装置也不复杂，常在曲率变化不大及精度要求不高的粗加工中使用。

② 三坐标联动加工　X、Y、Z 三轴可同时插补联动。用三坐标联动加工曲面时，通常也用行切方法。如图 5-56 所示，P_{YZ} 平面为平行于 YZ 坐标面的一个行切面，它与曲面的交线为 ab，若要求 ab 为一条平面曲线，则应使球头刀与曲面的切削点总是处于平面曲线 ab 上（即沿 ab 切削），以获得规则的残留沟纹。显然，这时的刀心轨迹 O_1O_2 不在 P_{YZ} 平面上，而是一条空间曲面（实际是空间折线），因此需要 X、Y、Z 三轴联动。

三轴联动加工常用于复杂空间曲面的精确加工（如精密锻模），但编程计算较为复杂，所用机床的数控装置还必须具备三轴联动功能。

③ 四坐标加工。如图 5-57 所示工件，侧面为直纹扭曲面。若在三坐标联动的机床上用圆头铣刀按行切法加工时，不但生产效率低，而且表面粗糙度大。为此，采用圆柱铣刀周边切削，并用四坐标铣床加工。即除三个直角坐标运动外，为保证刀具与工件型面在全长始终贴合，刀具还应绕 O_1（或 O_2）作摆角运动。由于摆角运动导致直角坐标（图中 Y 轴）需作附加运动，所以其编程计算较为复杂。

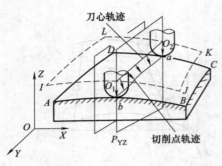

图 5-55　二轴半坐标加工

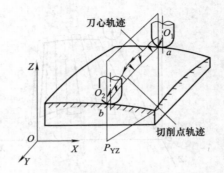

图 5-56　三坐标加工

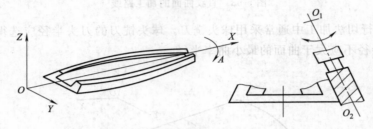

图 5-57　四坐标加工

④ 五坐标加工。螺旋桨是五坐标加工的典型零件之一，其叶片的形状和加工原理如图 5-58 所示。在半径为 R_1 的圆柱面上与叶面的交线 AB 为螺旋线的一部分，螺旋升角为 ψ_t，叶片的径向叶型线（轴向割线）EF 的倾角 α 为后倾角。螺旋线 AB 用极坐标加工方法，并且以折线段逼近。逼近段 mn 是由 C 坐标旋转 $\Delta\theta$ 与 Z 坐标位移 ΔZ 的合成。当 AB 加工完成后，刀具径向位移 ΔX（改变 R_1），再加工相邻的另一条叶型线，依次加工即可形成整个叶面。由于叶面的曲率半径较大，所以常采用面铣刀加工，以提高生产率并简化程序。因此为保证铣刀端面始终与曲面贴合，铣刀还应作由坐标 A 和坐标 B 形成的 θ_1 和 α_1 的摆角运动。在摆角的同时，还应作直角坐标的附加运动，以保证铣刀端面始终位于编程值所规定的位置上，即在切削成形点，铣刀端平面与被切曲面相切，铣刀轴心线与曲面该点的法线一致，所以需要五坐标加工。这种加工的编程计算相当复杂，一般采用自动编程。

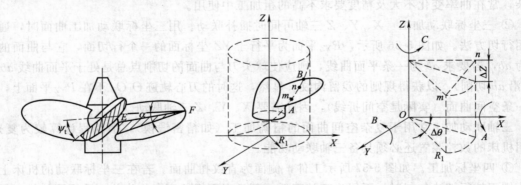

图 5-58　螺旋桨是五坐标加工

5.4.3　切削用量的选择

在数控机床上加工零件时，切削用量都预先编入程序中，在正常加工情况下，人工不予改变。只有在试加工或出现异常情况时，才通过速率调节旋钮或电手轮调整切削用量。因此程序中选用的切削用量应是最佳的、合理的切削用量。只有这样才能提高数控机床的加工精度、刀具寿命和生产率，降低加工成本。

影响切削用量的因素有以下几点。

（1）机床　切削用量的选择必须在机床主传动功率、进给传动功率以及主轴转速、进给速度范围之内。机床—刀具—工件系统的刚性是限制切削用量的重要因素。切削用量的选择应使机床—刀具—工件系统不发生较大的"振颤"。如果机床的热稳定性好，热变形小，可适当加大切削用量。

（2）刀具　刀具材料是影响切削用量的重要因素。表 5-4 是常用刀具材料的性能比较。数控机床所用的刀具多采用可转位刀片（机夹刀片）并具有一定的寿命。机夹刀片的材料和形状尺寸必须与程序中的切削速度和进给量相适应并存入刀具参数中去。标准刀片的参数请参阅有关手册及产品样本。

表 5-4　常用刀具材料的性能比较

刀具材料	切削速度	耐磨性	硬度	硬度随温度变化
高速钢	最低	最差	最低	最大
硬质合金	低	差	低	大
陶瓷刀片	中	中	中	中
金刚石	高	好	高	小

（3）工件　不同的工件材料要采用与之相适应的刀具材料、刀片类型，要注意可切削性。可切削性好的标志是，在高速切削下有效地形成切屑，同时具有较小的刀具磨损和较好的表面加工质量。较高的切削速度、较小的背吃刀量和进给量，可以获得较好的表面粗糙度。合理的恒切削速度、较小的背吃刀量和进给量可以得到较高的加工精度。

（4）冷却液　冷却液具有冷却和润滑作用。带走切削过程产生的切削热，降低工件、刀具、夹具和机床的温升，减少刀具与工件的摩擦和磨损，提高刀具寿命和工件表面加工质量。使用冷却液后，通常可以提高切削用量。冷却液必须定期更换，以防老化而腐蚀机床导轨或其他零件，特别是水溶性冷却液。

切削用量的选择原则参考 1.5.1 的内容。下面主要论述铣削加工的切削用量的选择原则。

铣削加工的切削用量包括：切削速度、进给速度、背吃刀量和侧吃刀量。从刀具耐用度出发，切削用量的选择方法是：先选择背吃刀量或侧吃刀量，其次选择进给速度，最后确定切削速度。

1. 背吃刀量 a_p 或侧吃刀量 a_e

背吃刀量 a_p 为平行于铣刀轴线测量的切削层尺寸，单位为 mm。端铣时，a_p 为切削层深度；而圆周铣削时，为被加工表面的宽度。侧吃刀量 a_e 为垂直于铣刀轴线测量的切削层尺寸，单位为 mm。端铣时，a_e 为被加工表面宽度；而圆周铣削时，a_e 为切削层深度，如图 5-59 所示。

背吃刀量或侧吃刀量的选取主要由加工余量和表面质量决定。

（1）当工件表面粗糙度值要求为 $Ra = 12.5 \sim 25 \mu m$ 时，如果圆周铣削加工余量小于 5mm，端面铣削加工余量小于 6mm，粗铣一次进给就可以达到要求。但是在余量较大，工艺系统刚性较差或机床动力不足时，可分两次进给完成。

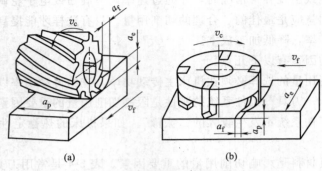

图 5-59   铣削加工的切削用量

（2）当工件表面粗糙度值要求为 $Ra=3.2\sim12.5\mu m$ 时，应分为粗铣和半精铣两步进行。粗铣时背吃刀量或侧吃刀量的选取同前。粗铣后留 0.5～1.0mm 余量，在半精铣时切除。

（3）当工件表面粗糙度值要求为 $Ra=0.8\sim3.2\mu m$ 时，应分为粗铣、半精铣、精铣三步进行。半精铣时背吃刀量或侧吃刀量取 1.5～2mm；精铣时，圆周铣侧吃刀量取 0.3～0.5mm，面铣刀背吃刀量取 0.5～1mm。

2. 进给量 f 与进给速度 v_f 的选择

铣削加工的进给量 f（mm/r）是指刀具转一周，工件与刀具沿进给运动方向的相对位移量；进给速度 v_f（mm/min）是单位时间内工件与铣刀沿进给方向的相对位移量。进给速度与进给量的关系为 $v_f=nf$（n 为铣刀转速，单位 r/min）。进给量与进给速度是数控铣床加工切削用量中的重要参数，根据零件的表面粗糙度、加工精度要求、刀具及工件材料等因素，参考切削用量手册选取或通过选取每齿进给量 f_z，再根据公式 $f=Zf_z$（Z 为铣刀齿数）计算。

每齿进给量 f_z 的选取主要依据工件材料的力学性能、刀具材料、工件表面粗糙度等因素。工件材料强度和硬度越高，f_z 越小，反之则越大。硬质合金铣刀的每齿进给量高于同类高速钢铣刀。工件表面粗糙度要求越高，f_z 就越小。每齿进给量的确定可参考表 5-5 选取。工件刚性差或刀具强度低时，应取较小值。

表 5-5   铣刀每齿进给量参考值

工件材料	f_z/mm			
	粗铣		精铣	
	高速钢铣刀	硬质合金铣刀	高速钢铣刀	硬质合金铣刀
钢	0.10～0.15	0.10～0.25	0.02～0.05	0.10～0.15
铸铁	0.12～0.20	0.15～0.30		

3. 切削速度 v_c

铣削的切削速度 v_c 与刀具的耐用度、每齿进给量、背吃刀量、侧吃刀量以及铣刀齿数成反比，而与铣刀直径成正比。其原因是当 f_z、a_p、a_e 和 Z 增大时，刀刃负荷增加，而且同时工作的齿数也增多，使切削热增加，刀具磨损加快，从而限制了切削速度的提高。为提高刀具耐用度允许使用较低的切削速度。但是加大铣刀直径则可改善散热条件，可以提高切削速度。

　　铣削加工的切削速度 v_c 可参考表 5-6 选取，也可参考有关切削用量手册中的经验公式通过计算选取。

表 5-6　铣削加工的切削速度参考值

工件材料	硬度（HBS）	v_c/(m/min)	
		高速钢铣刀	硬质合金铣刀
钢	＜225	18～42	66～150
	225～325	12～36	54～120
	325～425	6～21	36～75
铸铁	＜190	21～36	66～150
	190～260	9～18	45～90
	260～320	4.5～10	21～30

5.5　典型零件的数控铣削工艺

5.5.1　盖板零件的数控铣削加工工艺

　　盖板是机械加工中常见的零件，加工表面有平面和孔，通常需经平面、钻孔、扩孔、镗孔、铰孔及攻螺纹等工步才能完成。下面以图 5-60 所示盖板为例介绍加工中心的加工工艺。

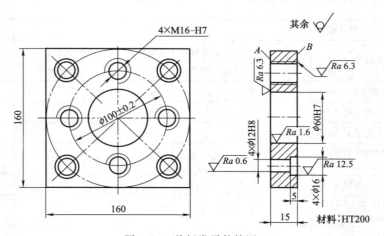

图 5-60　盖板类零件简图

　　1. 零件工艺分析

　　该盖板的材料为铸铁，故毛坯为铸件。由图可知，盖板的四个侧面为不加工表面，全部加工表面都集中在 A、B 面上。最高精度为 IT7 级。从工序集中和便于定位两个方面考虑，选择 B 面及位于 B 面上的全部孔在加工中心上加工，将 A 面作为主要定位基准，并在前道工序中先加工好。

　　2. 选择加工中心

　　由于 B 面及位于 B 面上的全部孔只需单工位加工即可完成，故选择立式加工中心。加工表面不多，只有粗铣、精铣、粗镗、半精镗、精镗、钻、扩、锪、铰及螺纹等工步，所需刀具不超过 20 把。选用小巨人公司的 VTC-16A 型立式加工中心即可满足上述要求。该机床工作台尺寸为 400mm×800mm，X 轴行程为 600mm，Y 轴行程为 400mm，Z 轴行程为 400mm，主轴端面至工作台台面距离为 125～525mm，定位精度和重复定位精度分别为

0.02mm 和 0.01mm，刀库容量为 18 把，工件一次装夹后可自动完成铣、钻、镗、铰及攻螺纹等工步的加工。

　　3. 加工顺序的确定

　　(1) 选择加工方法。B 平面用铣削方法加工，因其表面粗糙度 Ra 为 $6.3\mu m$，故采用粗铣—精铣方案；$\phi60H7$ 孔为已铸出毛坯孔，为达到 IT7 级精度和 Ra 为 $1.6\mu m$ 的表面粗糙度，需经三次镗削，即采用粗镗—半精镗—精镗方案；对 $\phi12H8$ 孔，为防止钻偏和达到 IT8 级精度，按钻中心孔—钻孔—扩孔—铰孔方案进行；$\phi16$ 孔在 $\phi12$ 孔基础上锪至尺寸即可；$M16mm$ 螺孔采用先钻孔后攻螺纹的加工方法，即按钻中心孔—钻底孔—倒角—攻螺纹方案加工。

　　(2) 确定加工顺序。按照先面后孔、先粗后精的原则确定。具体加工顺序为粗、精铣 B 面—粗、半精、精镗 $\phi60H7$ 孔—钻各光孔和螺纹孔的中心孔—钻、扩、锪、铰 $\phi12H8$ 及 $\phi16mm$ 孔—M16 螺孔钻底孔、倒角和攻螺纹，详见表 5-7。

表 5-7　盖板零件数控加工工序卡片

厂名	数控加工工序卡片		产品名称或代号	零件名称		材料	零件图号	
				盖板		HT200		
工序号	程序号	夹具名	夹具编号	使用设备			车间	
		平口钳		VTC-16A				
工步号	工步内容	加工面	刀具号	刀具规格/mm	主轴转速/(r/min)	进给速度/(mm/min)	背吃刀量/mm	备注
1	粗铣 B 平面留余量 0.5mm		T01	$\phi100$	300	70	3.5	
2	精铣 B 平面至尺寸		T01	$\phi100$	350	50	0.5	
3	粗镗 $\phi60H7$ 孔至 $\phi58mm$		T02	$\phi58$	400	60		
4	半精镗 $\phi60H7$ 孔至 $\phi59.85mm$		T03	$\phi59.85$	450	50		
5	精镗 $\phi60H7$ 至尺寸		T04	$\phi60H7$	500	40		
6	钻 $4\times\phi12H8$ 及 $4\times M16$ 的中心孔		T05	$\phi3$	1000	50		
7	钻 $4\times\phi12H8$ 至 $\phi10$ mm		T06	$\phi10$	600	60		
8	扩 $4\times\phi12H8$ 至 $\phi11.85$ mm		T07	$\phi11.85$	300	40		
9	锪 $4\times\phi16$ 至尺寸		T08	$\phi16$	150	30		
10	铰 $4\times\phi12H8$ 至尺寸		T09	$\phi12H8$	100	40		
11	钻 $4\times M16$ 底孔至 $\phi14$ mm		T10	$\phi14$	450	60		
12	倒 $4\times M16$ 孔端角		T11	$\phi18$	300	40		
13	攻 $4\times M16$ 螺纹孔		T12	M16	100	200		
编制		审核		批准			共1页	第1页

　　4. 确定装夹方案和选择夹具

　　该盖板零件形状简单，四个侧面较光整，加工面与不加工面之间的位置精度要求不高，故可选用通用机用平口钳，以盖板底面 A 和两个侧面定位，用平口钳钳口从侧面夹紧。

5. 刀具的选择

所需刀具有面铣刀、镗刀、中心钻、麻花钻、铰刀、立铣刀及丝锥等，其规格根据加工尺寸选择。B 面粗铣铣刀直径应选小一些，以减小切削力矩，但也不能太小，以免影响加工效率；B 面精铣铣刀直径应选大一些，以减少接刀痕迹，但要考虑到刀库允许的装刀直径大小，也不能太大（VTC-16A 型加工中心 $\phi110mm$）。刀柄柄部根据主轴锥孔和拉紧机构选择。VTC-16A 型立式加工中心主轴锥孔为 ISO40，适用刀柄为 BT40，故刀柄柄部应选择 BT40 型，具体所选刀柄见表 5-8。

表 5-8 盖板零件数控加工刀具卡片

产品名称或代号			零件名称		盖板	零件图号		程序编号	
工步号	刀具号	刀具名称	刀柄型号			刀具			备注
						直径/mm	长度/mm	补偿值/mm	
1	T01	$\phi100mm$ 面铣刀	BT40-XM32-75			$\phi100$	实测		
2	T01	$\phi100mm$ 面铣刀	BT40-XM32-75			$\phi100$	实测		
3	T02	$\phi58mm$ 镗刀	BT40-TQC50-180			$\phi58$	实测		
4	T03	$\phi59.85mm$ 镗刀	BT40-TQC50-180			$\phi59.85$	实测		
5	T04	$\phi60H7mm$ 镗刀	BT40-TW50-140			$\phi60H7$	实测		
6	T05	$\phi3mm$ 中心钻	BT40-Z10-45			$\phi3$	实测		
7	T06	$\phi10mm$ 麻花钻	BT40-M1-45			$\phi10$	实测		
8	T07	$\phi11.85mm$ 扩孔钻	BT40-M1-45			$\phi11.85$	实测		
9	T08	$\phi16mm$ 阶梯铣刀	BT40-MW2-55			$\phi16$	实测		
10	T09	$\phi12H8mm$ 铰刀	BT40-M1-45			$\phi12H8$	实测		
11	T10	$\phi14mm$ 麻花钻	BT40-M1-45			$\phi14$	实测		
12	T11	$\phi18mm$ 麻花钻	BT40-M2-50			$\phi18$	实测		
13	T12	M16mm 机用丝锥	BT40-G12-130			M16	实测		

6. 进给路线的确定

B 面的粗、精铣削加工进给路线根据铣刀直径确定，因所选铣刀直径为 $\phi100mm$，故安排沿 X 方向两次进给，如图 5-61 所示。所有孔加工进给路线均按最短路线确定，因为孔的位置精度要求不高，机床的定位精度完全保证，如图 5-62～图 5-66 所示即为各孔加工工步的进给路线。

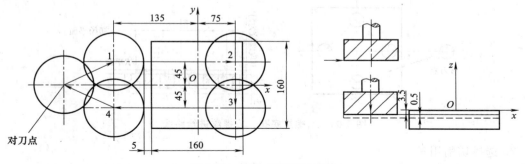

图 5-61 铣削 B 面进给路线

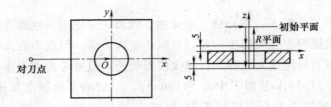

图 5-62　镗 ϕ60H7 孔进给路线

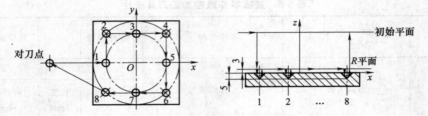

图 5-63　钻中心孔的进给路线

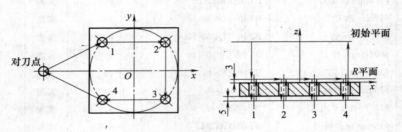

图 5-64　钻、扩、铰 ϕ12H8 孔的进给路线

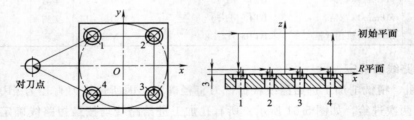

图 5-65　锪 ϕ16mm 孔的进给路线

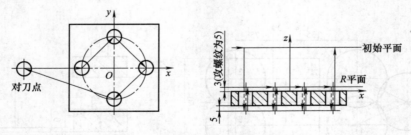

图 5-66　钻螺纹底孔、攻螺纹进给路线

7. 选择切削用量

查表确定切削速度和进给量,然后计算出机床主轴转速和机床进给速度。

5.5.2　拨动杆零件的数控铣削加工工艺

如图 5-67 所示为某机床变速箱体中操纵机构的拨动杆，用来把转动变为拨动，实现操纵机构的变速功能。材料为 HT200，该零件的生产类型为中批量生产。分析其数控加工工艺。

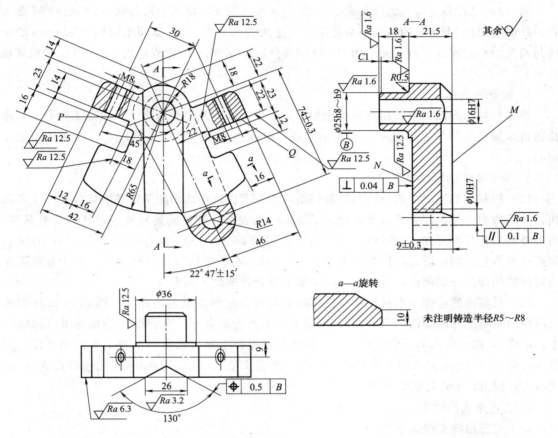

图 5-67　拨动杆零件简图

1. 零件图工艺分析

先对拨动杆零件进行精度分析。对于形状和尺寸（包括形位公差）较复杂的零件，一般采用化整体为部分的分析方法，即把一个零件看作由若干组表面及相应的若干组尺寸组成。然后分别分析每组表面的结构及其尺寸、精度要求，最后再分析这几组表面之间的位置关系。由零件图样可以看出，该零件上有三组加工表面，这三组加工表面之间有相互位置要求。

三组加工表面中每组的技术要求如下。

（1）以尺寸 $\phi16H7$ 为主的加工表面，包括 $\phi25h8$ 外圆、端面以及与之相距（74 ± 0.3）mm 的孔 $\phi10H7$。其中 $\phi16H7$ 孔中心与 $\phi10H7$ 孔中心的连线，是确定其他各表面方位的设计基准，以下简称为两孔中心连线。

（2）表面粗糙度为 $Ra6.3\mu m$ 的平面 M，以及平面 M 上的角度为 130°的槽。

（3）P、Q 两平面，及相应的 $2\times M8mm$ 螺纹孔。

这三组加工表面之间主要的相互位置要求如下。

第（1）组和第（2）组为零件上的主要表面。第（1）组加工表面垂直于第（2）组加工表面，平面 M 是设计基准。第（2）组面上槽的位置公差为 $\phi0.5mm$，即槽的位置（槽的中心线）与 B 面轴线垂直相交，偏离误差不大于 $\phi0.5mm$。槽的方向与两孔中心连线的夹角为 $22°47' \pm 15'$。

第（3）组及其他螺孔为次要表面。第（3）组上的 P、Q 两平面与第（1）组的 M 面垂直，P 面上螺孔 M8mm 的轴线与两孔中心线连线的夹角为 $45°$。Q 面上的螺孔 M8mm 的轴线与两孔中心线连线平行。而平面 P、Q 位置分别与 M8mm 的轴线垂直，P、Q 位置也就确定了。

2. 设备的选择

该零件加工表面较多，用普通机床加工，工序分散，工序数目多。采用加工中心可以将普通机床加工的多个工序在一个工序中完成，提高生产率，降低生产成本，因此选用加工中心。

3. 确定零件的定位基准

（1）精基准的选择　选择精基准思路是，首先考虑以什么表面为精基准定位加工主要表面，然后考虑以什么面为粗基准定位加工该精基准表面，即先确定精基准，然后选粗基准。由零件的工艺分析可知，此零件的设计基准是 M 平面、$\phi16mm$ 和 $\phi10mm$ 两孔中心的连线，根据基准重合原则，应选设计基准为精基准，即以 M 平面和两孔为精基准。由于多数工序的定位基准都是一面两孔，因此上述的选择也符合基准统一原则。

（2）粗基准的选择　根据粗基准选择时应合理分配加工余量的原则，选 $\phi25mm$ 外圆的毛坯面为粗基准（限制四个自由度），以保证其加工余量均匀；选平面 N 为粗基准（限制一个自由度），以保证其有足够的余量；根据要保证零件上加工表面与不加工表面相互位置的原则，应选 $R14mm$ 圆弧面为粗基准（限制一个自由度），以保证 $\phi10mm$ 孔轴线在 $R14mm$ 圆心上，使 $R14mm$ 处壁厚均匀。

4. 工艺路线的拟定

加工工艺路线安排如下。

（1）工序1：以 $\phi25mm$ 外圆（四个自由度）、N 面（一个自由度）、$R14mm$（一个自由度）为粗基准定位，采用立式加工中心加工，工步内容为：铣 M 面；"粗铣—精铣"尺寸为 $130°$ 的槽；铣 P、Q 面到尺寸；"钻—扩—铰"加工 $\phi16H7$、$\phi10H7$ 两孔。为消除粗加工（钻孔）所产生的受力变形及热变形对精加工的影响，在钻孔后，铣 P、Q 面，以使钻孔后的表面有短暂的散热时间，最后安排孔的半精加工（扩孔）、精加工（铰孔），以保证加工精度。

（2）工序2：以 M 面、$\phi16H7$ 和 $\phi10H7$（一面两孔）定位，车 $\phi25mm$ 外圆到尺寸，车 N 面到尺寸。

（3）工序3：以 M 面、$\phi16H7$ 和 $\phi10H7$（一面两孔）定位，"钻—攻螺纹"加工 $2\times$ M8mm 螺孔。

由以上分析可以看到，只需要三道工序就可以完成零件的加工，工序集中，极大提高了生产率，充分地反映了采用数控加工的优越性、先进性。下面针对工序1的数控加工工艺进行分析。工序2、3分析省略。

5. 刀具选择（见表5-9）

表 5-9　数控加工刀具卡片

产品名称或代号		×××		零件名称	拨动杆	零件图号	×××
序号	刀具号	刀具规格名称/mm	数量	加工表面/mm		刀长/mm	备注
1	T01	面铣刀 ϕ120	1	铣 M 平面		实测	
2	T02	成形铣刀	1	粗、精铣 130°槽		实测	
3	T03	中心钻 I34-4	1	钻 ϕ10、ϕ16 中心孔		实测	
4	T04	麻花钻 ϕ15	1	钻 ϕ16 孔至尺寸 ϕ15		实测	
5	T05	麻花钻 ϕ9	1	钻 ϕ10 孔至尺寸 ϕ9		实测	
6	T06	立铣刀 ϕ15	1	铣 P、Q 面到尺寸		实测	
7	T07	扩孔钻 ϕ15.85	1	扩 ϕ16 孔至尺寸 ϕ15.85		实测	
8	T08	扩孔钻 ϕ9.8	1	扩 ϕ10 孔至尺寸 ϕ9.8		实测	
9	T09	铰刀 ϕ16H7	1	铰 ϕ16H7 孔		实测	
10	T10	铰刀 ϕ10H7	1	铰 ϕ10H7 孔		实测	
编制		×××	审核	×××	批准	×××	共　页　第　页

6. 确定切削用量（略）

7. 数控加工工艺卡片拟订（见表 5-10）

表 5-10　拨动杆数控加工工艺卡片

单位名称	×××	产品名称或代号		零件名称		零件图号	
		×××		拨动杆		×××	
工序号	程序编号	夹具名称		使用设备		车间	
×××	×××	组合夹具		立式加工中心		数控中心	
工步号	工步内容/mm		刀具号	刀具规格/mm	主轴转速/(r/min)	进给速度/(mm/min)	背吃刀量/mm	备注
1	铣 M 平面		T01	面铣刀 ϕ120	600	60	2	
2	粗铣 130°槽，留余量 0.5		T02	成形铣刀	600	60		
3	精铣 130°槽		T02	成形铣刀	800	50		
4	钻 ϕ16 中心孔		T03	中心钻 I34-4	1000	80		
5	钻 ϕ10 中心孔		T03	中心钻 I34-4	1000	80		
6	钻 ϕ16 孔至尺寸 ϕ15		T04	麻花钻 ϕ15	500	60		
7	钻 ϕ10 孔至尺寸 ϕ9		T05	麻花钻 ϕ9	800	60		
8	铣 P 面到尺寸		T06	立铣刀 ϕ15	800	60		
9	铣 Q 面到尺寸		T06	立铣刀 ϕ15	800	60		
10	扩 ϕ16 孔至尺寸 ϕ15.85		T07	扩孔钻 ϕ15.85	800	60		
11	扩 ϕ10 孔至尺寸 ϕ9.8		T08	扩孔钻 ϕ9.8	800	60		
12	铰 ϕ16H7 孔		T09	铰刀 ϕ16H7	100	60		
13	铰 ϕ10H7 孔		T10	铰刀 ϕ10H7	100	50		
编制	×××	审核	×××	批准	×××	年　月　日	共　页　第　页

5.5.3　箱体零件的数控铣削加工工艺

　　如图 5-68 所示为铣床变速箱箱体图。零件材料为 HT200，中批量生产，其加工工艺分析如下。

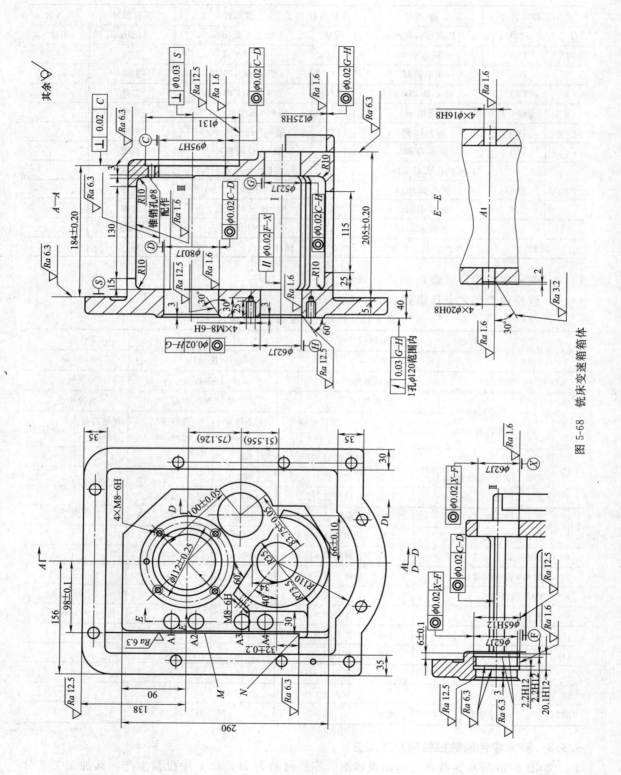

图 5-68　铣床变速箱箱体

1. 零件图工艺分析

该零件由平面、型腔以及孔系组成。零件结构较复杂，尺寸精度较高。零件上需要加工的孔较多，虽然绝大部分配合孔的尺寸精度最高仅为 7 级，但孔系内各孔之间的相互位置精度要求较高，除一处垂直度允差为 0.03mm 外，其余各处同轴度、平行度允差为 0.02mm。

2. 设备的选择

为确保这些孔加工精度的实现，提高生产率，本例选择日本一家公司生产的卧式加工中心加工该件。机床配有 MAZATAL CAM—2 数控系统，具有 3 坐标联动，双工作台自动交换，由机械手自动换刀，传感器自动测量工件坐标系和自动测量刀具长度等功能。刀库容量为 60 把。工作台面积 630mm×630mm，工作台横向（X 轴）行程 910mm，纵向行程（Z 轴）行程 635mm，主轴垂向行程（Y 轴）710mm，编程可用人机会话式，一次装夹可完成不同工位的钻、扩、铰、镗、铣、攻丝等工序。对于加工变速箱体这类多工位、工序密集工件与普通机床相比，有其独特的优越性。

3. 确定零件的定位基准和装夹方式

（1）定位基准的选择　选择零件上的 M、N 和 S 面作为定位精基准，分别限制 3 个、1个和 2 个自由度，在加工中心上一次安装完成。除精基准以外的所有表面，由粗至精地全部加工，保证了该零件相互位置精度的全部项目。这三个平面组成的精基准可在通用机床上先加工好。

（2）确定装夹方案　装组合夹具，将夹具各定位面找正在 0.01mm 以内，将夹具擦净，夹好。

将工件（98±0.1)mm，Ra6.3μm 面向下放在夹具水平定位面上，S 面靠在竖直定位面上，（32±0.2)mm，Ra6.3μm 面靠在 X 向定位面上夹紧，保证工件与夹具定位面之间 0.01mm 塞尺不入。当然，各定位面已在前面工序中用普通机床加工完成。

4. 加工阶段的划分

为了使切削过程中切削力对加工变形影响不大，以及前面加工所产生的变形（误差）能在后续加工中完全切除，可把加工阶段分得细一些，全部配合孔均经过粗→半精→精三个加工阶段。

5. 工艺设计说明

（1）对同轴孔系采用"调头镗"的加工方法，先在 B0°和 B180°工位上先后对两个侧面上的全部平面和孔进行粗加工；然后再在 B0°和 B180°工位上，先后对两个侧面的全部平面和孔进行半精加工和精加工。

（2）为了保证孔的正确位置，在加工中心上对实心材料钻孔前，均先锪平孔口面、钻中心孔，然后再钻孔→扩孔→镗孔或铰孔。

（3）因 φ125H8 孔为半圆孔，为了保证 φ125H8 孔与 φ52J7 孔同轴度 0.02mm 的要求，在加工过程中，先用立铣刀以圆弧插补方式粗铣至 φ124.85mm，然后再精镗。

（4）为保证 φ62J7 孔的精度，在加工该孔时，先加工 2×φ65H12 卡簧槽，再精镗 φ62J7 孔。

6. 刀具选择（见表 5-11）

7. 确定切削用量（略）

8. 数控加工工艺卡片拟订（见表 5-12）

表 5-11　数控加工刀具卡片

产品名称或代号		×××		零件名称	铣床变速箱体	零件图号	×××
序号	刀具号	刀具规格名称/mm	数量	加工表面/mm			备注
1	T01	粗齿立铣刀 φ45	1	铣 I 孔中 φ125H8 孔,粗铣 III 孔中 φ131 台,精铣 φ131 孔			
2	T02	镗刀 φ94.2	1	粗镗 φ95H7 孔			
3	T03	镗刀 φ61.2	1	粗镗 φ62J7 孔			
4	T05	镗刀 φ51.2	1	粗镗 φ52J7 孔至 φ51.2			
5	T07	专用铣刀 I 24-24	1	锪平 4×φ16 孔端面,锪平 4×φ20H7 孔端面			
6	T09	中心钻 I 34-4	1	钻 4×φ16 孔,钻 4×φ20H7 孔,2×M8 孔的中心孔			
7	T10	专用镗刀 φ15.85	1	镗 4×φ16H8 孔至 φ15.85			
8	T11	锥柄麻花钻 φ15	1	钻 4×φ16 孔			
9	T13	镗刀 φ79.2	1	粗镗 φ80J7 孔			
10	T16	镗刀 φ94.85	1	半精镗 φ95H7 孔至 φ94.85			
11	T18	镗刀 φ95H7	1	精镗 φ95H7 孔			
12	T20	镗刀 φ61.85H7	1	半精镗 φ62J7 孔			
13	T22	镗刀 φ62J7	1	精镗 φ62J7 孔			
14	T24	镗刀 φ51.85	1	半精镗 φ52J7 孔			
15	T26	铰刀 φ52AJ7	1	铰 φ52J7 孔			
16	T32	铰刀 φ16H8	1	铰 4×φ16H8 孔			
17	T34	镗刀 φ79.85	1	半精镗 φ80J7 孔			
18	T36	倒角刀 φ89	1	φ80J7 孔端倒角			
19	T38	镗刀 φ80J7	1	精镗 φ80J7 孔			
20	T40	倒角镗刀 φ69	1	φ62J7 孔端倒角			
21	T42	专用切槽刀 I 22-28	1	圆弧插补方式切二卡簧槽			
22	T45	面铣刀 φ120	1	铣 40 尺寸左面			
23	T50	专用镗刀 φ19.85	1	半精镗 4×φ20H7 孔			
24	T52	铰刀 φ20H7	1	铰 4×φ20H7 孔			
25	T57	锥柄麻花钻 φ18.5	1	钻 4×φ20H7 孔底孔 φ18.5			
26	T60	镗刀 φ125H8	1	精镗 φ125H8 孔			
编制	×××	审核	×××	批准	×××	共　页	第　页

表 5-12　铣床变速箱体数控加工工艺卡片

单位名称	×××	产品名称或代号		零件名称	零件图号
		×××		铣床变速箱体	×××
工序号	程序编号	夹具名称		使用设备	车间
×××	×××	组合夹具		卧式加工中心	数控中心

工步号	工步内容 /mm	刀具号	刀具规格	主轴转速 /(r/min)	进给速度 /(mm/min)	背吃刀量 /mm	备注
1	B0°						
2	铣 I 孔中 ϕ125H8 孔至 ϕ124.85	T01	粗齿立铣刀 ϕ45	300	40		
3	粗铣 III 孔中 ϕ131 台、Z 向留 0.1mm	T01	粗齿立铣刀 ϕ45	300	40		
4	粗镗 ϕ95H7 孔至 ϕ94.2	T02	镗刀 ϕ94.2	150	30		
5	粗镗 ϕ62J7 孔至 ϕ61.2	T03	镗刀 ϕ61.2	180	30		
6	粗镗 ϕ52J7 孔至 ϕ51.2	T05	镗刀 ϕ51.2	180	30		
7	锪平 4×ϕ16 孔端面	T07	专用铣刀 I 24-24	600	60		
8	钻 4×ϕ16 孔中心孔	T09	中心钻 I 34-4	1000	80		
9	钻 4×ϕ16 孔至 ϕ15	T011	锥柄麻花钻 ϕ15	400	40		
10	B180°						
11	铣 40 尺寸左面	T45	面铣刀 ϕ120	600	60		
12	粗镗 ϕ80J7 至 ϕ79.2	T13	镗刀 ϕ79.2	150	30		
13	粗镗 ϕ62J7 孔至 ϕ61.2	T03	镗刀 ϕ61.2	180	30		
14	锪平 4×ϕ20H7 孔端面	T07	专用铣刀 I24-24	600	60		
15	钻 4×ϕ20H7 孔中心孔	T09	中心钻 I34-4	1000	80		
16	钻 4×ϕ20H7 孔至 ϕ18.5	T57	锥柄麻花钻 ϕ18.5	350	40		
17	B0°						
18	精镗 ϕ125H8 孔	T60	镗刀 ϕ125H8	200	20		
19	精铣 ϕ131 孔	T01	粗齿立铣刀 ϕ45	400	40		
20	半精镗 ϕ95H7 孔至 ϕ94.85	T16	镗刀 ϕ94.85	200	20		
21	精镗 ϕ95H7 孔	T18	镗刀 ϕ95H7	200	20		
22	半精镗 ϕ62J7 孔至 ϕ61.85	T20	镗刀 ϕ61.85H7	200	20		
23	精镗 ϕ62J7 孔	T22	镗刀 ϕ62J7	200	20		
24	半精镗 ϕ52J7 孔	T24	镗刀 ϕ51.85	260	20		
25	铰 ϕ52J7 孔	T26	铰刀 ϕ52AJ7	100	20		
26	镗 4×ϕ16H8 孔至 ϕ15.85	T10	专用镗刀 ϕ15.85	200	30		
27	铰 4×ϕ16H8 孔	T32	铰刀 ϕ16H8	100	20		
28	B180°						
29	半精镗 ϕ80J7 孔至 ϕ79.85	T34	镗刀 ϕ79.85	200	20		
30	ϕ80J7 孔端倒角	T36	倒角刀 ϕ89	300	30		
31	精镗 ϕ80J7 孔	T38	镗刀 ϕ80J7	200	20		
32	半精镗 ϕ62J7 孔至 ϕ61.85	T20	镗刀 ϕ61.85H7	200	20		
33	ϕ62J7 孔端倒角	T40	倒角镗刀 ϕ69	300	30		
34	圆弧插补方式切两卡簧槽	T42	专用切槽刀 I 22-28	400	20		
35	精镗 ϕ62J7 孔	T22	镗刀 ϕ62J7	200	20		
36	镗 4×ϕ20H7 孔至 ϕ19.85	T50	专用镗刀 ϕ19.85	300	30		
37	铰 4×ϕ20H8 孔	T52	铰刀 ϕ20H7	100	20		

编制	×××	审核	×××	批准	×××	年 月 日	共 页	第 页

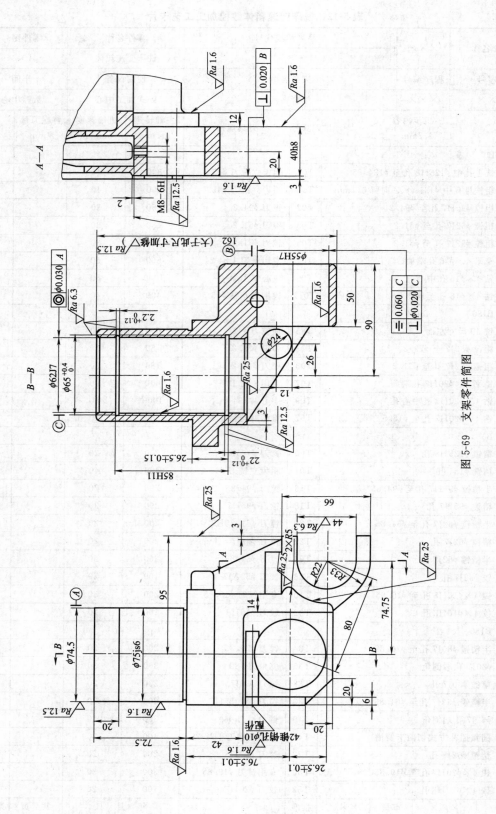

图 5-69　支架零件简图

习　题

5-1　数控铣床的主要加工对象有哪些？

5-2　如何对数控铣削加工零件的零件图进行工艺分析？

5-3　数控铣削加工零件的加工工序是如何划分的？

5-4　试述数控铣削加工工序的加工顺序安排原则。

5-5　如何选用数控铣削刀具？

5-6　如图 5-69 所示支架零件，材料为 HT200，试编制其数控加工工艺卡片。

第6章 数控加工技术的发展

6.1 数控技术的发展趋势

6.1.1 数控技术向高速度、高精度、多轴控制和复合方向发展

由于数控装置及伺服系统功能的改进，主轴转速和进给速度大大提高，减少了切削时间和非切削时间。加工中心的进给速度已达到 $80\sim120m/min$，进给加速度达 $1g\sim2g$，换刀时间小于 $1s$。以前汽车零件精度的数量级通常为 $10\mu m$，对精密零件要求为 $1\mu m$，随着精密产品的出现，对精度要求提高到 $0.1\mu m$，有些零件甚至已达到 $0.01\mu m$，高精密零件要求提高机床加工精度，包括采用温度补偿等。微机电加工，其加工零件尺寸大小一般在 $1mm$ 以下，表面粗糙度为纳米数量级，要求数控系统能直接控制纳米机床。

1. 高精度

数控机床精度的要求现在已经不局限于静态的几何精度，机床的运动精度、热变形以及对振动的监测和补偿也越来越得到重视。

（1）提高 CNC 系统控制精度：采用高速插补技术，以微小程序段实现连续进给，使 CNC 控制单位精细化，并采用高分辨率位置检测装置，提高位置检测精度（日本已开发装有 106 脉冲/转的内藏位置检测器的交流伺服电机，其位置检测精度可达到 $0.01\mu m$/脉冲），位置伺服系统采用前馈控制与非线性控制等方法。

（2）采用误差补偿技术：采用反向间隙补偿、丝杆螺距误差补偿和刀具误差补偿等技术，对设备的热变形误差和空间误差进行综合补偿。研究结果表明，综合误差补偿技术的应用可将加工误差减少 $60\%\sim80\%$。

（3）采用网格解码器检查以提高加工中心的运动轨迹精度，并通过仿真预测机床的加工精度，以保证机床的定位精度和重复定位精度，使其性能长期稳定，能够在不同运行条件下完成多种加工任务，并保证零件的加工质量。

2. 高速度

（1）主轴转速：机床采用电主轴（内装式主轴电机），主轴最高转速达 $200000r/min$。

（2）进给率：在分辨率为 $0.01\mu m$ 时，最大进给率达到 $240m/min$ 且可获得复杂型面的精确加工。

（3）运算速度：微处理器的迅速发展为数控系统向高速、高精度方向发展提供了保障，开发出 CPU 已发展到 32 位以及 64 位的数控系统，频率提高到几百兆赫、上千兆赫。由于运算速度的极大提高，使得当分辨率为 $0.1\mu m$、$0.01\mu m$ 时仍能获得高达 $24\sim240m/min$ 的进给速度。

（4）换刀速度：目前国外先进加工中心的刀具交换时间普遍已在 $1s$ 左右，高的已达 $0.5s$。德国 Chiron 公司将刀库设计成篮子样式，以主轴为轴心，刀具在圆周布置，其刀到刀的换刀时间仅 $0.9s$。

3. 多轴联动控制和功能复合

复合机床的含义是指在一台机床上实现或尽可能完成从毛坯至成品的多种要素加工。根据其结构特点可分为工艺复合型和工序复合型两类。工艺复合型机床如镗铣钻复合——加工中心、车铣复合——车削中心、铣镗钻车复合——复合加工中心等；工序复合型机床如多面多轴联动加工的复合机床和双主轴车削中心等。采用复合机床进行加工，减少了工件装卸、更换和调整刀具的辅助时间以及中间过程中产生的误差，提高了零件加工精度，缩短了产品制造周期，提高了生产效率和制造商的市场反应能力，相对于传统的工序分散的生产方法具有明显的优势。

加工过程的复合化也导致了机床向模块化、多轴化发展。德国 Index 公司最新推出的车削加工中心是模块化结构，该加工中心能够完成车削、铣削、钻削、滚齿、磨削、激光热处理等多种工序，可完成复杂零件的全部加工。随着现代机械加工要求的不断提高，大量的多轴联动数控机床越来越受到各大企业的欢迎。

在 2005 年中国国际机床展览会（CIMT2005）上，国内外制造商展出了形式各异的多轴加工机床（包括双主轴、双刀架、9 轴控制等）以及可实现 4～5 轴联动的五轴高速门式加工中心、五轴联动高速铣削中心等。

6.1.2 柔性制造系统

6.1.2.1 从物流自动化到 FMS

柔性制造系统（Flexible Manufacturing System，简称 FMS）是一种把自动化加工设备、物流自动化加工处理和信息流自动处理融为一体的智能化加工系统。进入 20 世纪 80 年代之后，柔性制造系统得到迅速发展。柔性制造系统由三个基本部分组成，如图 6-1 所示，各部分的组成作用简述如下。

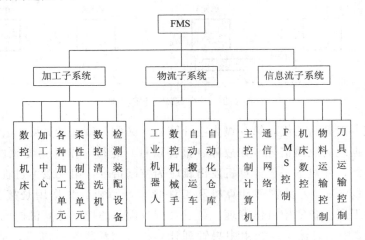

图 6-1　FMS 的构成

1. 加工子系统

根据工件的工艺要求，加工子系统差别很大。如图 6-2 是一个 FMS 组成实例。加工子系统由数控车床（单元 1）、数控端面外圆磨床（单元 2）、数控铣床（单元 3）、立式加工中心（单元 4）、卧式加工中心（单元 5）组成，五个加工单元配有四台工业机器人，单元 2 还配有中心孔清洗机。该系统可以加工伺服电机的轴类、法兰盘类、支架体类、壳体类共 14 种零件。

2. 物流子系统

该系统由自动输送小车、各种输送机构、机器人、工件装卸站、工件存储工位、刀具输入输出站、刀库等构成。物流子系统在计算机的控制下自动完成刀具和工件的输送工作。如图 6-2 中物流子系统由四个机器人、自动仓库、工件出入托盘站、机床前托盘站等五个单元和一辆自动搬运车组成。

3. 信息流子系统

由主计算机、分级计算机及其接口、外围设备和各种控制装置的硬件和软件组成。信息流子系统的主要功能是实现各子系统之间的信息联系，对系统进行管理，确保系统的正常工作。对一个复杂系统，只有通过计算机分级管理才能对系统进行更有成效的管理，保证在工作时各部分保持协调一致。

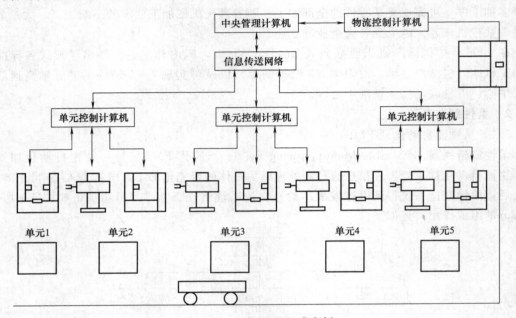

图 6-2　一个 FMS 组成实例

计算机系统一般分为三级，第一级为主计算机，又称为管理计算机。管理计算机根据调度作业命令或根据现场反馈信号（如故障、报警信号）运行"作业调度软件"，实现各种工况的作业调度计划，并对下一级计算机发出相应的控制指令，第二级为过程控制计算机，包括计算机群控（DNC）、刀具管理计算机和工件管理计算机，其作用是接受主计算机的指令，根据指令对下属设备实施具体管理。第三级由各设备的控制计算机构成，实现具体的程序动作。如图 6-2 中信息流子系统由中央管理计算机、物流控制计算机、单元控制计算机、各数控机床和机器人中的数控装置以及信息传送网络组成。

6.1.2.2　柔性制造系统 FMS

1. 柔性制造系统的组成

典型的柔性制造系统由数字控制加工设备、物料储运系统和信息控制系统组成。为了实现制造系统的柔性，FMS 必须包括下列组成部分。

（1）加工系统　柔性制造系统采用的设备由待加工工件的类别决定，主要有加工中心、车削中心或计算机数控（CNC）车、铣、磨及齿轮加工机床等，用以自动地完成多种工序的加工。

（2）物料系统　物料系统用以实现工件及工装夹具的自动供给和装卸，以及完成工序间的自动传送、调运和存贮工作，包括各种传送带、自动导引小车、工业机器人及专用起吊运送机等。

（3）计算机控制系统　计算机控制系统用以处理柔性制造系统的各种信息，输出控制CNC机床和物料系统等自动操作所需的信息。通常采用三级（设备级、工作站级、单元级）分布式计算机控制系统，其中单元级控制系统（单元控制器）是柔性制造系统的核心。

（4）系统软件　系统软件用以确保柔性制造系统有效地适应中小批量多品种生产的管理、控制及优化工作，包括设计规划软件、生产过程分析软件、生产过程调度软件、系统管理和监控软件。

2. 柔性制造系统的分类

按规模大小，柔性制造系统 FMS 可分为如下三类。

（1）柔性制造单元（FMC）　FMC 由单台带多托盘系统的加工中心或 3 台以下的 CNC 机床组成，具有适应加工多品种产品的灵活性，FMC 的柔性最高。

（2）柔性制造线（FML）　柔性制造线 FML 是处于非柔性自动线和 FMS 之间的生产线，对物料系统的柔性要求低于 FMS，但生产效率更高。

（3）柔性制造系统（FMS）　FMS 通常包括 3 台以上的 CNC 机床（或加工中心），由集中的控制系统及物料系统连接起来，可在不停机情况下实现多品种、中小批量的加工管理。FMS 是使用柔性制造技术最具代表性的制造自动化系统。

6.1.3 向集成化、信息化发展的数控技术

计算机集成制造系统（Computer Intergrated Manufacturing System，简称 CIMS）是一种集市场分析、产品设计、加工制造、经营管理、售后服务于一体，借助于计算机的控制与信息处理功能，使企业运作的信息流、物质流、价值流和人力资源有机融合，实现产品快速更新、生产率大幅提高、质量稳定、资金有效利用、损耗降低、人员合理配置、市场快速反馈和良好服务的全新的企业生产模式。

1. CIMS 的功能构成

CIMS 的功能构成包括下列内容，如图 6-3 所示。

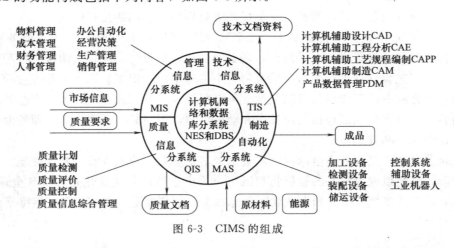

图 6-3　CIMS 的组成

（1）管理功能　CIMS 能够对生产计划、材料采购、仓储和运输、资金和财务以及人力资源进行合理配置和有效协调。

（2）设计功能　CIMS 能够运用 CAD、CAE、CAPP（计算机辅助工艺编制）、NCP（数控程序编制）等技术手段实现产品设计、工艺设计等。

（3）制造功能　CIMS 能够按工艺要求，自动组织协调生产设备（CNC、FMC、FMS、FAL、机器人等）、储运设备和辅助设备（送料、排屑、清洗等设备）完成制造过程。

（4）质量控制功能　CIMS 运用 CAQ（计算机辅助质量管理）来完成生产过程的质量管理和质量保证，它不仅在软件上形成质量管理体系，在硬件上还参与生产过程的测试与监控。

（5）集成控制与网络功能　CIMS 采用多层计算机管理模式，例如工厂控制级、车间控制级、单元控制级、工作站控制级、设备控制级等，各级间分工明确、资源共享，并依赖网络实现信息传递。CIMS 还能够与客户建立网络沟通渠道，实现自动订货、服务反馈、外协合作等。

从上述介绍可知，CIMS 是目前最高级别的自动化制造系统，但这并不意味着 CIMS 是完全自动化的制造系统。事实上，目前意义上 CIMS 的自动化程度甚至比柔性制造系统还要低。CIMS 强调的主要是信息集成，而不是制造过程物流的自动化。CIMS 的主要特点是系统十分庞大，包括的内容很多，要在一个企业完全实现难度很大。但可以采取部分集成的方式，逐步实现整个企业的信息及功能集成。

2. CIMS 的关键技术

CIMS 是传统制造技术、自动化技术、信息技术、管理科学、网络技术、系统工程技术综合应用的产物，是复杂而庞大的系统工程。CIMS 的主要特征是计算机化、信息化、智能化和高度集成化。目前各个国家都处在局部集成和较低水平的应用阶段，CIMS 所需解决的关键技术主要有信息集成、过程集成和企业集成等问题。

（1）信息集成　针对设计、管理和加工制造的不同单元，实现信息正确、高效的共享和交换，是改善企业技术和管理水平必须首先解决的问题。信息集成的首要问题是建立企业的系统模型。利用企业的系统模型来科学地分析和综合企业的各部分的功能关系、信息关系和动态关系，解决企业的物质流、信息流、价值流、决策流之间的关系，这是企业信息集成的基础。其次，由于系统中包含了不同的操作系统、控制系统、数据库和应用软件，且各系统间可能使用不同的通信协议，因此信息集成还要处理好信息间的接口问题。

（2）过程集成　企业为了提高 T（效率）、Q（质量）、C（成本）、S（服务）、E（环境）等目标，除了信息集成这一手段外，还必须处理好过程间的优化与协调。过程集成要求将产品开发、工艺设计、生产制造、供应销售中的各串行过程尽量转变为并行过程，如在产品设计时就考虑到下游工作中的可制造性、可装配性、可维护性等，并预见产品的质量、售后服务内容等。过程集成还包括快速反应和动态调整，即当某一过程出现未预见偏差，相关过程及时调整规划和方案。

（3）企业集成　充分利用全球的物质资源、信息资源、技术资源、制造资源、人才资源和用户资源，满足以人为核心的智能化和以用户为中心的产品柔性化是 CIMS 全球化目标，企业集成就是解决资源共享、资源优化、信息服务、虚拟制造、并行工程、网络平台等方面的关键技术。

3. CIMS 观念的改变

20 世纪 80 年代以来，以蒋新松和吴澄两位院士为首的科学家们提出的 863/CIMS 计划已经实施了近 25 年。25 年来，经过 863/CIMS 主题科学家们艰苦的探索和众多企业的实践，走出了一条具有中国特色的 CIMS 之路，对 CIMS 的内涵有了更深刻的认识和创造性的发展，进一步完善了 CIMS 是一种基于 CIM 哲理的计算机化、信息化、智能化集成优化的现代制造系统这一理念。

25 年的 CIMS 应用示范工程，在各级组织的领导和众多科技人员的参与下，灵活应用 CIMS 主题专家组制定的"效益驱动、总体规划、分步实施、重点突破"的十六字方针，使我国的 CIMS 应用示范工程从最初的四家试点企业，发展到现在的二百余家，覆盖了机械、电子、航空、航天、石油化工、烟草、纺织、服装、冶金和港口等各个主要行业，其中已有近 80 家通过验收，大部分取得了较好的经济效益和社会效益。这些企业的实践证明，通过 CIMS 的实施，促进了我国 CIMS 技术及产业的发展，为我国企业实现向社会主义市场经济机制及集约化生产的根本转变，建立合理的信息化支撑环境，支持企业的管理变革以及提高综合竞争力，提供了一条基于管理和信息技术的有效途径。

6.2 高速切削加工技术

高速切削加工技术是机械制造业中应用最为广泛的基础技术之一，是目前各项先进制造技术中的一项快速发展且应用前景极为广阔的先进应用技术。促进了机械冷加工制造业的飞速发展，革新了产品设计概念，如通过采用整体件加工取代零部件的分项制造装配，提高了加工效率和产品质量，缩短了产品制造周期。高速切削加速了汽车、模具、航空、航天、光学、精密机械等产品的更新换代，加速了制造技术与装备的升级，推动了企业技术进步。

6.2.1 高速切削加工的概念及理论基础

1. 高速切削技术的技术思想和内涵

高速加工技术（High Speed Machining Technology，简称 HSMT）是当今制造业中一项快速发展的新技术，在工业发达国家，高速切削正成为一种新的切削加工理念。它于 1931 年由德国物理学家萨罗蒙（C. Salomon）率先提出，20 世纪 60 年代以后，美国科技界和工业界在高速加工的机理研究和应用方面做了许多研究。20 世纪 80 年代高速加工进入实用化阶段后，在美、德、日等西方发达国家得到了普及和应用，并迅速开创了高速加工时代。近几年高速加工也在国内制造业中得到了响应，已受到越来越多国内企业的青睐和重视。

高速切削加工技术是高速加工系统中的一个子系统，是指刀刃相对于零件表面的切削运动（移动）速度超过普通切削 5～10 倍，主要体现在刀具快进、工作及快退 3 个环节上。其优势为：在高速加工过程中，能使被加工塑性金属材料在切除中的剪切滑移速度达到或超过某一域限值，开始趋向最佳切除条件，使得被加工材料切除所消耗的能量、切削力、工件表面温度、刀具磨损、加工表面质量等明显优于传统切削速度下的指标，而加工效率则大大高于传统切削速度下的加工效率。它的基本特征是切削速度高（为常规切削速度的 5～10 倍），进给速度快（40～180m/min），加减速度大（$1g～2g$）。高速加工技术将成为提高生产效率、加工质量、加工精度和缩短生产周期及降低加工成本的重要手段，为产品占领市场份额奠定坚实的基础。

2. 高速切削技术的切削速度范围

高速铣削机床的主轴运动结构能实现载荷的平稳，减小工作台由于运动的惯性，尤其是当工作台承载较大时，工作台本身和工件的运动载荷对高速切削极容易引起冲击，机床结构的新颖性对高速切削有着重要的影响，传统机床依靠工作台移动实现机床的 *XY* 方向的移动不是很适合高速切削。高速机床有瑞士 Mikron 公司 VCP710、美国 Cincinnati 公司 Hyper-Mach 五轴加工中心、日本 Mazak 公司 SMM－2500UHS、德国 Roders 公司 RFM1000、意大利 FIDIA 公司 KR214 六坐标加工中心、FIDIA 公司 D218 五坐标加工中心等。国内外高速加工中心主轴转速及工作进给参数如表 6-1 所示。

表 6-1 国内外高速加工中心转速与进给参数

序号	机床型号	主轴转速 /(r/min)	最大进给速度 /(m/min)	快移速率 /(m/min)	制造商（国家）
1	DMC85	18000～30000	120	120	DECKEL MAHO(德国)
2	HSM700	42000	20	40	MIKRON(瑞士)
3	K211/214	40000	24	24	FIDIA SPA(意大利)
4	HYPERMARK	60000	60	100	CINCINATI(美国)
5	FF510	15000	40	60	MAZAK(日本)
6	DIGIT165	40000	30	30	沈阳机床厂
7	KT1400-VB	15000	48	48	北京机床研究所
8	DHSC500	18000	62	62	大连机床集团
9	VMC1250	10000	48	48	北京机电研究院

高速切削技术涉及多种切削方法：如车、铣、磨等。一般切削速度范围因不同的加工方法和不同的工件材料而异，通常高速车削切削速度的范围为 700～7000m/min，高速铣削的范围为 300～6000m/min，高速磨削为 50～300m/s。一些定义了切削速度的下限，如德国 Schulz 公司所定的铣削下限为：铝件为 1200m/min，铸铁为 900m/min，钢件为 500m/min，图 6-4 为常用材料切削速度。

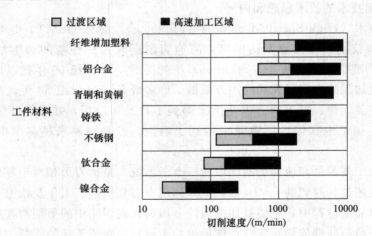

图 6-4 常用材料切削速度

6.2.2 高速切削加工的特点

高速加工的基本出发点是高速低负荷状态下的切削可较低速高负荷状态下切削更快地切除材料。低负荷切削意味着可减小切削力，从而减少切削过程中的振动和变形。使用合适的刀具，在高速状态下可切削高硬质的难加工材料。同时，高速切削可使大部分的切削热通过切屑带走，从而减少零件的热变形。高速加工与常规切削相比具有明显的优点。

（1）加工效率高。加工时间可减小约 60%，进给率较常规提高 5～10 倍，材料去除率提高 3～6 倍。

（2）切削力小。较常规切削降低至少 30%，刀具耐用度提高 70%，径向力降低更明显。这有利于减小工件受力变形，适合加工薄壁件和细长件。

（3）切削热少。加工过程迅速，95% 以上的切削热被切屑带走，工件温升低，热变形、热膨胀小，适于加工易氧化和易产生热变形的零件。

（4）加工精度高。刀具激振频率远离工艺系统固有频率，不易产生振动；又因切削力小，热变形小，残余应力小，加工表面粗糙度可达 $Ra=8\sim101\mu m$，易于保证加工精度和表面质量。

（5）工序集约化。可获得高的加工精度和低的表面粗糙度，在一定的条件下，可对硬表面加工，从而使工序集约化。

6.2.3 高速切削加工的实现

实现数控高速切削加工包含高速切削加工理论、高速主轴单元、高速进给系统、高速 CNC 系统、高性能的刀具系统、机床支撑技术驱动系统及辅助单元等关键技术。

6.2.3.1 高速切削机理

德国的切削物理学家 Carl Salomon 博士于 1929 年进行了超高速模拟试验，1931 年 4 月发表了著名的超高速切削理论，提出了高速切削假设。

Salomon 认为在常规的切削速度范围内，切削温度随着切削速度的增大而提高。当切削速度增大到超过一个速度范围，切削温度反而随切削速度的提高而降低，同时切削力也会大幅下降。按照他的假设，在具有一定速度的高速区进行切削加工，会有比较低的切削温度和较小的切削力。这就是著名的高速切削状态下切削温度的死谷理论（Dead Volley），如图 6-5 所示。但这一模型预言的曲线至今仍没有精确的令人信服的实验可以证实。

H. Schulz 等人认为：Carl Salomon 所根据的实验曲线是铣削中刀具温度（而不是切削剪切区的温度）与切削速度的关系。其中高速段上刀具温度的降低是由于刀具与工件接触时间变短所导致的结果。从切削机理研究的角度看，应当考察切削剪切区中的温度变化及材料变形状况。

高速切削中切削力减小是高速切削技术应用发展的物理基础。对于为什么速度高到一定程度，切削力会减小的问题，有人认为是由于工件材料软化所致。这种软化可以理解为切削

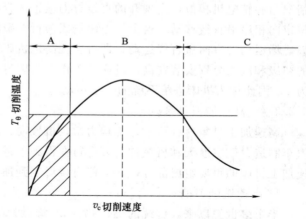

图 6-5　切削过程中刀具的温度与速度的关系
A—常规切削区域；B—不能切削区域；C—高速切削区域

速度增高，切削剪切区温度升高，材料屈服极限降低。也有研究者认为切削加工所需的能量在某一速度范围内达到平衡点，随着切削速度进一步增高，切削力随着降低，并在某一速度后保持不变，然后可能随着切屑的动量改变略有变化。但这些推断都还不能从材料变形机理上予以确切说明。所以，进一步的研究应当考察切削中产生材料变形所需能量是否随材料变形速度而变化，是否在变形速度（流变速度）超过某一极限值后改变了材料变形方式，从而使变形所需能量减少了。确定这一界限，寻求最佳切削速度具有重大的工程意义。

6.2.3.2　高速主轴单元

传统的机床是通过齿轮、皮带等中间环节连接把动力从电机传递到主轴，从而控制机床主轴的运动。由于传统的主轴运动的精度受很多因素的影响，特别是在高速运转的时候无法达到所需的精度，已经无法适应高速加工的要求。高速加工机床的主轴部件，要求采用耐高温、高速、能承受大的负荷的轴承，同时主轴动平衡性能好，有良好的热稳定性，能够传递足够的力矩和功率且能承受高的离心力，主轴的刚性要好、有恒定的力矩并带有检测过热装置和冷却装置。因此具备相应的高转速、高精度、高速精密和高效率特性的数控机床电主轴应运而生。高速运转的电主轴的主轴形式是将主轴电机的定子、转子直接装入主轴组件的内部，即把高速电机置于精密主轴内部，电主轴的电机转子就是主轴，主轴的壳体就是电机的机座，实现了变频调速电机和主轴一体，电机直接驱动主轴，形成电主轴。电主轴取消了中间的传动环节，传动链长度为 0，可以实现真正意义上的机床主轴系统的"零传动"，避免了中间环节对精度的影响。

6.2.3.3　高速驱动系统

目前在高速数控机床上实现高速进给运动主要有两种途径，即采用滚珠丝杠传动和直线电动机传动。

滚珠丝杠仍是高速伺服系统的主要驱动装置，用 AC 伺服电机直接驱动，并采用液压轴承，进给速度可达 $40\sim60\,m/min$，其加速度可超过 $0.6g$，成本较低，仅为直线电机的 $1/2.5$。

直线电机则是将传统圆筒形电机的初级展开拉直，使得初级的封闭磁场变为开放磁场，旋转电机的定子部分变为直线电机的初级，旋转电机的转子部分变为直线电机的次级。在电机的三相绕组中通入三相对称正弦电流后，在初级和次级间产生气隙磁场，气隙磁场的分布情况与旋转电机相似，沿展开的直线方向呈正弦分布。当三相电流随时间变化时，气隙磁场按定向相序沿直线移动，这个气隙磁场成为行波磁场。当次级固定不动时，次级就能沿着行波磁场运动的方向做直线运动，即可实现高速机床的直线电机驱动的进给方式。把直线电机的初级和次级分别安装在高速机床的工作台与床身上，由于这种进给传动方式的传动链缩短为 0，因此称为机床进给系统的"零传动"。

6.2.3.4　高性能刀具系统

高速加工是集材料科学、工程力学、机械动力学和制造科学于一体的高新加工技术，在汽车制造、航空航天和机械加工多个行业得到了越来越广泛的应用。高速加工工具系统是高速加工机床的重要组成部分，其性能直接影响到加工质量和加工效率。

1. 高速铣削刀柄

半个多世纪以来，传统的 BT（7∶24 锥度）工具系统在机械加工中发挥了重要作用。但是，在高速加工中，主轴工作转速达到每分钟数万转，在离心力作用下，主轴孔的膨胀量比实心的刀柄大，使锥柄与主轴的接触面积减少，导致 BT 工具系统的径向刚度、定位精度下降；在夹紧机构拉力的作用下，BT 刀柄的轴向位置发生变化，轴向精度下降，从而影响加工精度；机床停车时，刀柄内陷于主轴孔内将很难拆卸。另外，由于 BT 工具系统仅使用锥面定位、夹紧，还存在换刀重复精度低、连接刚度低、传递扭矩能力差、尺寸大、重量大、换刀时间长等缺点。为解决上述问题，美国、德国、日本等工业发达国家相继开发出若干新型工具系统，以满足现代机械加工生产的要求。

（1）HSK 工具系统　HSK 刀柄是德国阿亨工业大学机床研究所研究开发的一种新型的高速短锥刀柄，其结构特点是空心、薄壁、短锥，锥度为 1∶10；端面与锥面同时定位、夹紧，刀柄在主轴中的定位为过定位；使用由内向外的外涨式夹紧机构。HSK 工具系统最突出的特点就是端面和锥面同步接触。夹紧时，由于锥部有过盈，所以锥面受压产生弹性变形，同时刀柄向主轴锥孔轴向位移，以消除初始间隙，实现端面之间的贴合，这样就实现了双面同步夹紧。就其本身的定位而言，这种保证锥面和端面同时定位的方式实质上是过定位。HSK 接口的径向精度是由锥面接触特性决定的，这一点与 BT 锥柄一致（二者的径向精度均可达到 $0.2\mu m$）。HSK 接口的轴向精度由接触端面决定，这与 BT 锥柄明显不同，中空结构是 HSK 刀柄的一个重要特征。要实现双面接触，锥面必须产生弹性变形，与实心柄相比，空心柄产生弹性变形容易得多，所消耗的夹紧力也小得多，而当主轴高速回转时，空心薄壁的径向膨胀量与主轴内锥孔相差不大，有利于在较大转速范围内保持锥面的可靠接触。HSK 刀柄的空心柄部还为夹紧机构提供了安装空间，以实现由内向外的夹紧。这种夹紧方式可以把离心力转化为夹紧力，使刀柄在高转速下工作时夹紧更为可靠。此外，HSK 刀柄的空心柄部还使内部切削液的供应成为可能。

　　HSK 工具系统以其定位精度高、静、动态刚度高，尺寸小、重量轻、结构紧凑，适合高速切削等优点，已成为高速加工中最有发展潜力的高级系统。国际标准化组织最终确定以 HSK 为新型工具系统的国际标准，并于 2001 年颁布了该项 ISO 标准（ISO 12164）。

　　(2) KM 工具系统　KM 工具系统是美国 Kennametal 公司及德国 Widia 公司联合研制的，其基本形状与 HSK 很类似，也是采用了 1：10 的空心短锥配合和双面定位方式。主要的差别在于夹紧机构不同，KM 刀柄是使用钢球斜面锁紧，夹紧时钢球沿拉杆凹槽的斜面被推出，卡在刀柄上的锁紧孔斜面上，将刀柄向主轴孔拉紧，刀柄产生弹性变形使刀柄端面与主轴端面贴紧。KM 工具系统具有高刚度、高精度、快速装夹和维护简单等优点。试验证实 KM 刀柄的动刚度比 HSK 系统更高，不过由于 KM 刀柄锥面上开有对称的两个供夹紧用的圆弧凹槽，需要非常大的夹紧力才能正常工作。

　　(3) NC5 工具系统　NC5 工具系统是日本株式会社日研工作所开发的，采用 1：10 锥度双面定位结构。锥柄采用实心结构，使其抗高频颤振能力优于空心短锥结构。其定位原理与 HSK、KM 相同，不同的是把 1：10 锥柄分成了锥套和锥柄两部分，锥套端面有碟形弹簧，具有缓冲抑振作用。通过锥套的微量位移，可以有效吸收锥部基准圆的微量轴向位置误差，以便缓和刀柄的制造难度。弹簧的预压作用还能衰减切削时的微量振动，有益于提高刀具的耐用度。当高速旋转的离心力导致锥孔扩张时，弹簧会使轴套产生轴向位移，补偿径向间隙，确保径向精度，由于刀柄本体并未产生轴向移动，因此又能保证工具系统的轴向精度。

　　(4) Big-plus 工具系统　Big-plus 工具系统是日本大昭和精机公司开发的改进型 7：24 锥柄工具系统。该系统与现有的 7：24 锥柄完全兼容，它将主轴端面与刀具法兰间的间隙量分配给主轴和刀柄各一半，分别加长主轴和加厚刀柄法兰的尺寸，实现主轴端面与刀具法兰的同时接触。装入刀柄时伴随主轴孔的扩张使刀具轴向移动达到端面接触。与 BT 锥柄相比，Big-plus 锥柄对弯矩的承载能力因有一个加大的支持直径而提高，从而增加了装夹稳定性。Big-plus 工具系统的夹持刚性高，因此在高速加工中可减少刀柄的跳动，提高重复换刀精度。

　　(5) 高速铣削刀柄的配置

　　① 高速刀具优先配置热胀式刀柄，通过热胀式加热仪进行加热，通过热胀冷缩的原理对刀具进行夹紧，其回转精度、结构对称性、动平衡性能均较液压式刀柄好，在欧洲应用非常广泛，尤其适合模具等行业产品的高速切削加工，该刀柄可达到 40000r/min。其中热胀

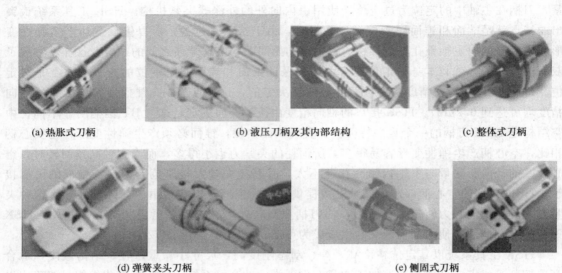

(a) 热胀式刀柄　　　　　　(b) 液压刀柄及其内部结构　　　　　(c) 整体式刀柄

(d) 弹簧夹头刀柄　　　　　　　　　(e) 侧固式刀柄

图 6-6　高速铣常用刀柄示意图

式装刀装置以德国 Thermal Grip 为典型代表。如图 6-6（a）所示为热胀式刀柄。

② 液压式刀柄是高精度、高性能的刀柄夹持柄，其回转精度、结构对称性和动平衡性能均较好，减振性好，可有效提高切削效率和刀具的使用寿命，液压式刀柄以德国雄克公司的为典型代表，经过动平衡后转速可达到 25000r/min。如图 6-6（b）所示为液压式刀柄。

③ 整体式刀柄，如日本 Nikken 公司刀柄、奥地利盘石的整体铝合金铣削刀柄，其结构主要是刀体和刀柄为一体，在经过动平衡测试调整后，再安装铣削刀片进行动平衡调节来满足高速铣削加工的需要，整体式刀柄尤其适合模具的高速粗加工和铝合金高速铣削。其转速一般可以达到 10000～30000r/min 之间。如图 6-6（c）所示为整体式刀柄。

④ 高速铣削应用精密弹簧夹头刀柄和侧固式刀柄时，其转速由于本身结构的限制，一般难以达到 20000r/min，精密弹簧夹头刀柄一般可达到 12000～15000r/min，而侧固式刀柄则难以达到 10000r/min，在高速机床上尽量少用。如图 6-6（d）、（e）所示为弹簧夹头刀柄和侧固式刀柄。

2. 高速铣削刀具

刀具是高速切削加工中最活跃重要的因素之一，它直接影响着加工效率、制造成本和产品的加工精度。刀具在高速加工过程中要承受高温、高压、摩擦、冲击和振动等载荷，因此其硬度、耐磨性、强度、韧性、耐热性、工艺性能和经济性等基本性能是实现高速加工的关键因素。同时不同材料的工件高速切削在刀具的选用上要注意其与工件材料的匹配性，表 6-2 为常用高速刀具对不同工件材料切削加工的适应性能力。高速切削加工的刀具技术发展速度很快，应用较多的如金刚石（PCD）、立方氮化硼（CBN）、陶瓷刀具、涂层硬质合金、（碳）氮化钛硬质合金 TIC（N）等。目前由于高速机床和刀具材料价格比较昂贵是影响高速加工在国内普及的重要原因之一。其中涂层硬质合金在高速加工中应用最为广泛，可用于耐热合金、钛合金、高温合金、铸铁、纯钢、铝合金及复合材料的高速切削。

表 6-2　常用高速刀具材料切削适应性

刀具材料＼工件材料	高硬钢	耐热合金	钛合金	高温合金	铸铁	纯铜	铝合金	复合材料
PCD	×	×	●	×	×	×	●	●
PCBN	●	●	★	●	★	▲	▲	▲
陶瓷刀具	●	●	×	●	●	▲	×	×
涂层硬质合金	★	●	●	▲	●	●	▲	▲
TICN 硬质合金	▲	×	×	×	●	▲	×	×

注：●——优；★——良；▲——一般；×——差。

　　在加工铸铁和合金钢的切削刀具中，硬质合金是最常用的刀具材料。硬质合金刀具耐磨性好，但硬度比立方氮化硼和陶瓷低。为提高硬度和表面光洁度，硬质合金刀具采用硬的涂层材料进行涂层，如氮化钛、氮化钛铝和碳氮化钛等。直径在 10～40mm 范围内，且有碳氮化钛涂层的硬质合金刀片能够加工洛氏硬度小于 42 的材料；而氮化钛铝涂层的刀具能够加工洛氏硬度为 42 甚至更高的材料。可根据使用要求，选用不同的刀具材料和涂层材料。表 6-3 给出了硬质合金刀具加工铝合金材料的切削参数。

　　应用于高速切削的刀具和涂层材料可分为：加工铸铁的立方氮化硼和氮化硅刀具，加工洛氏硬度达 42 的合金钢的氮化钛和碳氮化钛涂层的合金刀具，加工洛氏硬度为 42 甚至更高的合金钢的氮化钛铝和铝氮化钛涂层合金刀具等。经过实践验证，在复合材料的铣削加工过程中由于切屑呈现粉末状，因此要求切削刃比较锋利耐磨，采用金刚石材料的刀具其效率和精度比普通硬质合金要好。钛合金的切削采用涂层硬质合金和 YG8 的普通硬质合金比较理想。

表 6-3　硬质合金刀具加工铝合金材料的高速切削参数

项　　目	平面粗加工	键槽加工	侧刃面加工
2 刃 ϕ10 立铣刀	刀具	6 刃 ϕ80 端铣刀	2 刃 ϕ10 立铣刀
进给速度/(mm/min)	40000	12000	6000
切削深度/mm	1	0.5	20
切削宽度	50	10	0.5

6.2.3.5　高速 CNC 系统

　　高速切削机床优良的力学性能，必须通过它优良的控制性能才能够充分发挥。高速主轴、高速伺服系统都与控制技术的发展密不可分。用于 HSC 的计算机数控（CNC）系统必须具有很高的运算速度和精度，以及快速响应的伺服控制。HSC 机床的 CNC 系统在相同一段时间内需要计算处理的数据比普通数控机床的 CNC 系统多得多，就要求前者的计算处理容量和速度大大提高，其 CNC 系统的硬件，采用功能强大的个人计算机配置。例如奔腾芯片，64MB 内存，1～10GB 硬盘等，使程序块的执行时间降低到 3～0.5μs。在此基础上配备空间螺旋线、抛物线和样条插补功能、速度预控制功能，数字化自动平滑运动轨迹功能、加速和制动时的急动速度监控功能等，使工件加工质量在高速切削时得到明显改善。相应地，伺服系统则发展为数字化、智能化和软件化，使伺服系统与 CNC 系统在 A/D－D/A 转换中不会有丢失或延迟现象，尤其是全数字交流伺服电机和控制技术已得到广泛应用，该技术的主要特点为具有优异的动力学特征、无漂移、极高的轮廓精度，从而保证了高进给速度加工的要求。

6.2.3.6　高速加工的应用

高速切削技术的应用范围很广，现主要用于以下几个领域。

1. 航空工业

飞机制造业是最早采用高速铣削的行业。飞机上的零件通常采用"整体制造法"，即在整体上"掏空"加工以形成多筋薄壁构件，其金属切除量相当大，这正是高速切削的用武之地。铝合金的切削速度已达 1500～5500 m/min，最高达 7500m/min。

2. 模具制造业

模具型腔加工过去一直为电加工所垄断，但其加工效率低。而高速加工切削力小，可铣淬硬 60HRC 的模具钢，加工表面粗糙度值又很小，浅腔大曲率半径的模具完全可用高速铣削来代替电加工；对深腔小曲率的，可用高速铣削加工作为粗加工和半精加工，电加工只作为精加工。这样可使生产效率大大提高，周期缩短。钢的切削速度可达 600～800m/min。

3. 汽车工业

汽车发动机的箱体、气缸盖多用组合机床加工。国外汽车工业及上海大众、上海通用公司，凡技术变化较快的汽车零件，如：气缸盖的气门数目及参数经常变化，现一律用高速加工中心来加工。铸铁的切削速度可达 750～4500m/min。

4. 精密制造业

在精密机械或光学仪器的制造中，尺寸精度、加工稳定性等往往要求较高。采用高速加工时激振频率很高，工作平稳，容易获得较高的尺寸精度。

6.3　数控多轴加工技术

所谓多轴加工，即是在加工过程中，除提供沿 X、Y、Z 方向的线性移动外，还提供绕 X 轴、Y 轴、Z 轴的转动，具有四轴加工和五轴铣加工的数控机床统称为多轴加工机床，如图 6-7 所示。

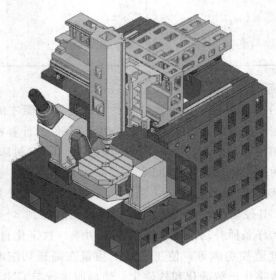

图 6-7　V0656e 多轴数控机床

多轴数控机床的多个坐标轴可以在计算机数控（CNC）系统的控制下同时协调运动进行加工，并且可以同时控制、联动加工。与三轴联动数控机床相比较，利用多轴联动数控机床进行加工的主要优点如下。

（1）可以一次装夹完成多面多方位加工，从而提高零件的加工精度和加工效率。

（2）由于多轴机床的刀轴可以相对于工件状态而改变，刀具或工件的姿态角可以随时调整，所以可以加工更加复杂的零件。

（3）由于刀具或工件的姿态角可调，所以可以避免刀具干涉、欠切和过切现象的发生，从而获得更高的切削速度和切削宽度，使切削效率和加工表面质量得以改善。

（4）多轴机床的应用，可以简化刀具形状，从而降低刀具成本。同时还可以改善刀具的长径比，使刀具的刚性、切削速度、进给速度得以大大提高。

（5）在多轴机床上进行加工时，工件夹具较为简单。由于有了坐标转换和倾斜面加工功能，使得有些复杂型面加工转变为二维平面的加工。由于有了刀具轴控制功能，斜面上孔加工的编程和操作也变得更加方便。

因此，多轴加工技术一直是数控加工领域内国内外学者的研究热点之一。

6.3.1 多轴加工机床的结构形式

1. 多轴数控机床的分类

多轴数控铣床不同的结构具有其各自的使用范围和优缺点，可以有很多种分类方式。

（1）按回转轴数可分为四轴和五轴。

（2）按主轴头的安装方式可分为立式和卧式。

（3）按照机身结构可分为龙门式或非龙门式。

（4）按旋转轴的安放位置可分为双摆头式、双翻转工作台式、单摆头加回转工作台式。

2. 典型的多轴机床的结构型式

多轴机床一般由 3 个平动轴加上 1 到 3 个回转轴组成，多轴机床的 3 个平动轴是 X、Y、Z 轴，绕 X、Y、Z 轴旋转的 A、B、C 轴作为旋转轴，其正方向依据右手螺旋定则进行定义。由于增加了旋转轴，所以与三轴数控机床相比，多轴机床的刀具或工件的运动形式更为复杂，根据旋转轴具体结构的不同，主要有以下几种形式。

（1）四轴铣床　如图 6-8 所示，最常见的四轴铣加工机床是在三轴机床的基础上添加一个可绕 X 轴连续旋转的工作台。该回转轴通常被定义为 A 轴，主要用于加工叶片，滚轮等回转体。

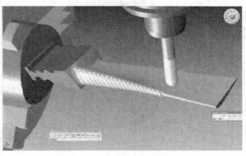

图 6-8　四轴数控铣床

（2）双转主轴头型五轴机床

如图 6-9 所示，通过主轴头在两个方向上的旋转来实现五轴联动加工，这种形式通常被用于龙门式大型机床或具有较大行程的立式加工中心上。这种机床通常用于加工飞机零部件、汽车模具等大型复杂工件。这类机床的主轴摆动机构比较复杂，一般称为"五轴头"。

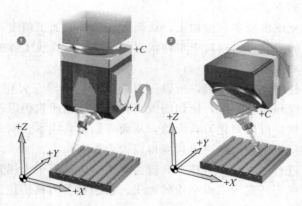

图 6-9　双转主轴头型五轴机床

（3）双旋转工作台型五轴机床　如图 6-10 所示，该机床是通过工作台的旋转和翻转来实现五轴联动加工的。这种配置型式的优点是主轴结构比较简单，主轴刚性较好，但由于转台需要完成两个旋转运动，通常结构比较复杂，工作台承重不能太大，这类机床适合加工小型工件，例如叶轮，模具等。由于是工作台的转动，所以节省了 X、Y、Z 轴的线性行程，一般被用于小型五轴机床。

双转台转轴不正交的五轴机床称为倾斜式双转台机床。有的双转台型五轴机床是在三轴数控铣床的基础上增加了两个旋转工作台，使其具备五轴运动的功能，通常称为"3＋2"机床。

针对旋转轴之间的影响关系，将自身运动影响另一个旋转轴的轴定义为第四轴，也称为定轴，如图 6-11 所示双转台型五轴机床中的 A 轴（B 轴），A 轴（B 轴）的转动带动 C 轴运动，而 C 轴的转动不影响 A 轴（B 轴），所以 A 轴（B 轴）称为定轴，C 轴为第五轴（动轴）。

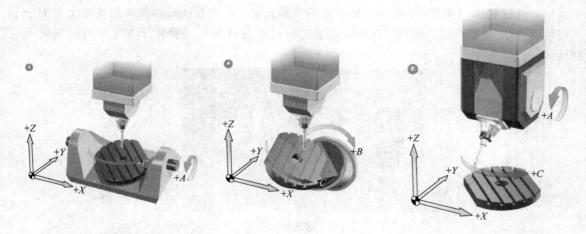

图 6-10　双旋转工作台型五轴机床　　　　　图 6-11　单摆头转台型五轴机床

（4）一个旋转工作台和一个旋转主轴头的机床　如图 6-12 所示，旋转运动由刀具摆动和工作台转动完成，其特点介于上述两种机床之间，这种形式通常被用于中、小型机床，适合加工回转体式的工件，例如轮胎模具等。

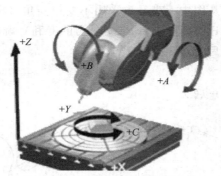

图 6-12　双摆头转台型多轴机床

（5）典型多轴加工机床的工艺范围如表 6-4 所示。

表 6-4　典型多轴加工机床的工艺范围

多轴机床结构形式	工艺特点
主轴头有 2 个旋转轴（双转主轴头）	主轴加工非常灵活，工作台可以设计得非常大，适用于大型零件加工，一般机床采用龙门结构
工作台上的 2 个旋转轴（双旋转工作台）	主轴结构比较简单，主轴刚性好，因转台结构复杂工作台承重小，适用于小型零件加工
主轴头上的一个旋转轴、工作台上的一个旋转轴	介于双转主轴头和双旋转工作台机床之间，适用于中型零件加工

6.3.2　多轴加工的特点

1. 五轴加工的优点

所谓五轴加工这里是指在一台机床上至少有五个坐标轴（三个直线坐标和两个旋转坐标），而且可在计算机数控（CNC）系统的控制下同时协调运动进行加工。这样的五轴联动数控加工与一般的三轴联动数控加工相比，主要有以下优点。

（1）可以加工一般三轴数控机床所不能加工或很难一次装夹完成加工的连续、平滑的自由曲面。如航空发动机和汽轮机的叶片，舰艇用的螺旋推进器，以及许许多多具有特殊曲面和复杂型腔、孔位的壳体和模具等，如用普通三轴数控机床加工，由于其刀具相对于工件的位姿角在加工过程中不能变，加工某些复杂自由曲面时，就有可能产生干涉或欠加工（即加工不到）。而用五轴联动的机床加工时，则由于刀具/工件的位姿角在加工过程中随时可调整，就可以避免刀具工件的干涉并能一次装夹完成全部加工。

（2）可以提高空间自由曲面的加工精度、质量和效率。例如，三轴机床加工复杂曲面时，多采用球头铣刀，球头铣刀是以点接触成形，切削效率低，而且刀具/工件位姿角在加工过程中不能调，一般就很难保证用球头铣刀上的最佳切削点（即球头上线速度最高点）进行切削，而且有可能出现切削点落在球头刀上线速度等于零的旋转中心线上的情况，如图 6-13 中所示的刀位 a 处。这时不仅切削效率极低，加工表面质量严重恶化，而且往往需要采用手动修补，因此也就可能丧失精度。如采用五轴机床加工，由于刀具/工件位姿角随时可调，则不仅可以避免这种情况的发生，而且还可以时时充分利用刀具的最佳切削点来进行切削，或用线接触成形的螺旋立铣刀来代替点接触成形的球头铣刀，甚至还可以通过进一步优化刀具/工件的位姿角来进行铣削，从而获得更高的切削速度、切削线宽，即获得更高的切削效率和更好的加工表面质量，图 6-14 所示便是以不变位姿角和以优化位姿角铣削相同自由曲面的效果比较的一例。从图中不难看出采用不变位姿角（Sturz 法）铣削叶片的表面粗糙度要比采用优化位姿角（P 铣削法—Starrag 公司的专利）铣削叶片的表面粗糙度低一级，而所用的时间，前者还比后者多 30%～130%。

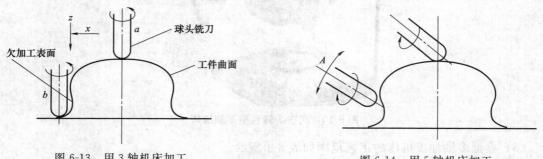

图 6-13　用 3 轴机床加工　　　　　　　　　　　图 6-14　用 5 轴机床加工

（3）符合于工件一次装夹便可完成全部或大部分加工的机床发展方向。因为随着科技的发展和人们物质生活水平的提高，人们对产品的性能、质量要求也更高，形式更多样化和个性化。为了进一步提高产品的性能和质量，充分满足使用者的多方要求，如节能、省材、轻便、美观、舒适等，现代产品，不仅是航空、航天产品和运载工具（如汽车、船、舰等），而且也包括精密仪器、仪表，医疗、运动器械，以及家用、办公用的电器和儿童玩具等产品的零件，都愈来愈多地采用由整体材料镂铣而成，而且其上还包含有许多各种各样的复杂曲面和斜孔、斜面等。这些零件，如用传统机床或三轴数控机床来加工，必须用多台机床，经过多次定位安装才能完成。这样不仅设备投资大，占用生产面积多，生产加工周期长，而且精度、质量还难以保证。为了解决这些问题，就要发展能集中工序进行高精、高效和复合加工的机床，以期能实现工件一次装夹便可完成全部或大部分加工。这已成为当今机床发展的大趋势，而配备上高速加工能力的五轴机床，完全符合这一发展要求的趋势，而且还可能是最佳的方案选择。因为它不仅具有现代生产加工设备所要求具有的主要功能，而且一台五轴机床的工效约相当于两台三轴加工机床，甚至可以省去更多机床。

2. 五轴加工的难点

五轴加工的方法和机床，早在 20 世纪 60 年代，国外航空工业为了加工一些具有连续平滑而复杂的自由曲面大件时，就已开始采用了，但一直没能在更多的行业中获得广泛应用，只是近 10 年来才有了较快的发展。究其原因，主要是五轴加工存在着很多难点。

（1）编程复杂、难度大。因为五轴加工不同于三轴，它除了三个直线运动外，还有两个旋转运动参与，其所形成的合成运动的空间轨迹非常复杂和抽象，一般难以想象和理解。如为了加工出所需的空间自由曲面，往往需通过多次坐标变换和复杂的空间几何运算，同时还要考虑各轴运动的协调性，避免干涉、冲撞，以及插补运动要适时适量等，以保证所要求的加工精度和表面质量，编程难度就更大了。

（2）对数控及伺服控制系统要求高。由于五轴加工需要有五轴同时协调运动，这就要求数控系统首先必须具有至少五轴联动控制的功能；另外由于合成运动中有旋转运动的加入，这不仅增加了插补运算的工作量，而且由于旋转运动的微小误差有可能被放大从而大大影响加工的精度，因此要求数控系统要有较高的运算速度（即更短的单个程序段的处理时间）和精度。所有这些都意味着数控系统必须增加 RISC 芯片的处理器来进行处理（即采用多个高位数的 CPU 结构）。另外如前所说，五轴加工机床的机械配置有刀具旋转方式、工件旋转方式和两者的混合式，数控系统也必须能满足不同配置的要求。最后，为了能实现高速、高精的五轴加工，数控系统还要具有前瞻（Look Ahead）功能和较大的缓冲存储能力，以便在程序执行之前对运动数据进行提前运算、处理并进行多段缓冲存储，从而保证刀具高速运行时误差仍然较小。所有这些要求，无疑都将增加数控系统结构的复杂性和开发的难度。

（3）五轴机床的机械结构设计和制造也比三轴机床更复杂和困难。因为机床要增加两个旋转轴坐标，就必须采用能倾斜和转动的工作台或能转动和摆动的主轴头部件。对增加的这两个部件，既要求其结构紧凑，又要具有足够大的力矩和运动的灵敏性及精度，这显然就比设计和制造普通三轴加工机床难多了。

作为上述三项因素综合影响的结果，五轴加工机床的价格比较昂贵。因而在某种程度上也影响了企业对五轴机床的投资。

6.3.3 五轴数控加工顺序

1. 零件几何建模

要完成复杂零件的数控加工编程，必须要用自动编程软件来实现。其首要环节是建立被加工零件几何模型。复杂形状零件几何建模的主要技术内容包括：曲线曲面创建及编辑技术、实体建模技术和特征建模技术等。

2. 加工方案及工艺参数的合理选择

加工方案的确定及工艺参数的选择，直接决定着数控加工的效率和质量。其中刀具、刀轴控制方式、走刀路线和进给速度的自动优化选择与自适应控制是近年来所研究的重点问题。

3. 刀具轨迹生成

刀具轨迹生成是复杂形状零件数控加工中最重要同时也是研究最为广泛深入的内容，能否生成有效的刀具轨迹直接决定了加工的可能性、质量和效率。刀具轨迹生成的首要目标是使所生成的刀具轨迹能满足：无干涉、无碰撞、轨迹光滑、切削负荷光滑并满足要求、代码质量高、代码量小等条件。

4. 数控加工仿真

零件实际加工之前，对所编制的数控加工程序进行加工仿真验证是十分必要的，特别是在多轴加工编程中，其作用更为突出。由于多轴加工中刀具相对于工件运动的复杂性，所生成的加工程序在加工过程中有可能会出现过切与欠切、干涉与碰撞等问题。数控加工仿真通过软件模拟加工环境、刀具路径与材料切除过程来检验并优化加工程序。可以有效地避免上述问题，提高编程效率与质量。

5. 后置处理

后置处理是数控编程技术的一个重要内容，它将 CAM 系统生成的不包含具体机床和数控系统信息的刀位数据转换成能够控制特定机床运动的数控加工程序。有效的后置处理对于保证加工质量、效率与机床可靠运行具有重要作用。

数控机床的各种运动都是执行特定的数控指令的结果，完成一个零件的数控加工一般需要执行一连串的数控指令，即数控程序。在 CAM 系统中，考虑到具体机床的结构和系统不同以及 CAM 编程的独立性，其自动生成的是相对于工件坐标系的刀位文件，这个过程称为前置处理。前置处理产生的刀位文件不能用于驱动数控机床的运动。因此，这时需要设法把刀位文件转换成特定数控机床能够识别并且能够执行的数控程序，这个过程称为后置处理。

后置处理的主要任务包括以下几个方面。

（1）机床运动变换　五轴数控编程生成的刀位文件中的刀位数据，是刀具相对于工件坐标系的刀心位置和刀轴矢量数据。机床运动变换的作用就是根据具体的机床运动结构将刀位文件中的刀位数据转换成为机床各运动轴的运动数据。

（2）非线性运动误差校验　CAM 系统进行刀位数据的计算时，是使用离散直线来逼近工件轮廓。加工过程中，只有当刀位点实际运动为直线时，才能与编程精度相符合。多坐标加工时，由于旋转运动的非线性，由机床各运动轴线性合成的实际刀位运动会严重偏离编程直线。因此，应对该误差进行检验，若超过允许误差时应作必要修正。

（3）进给速度校验　进给速度是指刀具接触点或刀位点与工件表面的相对速度。在多轴加工中，由于回转半径的放大作用，其合成速度转换到机床坐标时，会使平动轴的速度变换很大，超出机床伺服能力或机床、刀具的负荷能力。因此，应根据机床伺服能力（速度、加速度）及切削负荷能力进行校验修正。

（4）数控加工程序生成　数控加工程序生成是指根据数控系统规定的指令格式将机床运动数据转换成机床程序代码。后置处理在完成这个过程时，原则上是逐行解释执行，根据刀位文件记录行的类型，来确定是进行针对特定机床的坐标变换还是进行代码转换，直到刀位源文件结束。

6.3.4　五轴加工编程刀具轨迹生成

（1）刀具轨迹生成方法　五轴数控加工刀具轨迹生成是数控编程的基础和关键，主要方法如下。

① 参数线法。曲面参数线加工方法（如图 6-15 所示）是多坐标数控加工中生成刀具轨迹的主要方法，特点是切削行沿曲面的参数线分布，即切削行沿 u 线或 v 线分布，适用于网格比较规整的参数曲面的加工。该算法的优点是计算方法简单，速度快。不足之处是当加工曲面的参数线分布不均匀时，切削行刀具轨迹的分布也不均匀。

（a）　　　　　　　　　　　　　（b）

图 6-15　参数线加工刀具轨迹分布

② 截平面法。截平面法加工方法（如图 6-16 所示）是采用一组截平面去截取加工表面，截出一系列交线，刀具与加工表面的接触点就沿着这些交线运动，完成曲面的加工。

截平面法使刀具与曲面的切触点轨迹在同一平面上。该方法对于曲面网格分布不太均匀及由多个曲面形成的组合曲面的加工非常有效，可以使加工轨迹分布相对比较均匀，可使残留高度分布比较均匀，加工效率也较高。

③ 回转截面法。回转截面法加工方法（如图 6-17 所示）是采用一组回转圆柱面去截取加工表面，截出一系列交线，刀具与加工表面的接触点就沿着这些交线运动完成曲面加工。一般情况下回转圆柱面的轴心线平行于 Z 坐标轴。

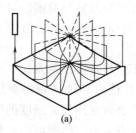 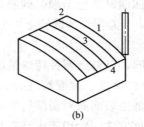 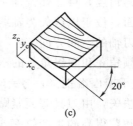

图 6-16　截平面法加工的刀具轨迹

④ 投影法。投影法加工方法（如图 6-18 所示）是使刀具沿一组事先定义好的导动曲线（或轨迹）运动，同时跟踪待加工表面的形状。导动曲线在待加工表面上的投影一般为接触点轨迹，也可以是刀位点轨迹。接触点轨迹适合于曲面特征的加工，而对于有干涉面的场合，限制刀心点更为有效。由于待加工表面上每一点的法矢方向均不相同，因此限制接触点轨迹不能保证刀尖轨迹落在投影方向上，所以限制刀尖轨迹点容易控制刀具的准确位置，可以保证在一些临界位置和其他曲面（如干涉面）不发生干涉。

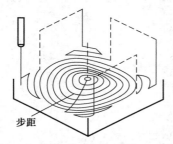

图 6-17　回转截面法加工的刀具轨迹　　　图 6-18　投影法加工的刀具轨迹

（2）刀轴的控制方式　多坐标数控加工不同于三坐标数控加工，在加工过程中其刀具轴线（刀轴矢量）是不断变化的。并且，根据机床配置型式的不同，其刀具轴线的变化方式也不相同。但在刀位文件的刀位数据计算过程中并不考虑具体机床的结构，而是相对于统一的工件坐标系进行计算。多坐标数控加工的刀位数据由工件坐标系中的刀位点位置数量和刀轴矢量组成。刀轴矢量控制方式可在局部坐标系内进行描述。如图 6-19 所示，为基于前倾角 α 和倾斜角 γ 的一般刀轴控制方式。

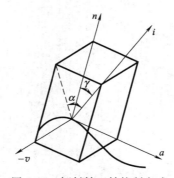

图 6-19　倾斜轴刀轴控制方式

图中，(a, v, n) 为曲面在切削点的局部坐标系。a 为曲面上切削点处沿进给方向的单位切矢，n 为曲面上切削点处单位法矢，$v = n \times a$。前倾角 α 为刀轴矢量与垂直于进给方向的平面所成的角度，可在端铣加工凹面时防止干涉。倾斜角 γ 为刀轴与曲面法矢的夹角，不属于某个截面，位于以法矢为轴线，γ 为顶角的圆锥上，但可由 γ 角及指定沿走刀方向的左右侧来确定刀轴的空间方向。

根据前倾角 α 和倾斜角 γ 的不同，可得到两种特殊情况下的刀轴控制方式。

① 垂直于表面端铣（$\alpha=\gamma=0$）。垂直于表面端铣方式是使刀具轴线始终平行于各切削点处的表面法矢，由刀具底面紧贴加工表面来对切削行间残余高度作最大限度的抑止，以减少走刀次数和获得高的生产效率。该方式一般用于大型平坦的无干涉凸曲面端铣加工。

② 平行于表面侧铣（$\gamma=90°$）。平行于表面侧铣方式是指刀具轴线或母线始终处于各切削点的切平面内。这种方式的重要应用是直纹面的加工，由圆柱或圆锥形刀具侧刃与直纹面母线接触，可以一刀加工成型，效率高而且表面质量好。

习　题

6-1　数控技术主要发展趋势有哪些？

6-2　何为柔性制造系统（FMS）？

6-3　CIMS 的关键技术是什么？

6-4　高速加工的特点是什么？

6-5　何为直线电机？

6-6　利用多轴联动数控机床进行加工的主要优点有哪些？

6-7　多轴铣床的结构形式有哪些？

参 考 文 献

[1] 余英良. 数控加工编程及操作. 北京：高等教育出版社，2005.

[2] 李华志. 数控加工工艺与装备. 北京：清华大学出版社，2005.

[3] 李华. 机械制造技术. 北京：机械工业出版社，2002.

[4] 唐应谦. 数控加工工艺学. 北京：中国劳动社会保障出版社，2000.

[5] 全国数控培训网络天津分中心. 数控编程. 北京：机械工业出版社，1997.

[6] 华茂发. 数控机床加工工艺. 北京：机械工业出版社，2000.

[7] 双元制培训机械专业实习教材编委会. 机械切削工技能. 北京：机械工业出版社，2000.

[8] 陈洪涛. 数控加工工艺与编程. 北京：高等教育出版社，2003.

[9] 刘雄伟. 数控加工理论与编程技术. 第2版. 北京：机械工业出版社，2000.

[10] 李善术. 数控机床及其应用. 北京：机械工业出版社，2001.

[11] 许祥泰，刘艳芳. 数控加工编程实用技术. 北京：机械工业出版社，2000.

[12] 李郝林，方键. 机床数控技术. 北京：机械工业出版社，2000.

[13] 陈日曜. 金属切削原理. 北京：机械工业出版社，2002.

[14] 太原市金属切削刀具协会. 金属切削实用刀具技术. 第2版. 北京：机械工业出版社，2002.

[15] 吴国华. 金属切削机床. 第2版. 北京：机械工业出版社，2001.

[16] 王爱玲. 现代数控编程技术及应用. 北京：国防工业出版社，2002.

[17] 全国数控培训网络天津分中心. 数控机床. 北京：机械工业出版社，1997.

[18] 田萍. 数控机床加工工艺及设备. 北京：电子工业出版社，2005.

[19] 顾京. 数控加工编程及操作. 北京：高等教育出版社，2003.

[20] 李正峰. 数控加工工艺. 上海：上海交通大学出版社，2004.

[21] 刘雄伟. 数控机床操作与编程培训教程. 北京：机械工业出版社，2001.

[22] 赵长明. 数控加工工艺及设备. 北京：高等教育出版社，2003.

[23] 余仲裕. 数控机床维修. 北京：机械工业出版社，2001.

[24] 王睿，张小宁. Master CAM 8. x实用培训教程. 北京：清华大学出版社，2001.

[25] 李斌. 数控加工技术. 北京：高等教育出版社，2001.

[26] 曹琰. 数控机床应用与维修. 北京：电子工业出版社，1994.

[27] 严烈. 最新Master CAM 8车削加工实例宝典. 北京：冶金工业出版社，2002.

[28] 严烈. Master CAM 8模具设计超级宝典. 北京：冶金工业出版社，2000.

[29] 加工中心应用与维修编委会. 加工中心应用与维修. 北京：机械工业出版社，2004.

[30] 劳动和社会保障部中国就业培训技术指导中心. 加工中心操作工. 北京：中国劳动社会保障出版社，2001.

[31] 延波. 加工中心的数控编程与操作技术. 北京：机械工业出版社，2001.

[32] 任树棠，王继明. 数控加工工艺. 北京：中国科学文化出版社，2007.

[33] 蒙斌. 数控原理与数控机床. 北京：化学工业出版社，2009.

[34] 贺曙新. 数控加工工艺. 第2版. 北京：化学工业出版社，2011.